सात फेरे सात वचन

AF128226

अन्नू गुप्ता

BlueRose ONE.com
Stories Matter
NewDelhi • London

BLUEROSE PUBLISHERS
India | U.K.

Copyright © Annu Gupta 2025

All rights reserved by author. No part of this publication may be reproduced, stored in a retrieval system or transmitted in any form or by any means, electronic, mechanical, photocopying, recording or otherwise, without the prior permission of the author. Although every precaution has been taken to verify the accuracy of the information contained herein, the publisher assume no responsibility for any errors or omissions. No liability is assumed for damages that may result from the use of information contained within.

BlueRose Publishers takes no responsibility for any damages, losses, or liabilities that may arise from the use or misuse of the information, products, or services provided in this publication.

For permissions requests or inquiries regarding this publication, please contact:

BLUEROSE PUBLISHERS
www.BlueRoseONE.com
info@bluerosepublishers.com
+91 8882 898 898
+4407342408967

ISBN: 978-93-5989-510-9

Cover design: Daksh
Typesetting: Tanya Raj Upadhyay

First Edition: April 2025

कहानी का परिचय

जिंदगी भी मिली,, पर मौत की तरह

तुमने अपना माना भी उस वक़्त

ज़ब जिंदगी गुज़र चुकी थी

जैसे पतझड़ में शाख से पत्ते टूटते है

और टूट कर बिखर जाते है, मर जाते है,,

चूर चूर हो कर हवा में कही गुम हो जाते है

वैसे ही जिंदगी भी गुज़र चुकी थी..

तुमने आने में बड़ी देर कर दी

अब आए भी तो क्या

क्युकी शाख से टूटे पत्ते फिर नहीं जुड़ते....

इस कहानी की नायिका जो जिंदगी से बहुत प्यार करती थी.. हमेशा चेहरे पर हसी लिए हुए गमो को भी हसी में उड़ा जाती थी.. नायिका अपने घर की दो भाइयों की एकलौती जान थी.. माँ, पिता दादी सब की लाडली थी.. नायिका मध्यम परिवार में जन्मी थी और दिल्ली में रहती थी.. पिताजी (अशोक)सरकारी दफ्तर में क्लर्क थे.. माताजी (शोभा)गृहणी थी और बड़े भाई(आसुतोस)मल्टीनेशनल कंपनी

में मैनेजर थे.. बड़े भाई की अभी शादी नहीं हुई... और छोटा भाई (रवि) बंगलौर के नामी कॉलेज के सेकंड ईयर में पढ़ाई कर रहा है.. नायिका की दादी (गायत्री)इस घर की हेड थी.. जो घर का सारा हिसाब किताब रखती थी....

अब आइये बात करते है इस कहानी के नायक की.. हमारा नायक एक अमीर घर में जन्मा था.. घर में माता जी (सरोज) और बहन(माया)के साथ दिल्ली में ही रहता था.... नायक की माँ सरोज भले ही अमीर थी पर खाना वो अपने हाथों से ही बनाती थी. एक आम इंसान की तरह जिंदगी जीती थी.. और बहन माया नक्चड़ी, घमंडी थी जो दिल्ली के एक कॉलेज में पढ़ाई कर रही थी.. नायक का दोस्त का नाम (शिवाय)था जो नायक के ऑफिस में ही काम करता था

"सात फेरे सात वचन "कहानी में क्या नायक नायिका के मिल जाने से ही कहानी पूरी होगी? तो इसका जबाब नहीं होगा..कहानी में नायक और नायिका के साथ क्या क्या होता है उनके जिंदगी में कितने उतार चढ़ाब आते है.. ये सब जानने के लिए पढ़ते रहे सात फेरे सात वचन

वैसे इस कहानी में नायक का नाम सूर्या और नायिका का नाम जीविका है...

कहानी की शुरुआत मनमोहिनी नायिका जीविका से हो रही है.. जीविका अपने दोस्तों के साथ मॉल आई हुई है... जीविका के करीबी दो दोस्त है जिसे जीविका के परिवार वाले भी अच्छे से जानते है.. परी और निशा....परी और निशा मॉल में कपडे देख रही है तभी

जीविका ट्रायल रूम से जींस और टॉप पहन कर परी और निशा को दिखाती है.. निशा सिटी बजाते हुए " ओ! हो मैडम क्या लग रही हो"

परी बोलती है " जीविका बहुत प्यारी लग रही हो.. ये तुम ले लो "

जीविका कुर्ती पहनने वाली लड़की जिसका मन जींस टॉप पहनने को तो करता है.. पर जीविका के घर में लड़कियों का जींस टॉप पहनना मना है.. जीविका ट्रायल रूम से बाहर आती है और बोलती है " मेरा मन तो करता है ये ले लूँ पर नहीं ले सकती "

तभी निशा जीविका के हाथ से जींस टॉप लेते हुए बोलती है " चल तू नहीं ले रही तो मैं ले लेती हुँ "

परी जीविका को बोलती है "जीविका तु जींस टॉप पहने या कुर्ती सब में तू अच्छी लगती है... पर ये एक ले ले हम तीनो शिमला ज़ब जायेंगे तो यही जींस टॉप तू पहन लेना.. और वहाँ तुझे कौन देखने आ रहा है"

जीविका बोलती है "तेरी बात तो सही है..वहाँ मुझे कौन देखने जायेगा "

जीविका निशा के हाथ से जींस टॉप लेते हुए बोलती है " ला मैडम.. अब ये मेरा हुआ "

निशा बोलती है " वाओ! जीविका तू मैं और परी तीनो जींस टॉप में मजा आ जायेगा "

जीविका पेमेंट करने के बाद बाहर आती है और कपडे का बेग परी को देते हुए बोलती है " इसे तू रख और अपने साथ ही ले चलना मैं शिमला में ही ले लुंगी "

परी बोलती है " अरे इसे तू अपने साथ ही ले जा "

तभी जीविका बोलती है " यार मेरे घर में इसे अगर किसी ने देख लिया तो मैं जो शिमला जा रही हुँ ना वहाँ भी नहीं जाने देंगे "

निशा हसते हुए बोलती है " फिर तो यह घर मे ही शिमला घूम लेगी "जीविका निशा को बोलती है " हां हां तुझे बहुत मजा आ रहा है"

तभी परी का फ़ोन आ जाता है.. फोन पर परी की मम्मी उसे जल्दी आने को बोलती है.. फोन रखते हुए परी जीविका से बोलती है. " अच्छा जीविका में चलती हुँ मम्मी किसी काम से बुला रही "

निशा मुँह बनाते हुए बोलती है " क्या यार इतने दिनों बाद मिले और उसमे भी तुझे जाना है"

तभी जीविका बोलती है " हां यार.. निशा सही बोल रही है अभी अभी तो आए है"

तभी परी बोलती है " नहीं यार मैं नहीं रुक सकती.. मम्मी बहुत गुस्से में है आज..मैं चलती हुँ.. बाय "

इतना बोल परी वहाँ से चली जाती है.. जीविका बोलती है " चलो मैं भी घर जाती हुँ..वारिश भी आने वाली है "

निशा बोलती है " क्या यार तू तो रुक जा.. और वारिश मॉल में थोड़ी आ जाएगी और तू बह जाएगी"

तभी जीविका चिढ़ते हुए बोलती है " तू रुक अभी मोटी तुझे बताती हुँ "

निशा वहाँ से भागने लगती है और जीविका उसके पीछे भागती है.. दोनों को होश नहीं होता की दोनों मॉल में है.. तभी जीविका निशा के पीछे भागते हुए एक लडके से टकरा जाती है.. और टकराने से जीविका ज़मीन पर जा गिरती है..जीविका की आंखे बंद और कमर पर हाथ रखे हुई थी.. तभी उस लडके ने जिससे जीविका टकड़ा कर गिर गई थी जीविका को बोलता है " आप को कही लगी तो नहीं"

जीविका धीरे से आँखे खोलती है और सामने एक बहुत ही हैंडसम सा लड़का उसके हाथ को पकड़े हुए था.. और यही से शुरु होती है प्रेम कहानी.. नायक और नायिका दोनों एक दूसरे के आमने सामने है.. नायिका का ये पहला प्यार था पर नायक के लिए वो सिर्फ एक लड़की है जिसे चोट बहुत आई है... जीविका उसी को देखती रहती है.. फिर उस लड़के ने कहा"मैडम..आर यू ओके? "

जीविका अभी भी नायक को ही देख रही है.. जीविका के खुले बाल हवा से उसके चेहरे पर आ जाते है.. जीविका की सुंदरता और बढ़ जाती है.. पर नायक का ध्यान जीविका को लगे चोट की तरफ था.. तभी निशा वहाँ भागते हुए आती है.. और ज़मीन पर बैठी हुई जीविका को देख कर बोलती है " तुझे लगी तो नहीं "

तभी नायक निशा से बोलता है " ये भागते हुए आ रही थी और मुझसे टकरा कर गिर गई और कुछ बोल नहीं रही है "

तभी निशा लडके की बात सुन कर खुद में बडबराने लगती है " इतना हैंडसम लड़का वो भी जीविका से टकराया.. काश मुझसे टकरा जाता..

तभी लडके ने निशा को कहाँ " क्या हुआ आपको? क्या सोच रही है "

निशा हड़बड़ाते हुए बोलती है " कुछ नहीं कुछ भी तो नहीं"

निशा जीविका को धक्का देती है..जीविका का ध्यान नायक से हटता है.. और हड़बड़ा कर उठती है.. और अपने बिखरे वालो को ठीक करती है.. फिर नायक ने कहाँ " मैडम आप ठीक है ना "

जीविका चेहरे पर आए वालो को कानो के पीछे करते हुए धीमी आवाज़ में कहती है "जी मैं ठीक हुँ "

तभी नायक के पास एक लड़का आता है जिसका नाम शिवाय था सूर्या से बोलता है " सूर्या शिवानी तुम्हारा इंतज़ार कर रही है और तुम यहाँ कर क्या रहे हो? "

तभी सूर्या बोलता है " कुछ नहीं यार.. चलो "

सूर्या अपने दोस्त शिवाय के साथ चला जाता है... निशा जीविका को देख कर बोलती है " क्या यार तू भी कितने हैंडसम लडके से टकराई है"

जीविका बोलती है " तू भी ना अब घर चल "

तभी निशा जीविका को छेड़ने के लिए बोलती है " तू भी कितनी अनरोमांटिक है.. अगर वो लड़का मुझसे टकराता तो मैं तो अभी तक उसका हाथ तक पकड़ लेती.. यहाँ तक की नाम, घर का पता सब जान लेती "

तभी जीविका बोलती है " हां हां.. क्यों नहीं.. सब पूछ ले.. तू तो उसकी पत्नी बन जा "

बातों बातों में जीविका और निशा मॉल से बाहर आ जाती है.. तेज़ वारिश होने लगती है.. जीविका का मन अभी भी सूर्या में ही लगा था.. निशा बोलती है " अब कैसे जायेंगे घर? "

तभी पास खड़े गुब्बारे और गुलाब बेचने वाले बच्चे वारिश का खूब मजा ले रहे थे.. जीविका निशा का हाथ पकड़ कर बोलती है " चल वारिश में भीगते है "

निशा बोलती है " कपडे गीले हो जायेंगे तो घर कैसे जायेगी "

जीविका वारिश के पानी को हाथ में भर कर.. निशा के ऊपर फेक देती है और बोलती है " ऐसे जायेंगे "

निशा भी जीविका के साथ वारिश में भीगने लगती है ..जीविका और निशा बच्चो के पास जाते है और उन बच्चों के साथ बच्ची बन जाती है और वारिश में भीगने लगती है... तभी लड़कियों का एक डांस ग्रुप था वो सब भी वारिश में भीगते हुए एक गाने पर डांस करने

लगे ...और उनका एक दोस्त वीडियो बना रहा था और गाना चल रहा था

"ज़ुल्फों से बाँध लीये बादल

सीने पे से उड़ने लगा आँचल

मुझसे नैना मिला के

मौसम होने लगे पागल

सबसे होके बेफिकर

नाचूँ में आज छम छम छम.."

डांस ग्रुप की एक लड़की ने जीविका और निशा को भी अपने डांस में शामिल कर लिया..इस गाने की धुन पर जीविका निशा और बच्चे भी डांस करने लगे...कई लोग मॉल के बाहर इकट्ठा हो गए थे और वीडियो बनाने लगे थे..जीविका को होश नहीं था की उसकी वीडियो बन रही है.. तभी मॉल के भीड़ से निकलते हुए एक लड़की गुस्से में बाहर आती है और कार में बैठ जाती है.. उसके पीछे सूर्या जो जीविका से टकराया था भागते हुए आता है.. जीविका उसे देखती है और डांस करती हुई जीविका सूर्या को देखने लगती है.. सूर्या वारिश में भीगते हुए शिवानी को आवाज़ लगाते हुए शिवानी की ओर भागते हुए जाता है "शिवानी, रुको . "आई ऍम सॉरी".. लड़की की कार तेज़ रफ़्तार लिए चली जाती है.. सूर्या भी दूसरी कार में बैठता है....और कार को तेज़ी से चलाते हुए निकल जाता है.. जीविका ये

सब देख रही थी.. ये सूर्या को ले कर जीविका के लिए कुछ पल का ही प्यार था....

जीविका का घर

शाम हो गई थी.. जीविका की माँ शोभा घर के दरवाजे पर बार बार जा कर देख रही थी.. तभी जीविका की दादी गायत्री जो टीवी पर सीरियल देख रही थी शोभा जी से बोलती है " बहु आ जाएगी.. क्यों इतनी चिंता करती हो "

शोभा जी बोलती है " माँ जी चिंता तो होगी ना और ऊपर से फ़ोन भी बंद है.. "

तभी जीविका के पिता अशोक किताब पढ़ते हुए बोलते है " आपकी बेटी अपने दोस्तों के साथ है..आप निशा या प्रिया को भी कॉल कर सकती है "

शोभा बोलती है " अरे हां.. निशा को कॉल करती हुँ.. "

तभी दरवाज़े पर गीले कपड़ो में जीविका आ ख़डी होती है.. जीविका अपने कपडे से पानी हटाते हुए बोलती है " मम्मी में आ गई हुँ "

शोभा जी जीविका के पास आती है और बोलती है "फ़ोन क्यों नहीं उठा रही थी तुम..और ये क्या तुम्हारे कपड़े तो पूरी तरह से गीले हो गए है.."

तभी जीविका बोलती है " माँ बारिश के रुकने का इंतजार कर रही थी पर बारिश रुकी नहीं इसलिए भीग कर आई हूं.."

अशोक जी बोलते है " शोभा जी आप भी सारे सवाल जबाब दरवाजे पर कर लीजिये..जीविका बेटा तुम पहले अंदर आओ "

जीविका अंदर आते हुए बोलती है " माँ फ़ोन बैग में था इसलिए "

शोभा जी जीविका की बात को बीच में रोकते हुए बोलती है " जा पहले कपड़े बदल ले.. नहीं तो सर्दी लग जाएगी . मैं तेरे लिए गरमा गर्म चाय बनाती हुँ"

जीविका अपने कमरे में चली जाती है तभी अशोक जी बोलते है " अब आप की चिंता कम हुई"

शोभा जी चेहरे पर हल्की हसी लाते हुए बोलती है " जी अब मेरी चिंता कम हुई.."

अशोक जी बोलते है " तो इसी बात पर आप गरमा गर्म चाय और पकौड़े ले आइये "

"शोभा जी चेहरे पर हल्की सी हसी लिए बोलती है "जी जरूर..आप सब के लिए मैं अभी चाय बना कर लाती हुँ और गर्म गर्म पकोड़े भी"

शोभा जी किचन में चली जाती है फिर अशोक जी गायत्री जी से बोलते है

"माँ एक जरूरी बात तो बताना ही भूल गया..माँ मेरे दोस्त केशव ने आसुतोस के लिए अपनी बेटी का रिश्ता भेजा है .. लड़की दिल्ली में ही रहती है और पढ़ी लिखी भी है..अशोक जी फ़ोन में लड़की की फोटो दिखाते हुए बोलते है " ये रही लड़की की फोटो "

तभी गायत्री जी बोलती है..." रिश्ता तो तू लाता है पर तेरे बेटे को कोई पसंद आए तब ना.. अब तू उसी को फोटो दिखाया कर..मेरी तो मरने की उम्र हो गई है पता नहीं मैं आसु की शादी देख पाऊँगी भी की नहीं "

अशोक जी बोलते है "माँ क्या बोलती रहती हो तुम "

तभी शोभा चाय और पकौड़े टेबल पर रखते हुए बोलती है " सच....आसू कितनी लड़कियों को देख चूका है.. पर बात वही की उसको कोई लड़की पसंद ही नहीं आती.. वैसे लड़की कैसी दिखती है "

अशोक जी फ़ोन में लड़की की फोटो दिखाते हुए बोलते है " ये केशव की लड़की.. बंगलुरु से अपनी पढ़ाई पूरी कर दिल्ली आई है..

शोभा जी लड़की की फोटो देखते हुए बोलती है "ये केशव भाई साहब की लड़की है...बहुत सुन्दर हो गई है "

गायत्री जी चश्मा पहनते हुए बोलती है " ला मुझे भी दिखा "

शोभा गायत्री जी को फ़ोन देते हुए बोलती है " मुझे तो लड़की अच्छी लगी और ऊपर से केशव भाईसहाब की बेटी है.. और केशव भाईसहाब तो हमारे परिचित ही है "

अशोक जी बोलते है "हां और केशव तो बोल रहा था की उनकी बेटी को आसूतोस पसंद है.."

तभी गायत्री जी बोलती है " कितनी सुन्दर लड़की है.. सच अशोक बेटा जितने भी लड़की देखी है उसमे ये सबसे अच्छी लगी मुझे.... बस आसू शादी के लिए मान जाये..

तभी जीविका आती है और गरमा गर्म पकौड़े ले कर खाते हुए बोलती है " किसकी शादी की बात हो रही है?"

गायत्री जी हसते हुए बोलती है " तेरी शादी की बात कर रहे थे.. क्यों करेगी न शादी "

जीविका गायत्री जी को गले लगा कर बोलती है "दादी! अच्छा तो करवा दीजिए.."

अशोक जी बेटी की बात पर हसने लगते है.. क्युकी उन्हें पता है की उनकी बेटी बहुत मजाकिया है.. वो गंभीर बातों को भी मज़ाक में उड़ा देती है..

तभी शोभा जी बोलती है " पागल लड़की.. तेरी भईया की शादी की बात कर रहे थे.."

गायत्री जी जीविका को फोटो दिखाते हुए बोलती है " ये ले देख ले अपनी होने वाली भाभी को "

जीविका फ़ोन में लड़की की फोटो देख कर बोलती है "लड़की तो बहुत प्यारी है.. भईया इसके लिए तो मना नहीं करेंगे "

फिर जीविका के फ़ोन पर निशा का कॉल आता है.. निशा जीविका को मॉल की सारी बातें याद दिलाते हुए बोलती है " आज कितनी मस्ती किये हम.. और तो और तुझे तेरा उस हीरो से टकराना.. हाय

क्या सीन था ये बात तो परी को बताना है.. तभी जीविका बोलती है " निशा में तुझे थोड़ी देर में कॉल करती हुँ "

इतना कह कर जीविका फ़ोन रख देती है..फिर शोभा जी सबको चाय नाश्ता पकड़ाते हुए बोलती है " क्या कह रही थी निशा "

जीविका बोलती है " माँ कुछ भी नहीं बस पूछ रही थी की पहुंच गई घर "

फिर शोभा जी बोलती है " अच्छा बता इतनी देर कैसे लग गई और तेरा फ़ोन बंद क्यों था "

फिर जीविका खुद में सोचने लगती है " क्या बोलू.. अगर इन लोगो को बता दिया की मैं वारिश में भीगी थी और वो लड़का जिससे में टकराई थी.. तो ये लोग तो मेरा घर से भी बाहर जाना भी बंद कर देंगे और हाथ पीले करवा देंगे... जीविका रुक कर धीमी आवाज़ में बोलती है " वो माँ.. शॉपिंग में ही देर हो गई और वारिश रुकने का नाम ही नहीं ले रही थी . और मेरे फ़ोन की बैटरी भी खत्म हो गई थी "शोभा जी बोलती है " तो फ़ोन पूरा चार्ज कर के जाया कर.. पता है ना की मुझे कितनी चिंता हो जाती है.. आसू की शादी के बाद..तेरी भी शादी हो जाये तो मेरी सारी चिंता खत्म हो जाएगी.."

जीविका बोलती है " माँ मैं अभी शादी नहीं करूंगी.. "

तभी गायत्री जी बोलती है " क्यों तू तो अभी कह रही थी की शादी करवा दो मेरी.. "

जीविका बोलती है " वो तो दादी.. मैंने मज़ाक में कहा था"

शोभा जी बोलती है " मज़ाक में कहा हो या सीरियस.. पर बेटा शादी तो करनी ही है "

जीविका उदास हो जाती है तभी गायत्री जी जीविका के सिर पर हाथ फेरते हुए बोलती है " अरे तू उदास क्यों हो गई.. अभी कौन सा तेरी शादी करवा रहे है.."

तभी आशुतोष ऑफिस से आ जाता है और सोफे पर बैठते हुए बोलता है " वाओ! गरमा गर्म पकौड़े.. "

शोभा जी बोलती है " जाओ बेटा फ्रेश हो जाओ.. हम सब आज साथ बैठ कर खाएंगे "

तभी जीविका बोलती है " जल्दी से आना भईया... आपके लिए एक गुड़ न्यूज़ है... "

आसुतोष जीविका के पास जाता है और बोलता है " कैसी गुड़ न्यूज़.."

अशोक जी चाय पीते हुए बोलते है "बेटा तुम पहले फ्रेश हो कर आओ तब बताते है "

जीविका हसते हुए बोलती है " जल्दी आइयेगा भईया. "

आसुतोस सबकी तरफ देखता है और मन में सोचता है " पता नहीं कौन सी गुड़ न्यूज़ है मेरे लिए "

सोचते हुए कमरे में चला जाता है..शोभा जी बोलती है " बस आसुतोस इस लड़की के लिए हाँ कर दे "

अशोक जी चाय की कप रखते हुए बोलते है " शोभा जी मैं थोड़ा बाहर से घूम कर आता हूं "

शोभा जी बोलती है " बाहर जा रहे है..मिठाई लेते आइयेगा..भगवान को भोग लगाना है "

अशोक जी चप्पल पहनते हुए बोलते है " जी जरूर...."इतना बोल अशोक जी बाहर चले जाते है

जीविका टीवी पर अपना सीरियल देखने लग जाती है... थोड़ी देर बाद आसुतोस फ्रेश हो कर आ जाता है...आशुतोस जीविका को छेरते हुए बोलता है " ला मोटी टीवी का रिमोट दे "

जीविका आसुतोस को रिमोट देते हुए बोलती है " देखो भईया मुझे मोटी मत बोला करो "

आसुतोस हसते हुए बोलता है " मोटी को मोटी ना बोलू तो क्या आलिया भट्ट बोलू..

जीविका गायत्री से बोलती है " दादी क्या मैं मोटी हो गई हुँ "

गायत्री जी जीविका को बोलती है " नहीं बिटिया.. ये ऐसे ही बोल रहा है. "

तभी जीविका बोलती है " मोटी तो मेरी होने वाली भाभी है "

तभी आसुतोस बोलता है " तेरी भाभी मोटी नहीं होगी तू मोटी होगी.. "

तभी जीविका और गायत्री जी हसने लगते है.. आसुतोस बोलता है " एक मिनट..अभी तो मेरी शादी नहीं हुई.. कौन सी भाभी की बात कर रही है तू"

जीविका बोलती है " वही जिसकी फोटो पापा के फ़ोन में है.. अब तो भईया की शादी होगी और मैं खूब मस्ती करूंगी "

और भईया ये जो मेरी होने वाली भाभी है ना वो बहुत मोटी है.. "

तभी शोभा जी चाय ले कर आती है और आसूतोस को देते हुए जीविका को बोलती है " क्यों चिढ़ा रही है इसे.. "

जीविका पकौड़े हाथ में ले कर बोलती है.. "मैं कहाँ चिढ़ा रही हुँ भईया को. अब मोटी को मोटी ही बोलूंगी ना.. आलिया भट्ट तो नहीं ना "

आँसूतोस जीविका को बोलता है " रुक मोटी तुझे अभी बताता हुँ "

जीविका हसते हुए कमरे की ओर भाग जाती है.. तभी शोभा जी बोलती है " रुको बेटा.. वो तो ऐसे ही मज़ाक कर रही है.. ये लो चाय पीओ "

शोभा जी सोफे पर बैठते हुए बोलती है " बेटा तुम्हारे लिए एक रिश्ता आया है.. केशव भाईसाहब की लड़की है बंगलौर से पढ़ाई पूरी कर दिल्ली आई है.. और लड़की बहुत सुंदर है.. . बेटा अब तू बस इस रिश्ते के लिए मना मत करना "

गायत्री जी बोलती है " हां बेटा इस रिश्ते के लिए मना मत करना.. रिश्ता जान पहचान में ही है.. ये तो और भी अच्छी बात है "

शोभा जी आसुतोस के कंधे पर हाथ रखते हुए बोलती है "लड़की की फोटो और बायोडाटा तेरे फ़ोन पर भिजवा देते है.. अगर तू हां करेगा तो ही रिश्ते की बात आगे चलाएंगे."

आसुतोस बोलता है.. ठीक है माँ.. अब मैं कमरे में जाता हुँ "

इतना बोल कर आसुतोस कमरे में चला जाता है..

तभी अशोक जी बाहर से आते है और मिठाई का डब्बा टेबल पर रखते हुए बोलते है " क्या बोला आशुतोस?"

शोभा जी बोलती है " पहले लड़की की फोटो उसे दिखा दीजिए "

गायत्री जी बोलती है " हां और बायोडाटा भी भेज देना उसके फ़ोन पर.. "

अशोक जी बोलते है " ठीक है...मैं अभी भेज देता हुँ "

फिर अशोक जी रुक कर बोलते है " शोभा जी आज खाने में हलवा भी बना दीजिएगा...

शोभा बोलती है " जी "

अशोक जी फिर अपने कमरे में चले जाते है.. शोभा जी मिठाई का डब्बा उठाते हुए बोलती है "अब मैं भी चलु...शाम हो चुकी है... पूजा कर लेती हूं.... फिर खाना भी बनाना है "

रात हो चली आसुतोस अपने फ़ोन में लड़की की फोटो देखता है.. और देखता ही रह जाता है..फोटो को देख कर बोलता है " हम्म! वो तुम ही हो जिसका मुझे इंतजार था.. मिस राधिका "

सुबह हो चली.. शोभा जी किचन में खाना बना रही थी और गायत्री जी पूजा कर रही थी तभी अशोक जी न्यूज़ पेपर पढ़ते हुए बोलते है " शोभा जी चाय बन गई "

शोभा जी किचन से आवाज़ लगाती है " जी अभी लाई "

जीविका भी पूजा कर किचन में चली जाती है किचन में छोक लगने से जीविका को तेज़ी से खांसी उठने लगती है.. शोभा जी अपनी बेटी को बाहर जाने के लिए बोलती है...थोड़ी देर बाद शोभा जी चाय ले कर बाहर आती है.. जीविका बोलती है

" माँ.. मैं आपकी खाना बनाने में मदद करूँ? "

शोभा जी अशोक जी को चाय पकड़ाते हुए बोलती है " अभी नहीं शाम का खाना तुम मेरे साथ बनाना अभी सब को ऑफिस जाना है "गायत्री जी पूजा करने के बाद बोलती है " अरे बहु आसुतोस ने कुछ जबाब दिया की नहीं "

शोभा जी बोलती है " अभी तक कुछ बोला नहीं "

जीविका न्यूज़ पेपर पढ़ते हुए बोलती है " लो ये भी लड़की गई"

तभी निशा और परी भी आ जाती है.. जीविका दोनों को देख ख़ुश हो जाती है और दोनों के गले लगती है और बोलती है " तुम दोनों ने बताया नहीं की तुम दोनों आ रही हो "

परी और निशा जीविका के माता पिता और दादी के पैर छू कर आर्शीवाद लेती है.. निशा बोलती है " यार बात ही कुछ ऐसी है की ज़ब तक तुझे ना बताऊ तब तक पेट में गुदगुदी होने लगती है "

जीविका बोलती है " कैसी बात?? "

तभी शोभा जी बोलती है " क्या बात है बेटा बताओ? "

निशा बोलती है " आंटी परी का रिश्ता तय हो गया है "

ये खुसखबरी सुन जीविका परी को गले से लगा लेती है..जीविका के परिवार वाले परी को बधाईया देते है.. फिर शोभा जी कहती है " बेटा लड़का क्या करता है?"

परी बोलती है " जी आंटी वो बंगलुरु के एक कंपनी में सॉफ्टवेयर इंजीनियर है "

तभी जीविका बोलती है " इसका मतलब तुम बंगलुरु में रहोगी "

गायत्री जी बोलती है " ये भी कोई पूछने की बात है.. जहाँ लड़का रहेगा वही तो लड़की रहेगी "

शोभा जी परी को गले लगाते हुए बोलती है " बहुत बहुत बधाई हो बेटा....एक तरफ तुम्हारा रिश्ता तय हो गया है...और इधर आसुतोस हाँ बोल दे ""

तभी परी बोलती है " आसुतोस भईया का भी रिश्ता तय हो गया आंटी? "

जीविका बोलती है " नहीं अभी हम भईया के हाँ का इंतजार कर रहे है "

तभी आसुतोस ऑफिस का बेग बाहर ले कर आता है और बोलता है" माँ मैं आज लंच बाहर करूंगा "

सब चुप रहते है...आसुतोस की ख़ामोशी बता रही थी की लड़की उसे पसंद नहीं.. इसलिए किसी ने कुछ पूछा नहीं.. फिर आसुतोस जूते पहनते हुए बोलता है " माँ लड़की वालो को बोल दीजिए की मुझे ये रिश्ता पसंद है "

आसुतोस की इस फेसले से घर में सब ख़ुश होते है.. शोभा जी अपने बेटे का माथा चूमते हुए बोलती है.. "खूब खुश रह मेरे बेटे "

आसुतोस अशोक जी और गायत्री के पैर छूता है और बोलता है " माँ मैं चलता हुँ.. ऑफिस में मेरी मीटिंग है "

तभी जीविका आसुतोस के सामने ख़डी हो जाती है और बोलती है " बड़ी जल्दी जा रहे है भईया आप.. और ये आँखे इतनी लाल क्यों है.. सच सच बताओ.. किसी की फोटो देख रात भर जागे हो ना "

आसुतोस बोलता है " मोटी तुझे तो में बाद में देखूंगा.. माँ मैं चलता हुँ मुझे देर हो रही है "

आसुतोस अपने ऑफिस के लिए चला जाता है.. तभी गायत्री जी बोलती है " बेटा अशोक तू केशव से बात कर और मिलने का अगले हफ्ते का रख लेना.. दोनों बच्चे एक दूसरे से बात कर ले.. फिर कुछ दिनों बाद अच्छा मुहर्त देख कर सगाई करवा देंगे "

अशोक जी बोलते है " मैं अभी बात करता हुँ केशव से "

इधर जीविका बोलती है " मुझे तो एक साथ दो दो ख़ुश खबरी मिली है.. अब दोनों की शादी में खूब इंजॉय करूंगी "

निशा हसते हुए कहती है '" और मैं भी "

अशोक जी केशव को फोन लगाते है.. केशव भी भी ख़ुश हो कर बोलते है " चलो अब अपनी दोस्ती रिश्तेदारी में बदल जाएगी.. आप सब ज़ब भी हो आ कर लड़की को देख जाइये और आसुतोस को राधिका से जो भी पूछना है पूछ लेगा "

अशोक जी ख़ुश होते हुए बोलते है " जी बिल्कुल.. हम सब इस रविवार को आ रहे है "

केशव जी बोलते है " हां हम सब आपके स्वागत के लिए तैयार है "

अशोक जी बोलते है " अच्छा अब रखता हुँ फ़ोन.. नमस्कार"

तभी शोभा जी बोलती है " क्या बोले केशव भाईसहाब "

अशोक जी बोलते है " शोभा जी इस रविवार के दिन चलना है सबको केशव के यहां.. सारी तैयारी कर लीजिए "

शोभा जी भगवान का शुक्रिया करती है.. इधर जीविका भी बहुत खुश थी और शोभा जी को बोलती है " माँ मैं महंगा लेहंगा लुंगी और बहुत सारी शॉपिंग भी करूंगी "

गायत्री बोलती है " अरे तुझे जो चाहिए वो सब मिलेगा.."

जीविका निशा और परी को बोलती है " चल कमरे में चल कर बात करते है "

जीविका परी और निशा तीनो कमरे में चले जाते है.. अशोक जी भी अपना बेग ले कर ऑफिस जाने लगते है..और बोलते है " शोभा जी मेरा खाने खा डब्बा दे दीजिए.. "शोभा खाने का डब्बा जल्दी से

लाती है और अशोक को पकड़ाते हुए बोलती है " माँ जी की दवाई खत्म हो गई है लेते आइयेगा "

अशोक जी खाना बेग में रखते हुए बोलते है " ठीक है "

अशोक जी काम पर चले जाते है... शोभा जी बोलती है " माँ जी चलिए नाश्ता कर लीजिए "

कमरे में अंदर खूब हसी की आवाज़ आ रही थी.. परी अपनी होने वाले पति की फोटो फ़ोन में दिखा रही थी.. निशा बोलती है " राजीव नाम है जीजा जी का.. क्यों परी..ये तो बहुत स्मार्ट लग रहे है.. काश मुझे भी ऐसा लड़का मिल जाये "

फिर परी जीविका को बोलती है " जीविका तुझे कैसा लड़का चाहिए "तभी निशा हसते हुए बोलती है " इसे तो वो मॉल वाला लड़का मिल जाये..जिसको देखते ही जीविका के होश उड़ गए थे .क्यों जीविका? "जीविका कहती है " तू पागल है.."

तभी परी बोलती है " कौन लड़का? "

निशा परी को सारी बात बताती है की किस तरह से मॉल में लडके से टकराई..

निशा ने फिर कहा " जिससे जीविका टकराई थी उसका नाम सूर्या है... "

परी जीविका को बोलती है " क्यों मैडम पसंद है आपको सूर्या जी ? "

जीविका सीसे के सामने बैठ अपने बाल सवारते हुए बोलती है " क्या पागलो जैसी बात कर रही हो... वो लड़का इतना अमीर है.. और उसकी गर्लफ्रेंड भी है जिसके पीछे वो भागते हुए गया था.. और वैसे भी इस भीड़ भाड़ वाली दुनिया में रास्ते में कई लोग मिलते है.. फिर अगले दिन फिर नए लोग मिलते है.. इसका मतलब ये नहीं की वो अपना हो "

परी बोलती है " हां वो तो है राह चलता इंसान अपना थोड़ी होता है"

शोभा जी कमरे में आती है और बोलती है " तुम तीनो के लिए में नाश्ता लाई हुँ.. जल्दी से नाश्ता कर लो "

फिर निशा बोलती है " वाओ! आंटी आलू का पराठा मुझे बहुत पसंद है "

शोभा जी हल्की सी मुस्कुराहट लिए बोलती है " हां बेटा.. आराम से खाओ "

शोभा जी बोलती है " इस रविवार को हम सब राधिका के घर जा रहे है..तुम दोनों भी चलना साथ "

निशा आलू पराठा खाते हुए बोलती है " आंटी मैं तो चलूंगी.. मैं भी होने वाली भाभी जी को देखूंगी "

शोभा जी बोलती है " तुम भी चलोगी ना परी "

परी बोलती है " नहीं आंटी मैं नहीं आ सकती हुँ.. मुझे एंगेजमेंट के लिए राजीव जी के साथ रिंग लेने जाना है"

तभी निशा बोलती है " ओये होये! राजीव जी के साथ.. "

फिर जीविका बोलती है " हम भी चले तुम्हारे राजीव जी के साथ "

फिर शोभा जी हसते हुए बोलती है " अच्छा तुम लोग बातें करो.. मैं चलती हुँ.. मुझे बहुत काम है "

शोभा जी कमरे से बाहर चली जाती है...

शाम हो चली घर के सभी सदस्य हॉल में बैठे हुए थे. गायत्री जी टीवी पर सीरियल देख रही थी और शोभा जी रोज़ की तरह किचन में चाय बना रही थी.. तभी जीविका बाहर हॉल में आती है और आसुतोस को देख जीविका ने सिटी बजाते हुए कहा "

भईया आप कब से सीरियल देखने लगे? ये तो चमत्कार हो गया.. भईया और टीवी पर सास बहु के झगड़े देख रहे है "

तभी आसुतोस बोलता है " तू भी देख ले क्युकी ससुराल जाएगी तो कुछ टिप्स मिल जायेंगे तुझे सास से लड़ने के लिए "

जीविका बड़ी प्यार से बोलती है " देखना मेरी सास जो भी होगी वो मुझे बहुत प्यार करेगी.. इन सीरियल की सास की तरह नहीं "

तभी शोभा जी आती है और सब को चाय देती है.. फिर आसुतोस ने अपनी बात को आगे बढ़ाते हुए कहा " ओ! तो तुझे अभी से ससुराल जाने की जल्दी है "

गायत्री जी , शोभा जी और अशोक जी दोनों भाई बहन की नोक जौक सुन कर हसते है.. जीविका बोलती है " मैंने ऐसा तो नहीं कहा

"शोभा जी अशोक जी से बोलती है " केशव भाई साहब के यहाँ क्या ले कर जाना है"

अशोक जी ने चाय पीते हुए कहा " माँ और आप दोनों देख लीजिए क्या देना है.. "

तभी दरवाजे की घंटी बजती है.. शोभा जी दरवाजा खोलती है तो सामने रवि खड़ा था.. रवि शोभा को देखते हुए गले लगा लेता है.. तभी शोभा बेटे से गले मिलते हुए कहती है " बेटा तू.. चल अंदर आ "

रवि को देख सबकी खुशी दोगुनी हो जाती है.. रवि सब के पैर छूता है.. तभी अशोक जी ने कहा " बेटा तुम.. तुम्हारा एग्जाम खत्म हो गया "

रवि अपना बेग सोफे पर रखते हुए कहता है " हां पापा एग्जाम तो कब की खत्म हो गया.. ज़ब आपने बताया की भैया की एंगजमेंट होने वाली है.. तो मैं चला आया "

शोभा जी रवि के सिर पर हाथ फेरते हुए कहती है " अच्छा किया तू आ गया.. अब पूरा परिवार इस सगाई में शामिल होगा "

गायत्री जी बोलती है " कितना दुबला हो गया है.. वहाँ तुझे खाना नहीं देते थे क्या "

रवि बोलता है "क्या दादी.. कहा दुबला हुआ हुँ.. और अब तो मुझे डर है की आप और माँ दोनों मिल कर मुझे तोडू मोंदु ना बना दे "

फिर सब हसने लगते है.. जीविका भी हसने लगती है तभी रवि ने कहा " आप क्यों हस रही है.. जाइये एक ग्लास पानी ले कर आइये..आपका भाई आया है "

जीविका रवि के कान पकड़ते हुए बोलती है " अच्छा चल अच्छे से खातिरदारी करती हुँ तेरी... "

रवि ने कान छुराते हुए कहा " दीदी क्या कर रही हो.. कान दर्द हो रहा है.. अच्छा अच्छा माफ़ी मांगता हुँ "

तभी शोभा जी हसते हुए बोलती है " तीनो भाई बहन एक जैसे ही है.. बचपना अभी तक नहीं गया. "

शोभा जी रवि को बोलती है " बैठ मैं तेरे लिए चाय बनाती हुँ "

शोभा जी किचन में चली जाती है.. अशोक जी बोलते है " बेटा तुम्हारा एग्जाम कैसा रहा "

रवि ने कहा " बहुत अच्छा पापा "

आसुतोस ने कहा " वहाँ किसी चीज़ की दिक्क़त तो नहीं ना? "

रवि ने कहा " नहीं भईया..कोई दिक्क़त नहीं है "

तभी अशोक जी के फ़ोन पर उनकी बहन मालिनी का फ़ोन आता है.. मालिनी उधर से बोलती है

" क्या भाईसाहब आप की एक ही लड़की है वो भी नहीं संभाली गई "

अशोक जी बोलते है " क्या मतलब? कहना क्या चाहती हो "

मालिनी बोलती है " मैं नहीं पूरा शहर देख रहा है आपकी बेटी को न्यूज़ चेंनल पर...संभाल के रखिये अपनी बेटी को.. नहीं तो इस खानदान का नाम ना गिरा दे "

इतना बोल कर मालिनी फोन रख देती है.. अशोक जी जीविका की तरफ देखते है जो टीवी देखने में बिजी थी.. अशोक जी ने रिमोट ले कर न्यूज़ चैनल लगाया.. जिसे देख सब चौक गए.. जीविका वारिश में नाच रही थी और उसके साथ कई और भी लड़कियां थी.. अशोक जी, गायत्री जी और घर के सभी सदस्य चौक जाते है.. जीविका वही अपनी वीडियो देख कर घबरा जाती है .. तभी रवि बोलता है

" वाओ " दीदी आप टीवी पर आ रही हो..और कितना अच्छा डांस कर रही हो..आप तो फैमस हो गई "

तभी शोभा जी जीविका के पास जा कर बोलती है " ये सब क्या है जीविका "

जीविका सिर झुका लेती है कुछ नहीं बोलती.... तभी रवि बोलता है " क्या हुआ आप सब को .. दीदी आप ख़ुश नहीं हो की आपका वीडियो वायरल हो गया है "

जीविका रोने लगती है..फिर शोभा जी बोलती है " तुम भूल गई हो की तुम इस घर की बेटी हो.. और इस घर की बेटी इस तरह से सड़को पर नाचती नहीं है "

तभी गायत्री जी जीविका के पास आते हुए बोलती है " क्या कर दिया इसने.. कोई गुनहा तो नहीं किया ना.... जो सब इससे गुस्सा है"

जीविका गायत्री जी के गले लग कर रोने लगती है और बोलती है " दादी मैं तो बस निशा के साथ थी.. ये वीडियो किसने बनाई मुझे नहीं पता.. वारिश थी तो भीग गई थी.. मुझे माफ़ कर दीजिए...आगे से ऐसी गलती नहीं होगी "

जीविका के आँखों में आँसू देख अशोक जी जीविका के पास आ कर बोलते है " आगे से ध्यान रखना की ये गलती ना हो..इस घर की बेटी हो तुम"

तभी जीविका शोभा जी को गले लगा कर रोते हुए बोलती है " मुझे माफ़ कर दो मम्मी.. आगे से ऐसा नहीं होगा "

शोभा जी जीविका को चुप कराते हुए बोलती है " ठीक है.. अब रोना बंद कर.. "

तभी आसुतोस बोलता है " रवि जरा इसकी रोती हुई फोटो तो लेना.. क्युकी जीविका रोते हुए कितनी गंदी लगती है "

तभी जीविका आँसू पोछते हुए बोलती है " भईया मैं रोते हुए भी अच्छी लगती हुँ.. आप रोते हुए बिलकुल अच्छे नहीं लगते "

आसुतोस बोलता है " अच्छा पर तू तो अभी भूतनी लग रही है "

फिर जीविका रोने लगती है.. शोभा जी आसुतोस को डांटते हुए बोलती है " क्यों तंग कर रहा है इसे "

आसुतोस जीविका के सिर पर हाथ फेरते हुए बोलता है " अरे मैं तो मज़ाक कर रहा था.. तू रो क्यों रही है "

जीविका आसुतोस के गले लग कर रोने लगती है और बोलती है " पता नहीं किसने मेरी वीडियो बनाई थी.. मुझे पता भी नहीं था "

आशुतोस हसते हुए बोलता है " कोई बात नहीं.. जो हुआ उसे भूल जाओ... और किसी ने तुम्हें कुछ कहा भी नहीं.."

जीविका फिर भी रो रही थी फिर आशुतोस जीविका के चेहरे पर हाथ रखते हुए बोलता है

"अच्छा अब तो रोना बंद कर.."

जीविका आँसू पोछते हुए बोलती है.. "मैं रो कहा रही हुं "

रवि बोलता है " इतनी दूर से आया मैं हुं.. और सब दीदी की खातिरदारी में लगे है "

सब हसने लगते है ..शोभा जी बोलती है " अरे रुक तेरे लिए कुछ लाती हुँ खाने के लिए "

रात काफ़ी हो चली थी.. सब सोने चले गए थे.. और जीविका अपने कमरे में निशा से बात कर रही थी और उसे सारी बात बता रही थी.. निशा ख़ुश होते हुए बोलती है

" पहली बार तो मैं भी टीवी पर आई हुँ.. मेरे घर वालो ने पता है क्या बोला? "

जीविका ने कहा " क्या बोले तेरे फैमिली वाले? "

निशा ने कहा " कहते है नालायक थोड़ा और अच्छा डांस करती.. हमारी तो नाक ही कटा दी तूने "

फिर निशा जोर से हसने लगती है... जीविका भी हसने लगती है.. निशा बोलती है " अच्छा अब मैं सोने जा रही हुँ.. गुड़ नाईट "....

"गुड़ नाईट " बोल जीविका भी सोने चली जाती है

रविवार का दिन सब केशव जी के घर जाने की तैयारी कर रहे थे.. आसुतोस शीशे के सामने तैयार हो रहा था.. तभी शोभा जी बोलते हुए आती है " बेटा तू तैयार हो गया?"

आसुतोस बाल ठीक करते हुए " हाँ माँ मैं तैयार हो गया हुँ "

शोभा जी बेटे के कंधे पर हाथ रखते हुए बोलती है " बहुत अच्छा लग रहा है.. अब चल बाहर सब तेरा इंतज़ार कर रहे है "

लता जी और आसुतोस कमरे से बाहर आते है.फिर निशा भी आ जाती है.. शोभा जी निशा को देख कर बोलती है " अरे बेटा बहुत प्यारी लग रही हो सूट में."

निशा हल्की सी मुस्कान लिए बोलती है " थैंक यू आंटी "

फिर गायत्री जी निशा से बोलती है " सूट भी पहना कर.. जींस टॉप पहन कर पूरा लड़का बन जाती है.. अब जीविका को ही देख सूट ही पहनती है "

निशा चुप चाप गायत्री जी की हाँ में हाँ मिलाती है.. फिर रवि बोलता है " अरे दादी हो गया.. वैसे भी निशा दीदी सूट और जींस दोनों में अच्छी लगती है "

निशा रवि को बोलती है " थैंक यू मेरे भाई "

अशोक जी बोलते है " अरे जीविका कहाँ है? "

शोभा जी बोलती है " ये भी लड़की ना हमेशा देर करती है.. मैं देख कर आती हुँ"

तभी जीविका कमरे से बाहर आ जाती है..जीविका को देख सब देखते ही रह जाते है.. वैसे तो जीविका सूट ही पहनती है.. पर आज जीवीका की खूबसूरती और भी निखर रही थी.. पिंक कलर का सूट पहने जीविका बहुत ही प्यारी लग रही थी.. ऊपर से खुले बाल और गोरा रंग उसे और खूबसूरत बना रहा था.. तभी निशा ने एक सिटी बजाते हुए कहा

" वाह! ऐसा लग रहा है जैसे चाँद जमी पर उतर आया हो "

फिर शोभा जी बोलती है " कितनी प्यारी लग रही है मेरी बेटी.. किसी की नज़र ना लगे "

जीविका अपनी तारीफ सुन सिर नीचे झुका लेती है..तभी रवि बोलता है "पापा केशव अंकल का कोई बेटा भी है क्या?"

अशोक जी बोलते है " नहीं तो.. क्यों? "

रवि जीविका के पास जाते हुए बोलता है " ओ!अगर होता तो भईया के साथ जीविका दीदी की भी शादी करा देते "

सब हसने लगते है फिर जीविका अपने भाई के कान पकड़ते हुए बोलती है "बहुत बोलता है तू.."

रवि कान छुराते हुए बोलता है " अरे! अरे! सॉरी दीदी.. आप ज़ब देखो कान ही पकड़ लेती हो "

जीविका रवि के कान से हाथ हटाते हुए बोली " तू हरकते ही ऐसी करता है "

फिर अशोक जी बोलते है " अरे चलो जल्दी.. सब इंतजार कर रहे है वहाँ "

सब बाहर जाने लगते है..शोभा जी जाने से पहले अपने घर में बने मंदिर के सामने ख़डी हो कर बोलती है " भगवान आज का सब काम सही से हो जाये.. "

केशव का घर

अशोक जी की कार केशव की घर के आगे रूकती है.. केशव जी पहले से ही दरवाजे पर स्वागत के लिया खड़े थे ..अशोक और उसकी पूरी फैमिली कार से बाहर उतरती है.. केशव जी हाथ जोड़ते हुए बोलते " आइये आप सब का स्वागत है "

अशोक जी बोलते है " नमस्कार मेरे दोस्त "

केशव जी अशोक जी के गले लगते हुए बोलते है " नमस्कार "

निशा जीविका रवि ओर आशुतोस केशव के पैर छू कर आर्शीवाद लेते है..

केशव जी सबको आर्शीवाद देते है और गायत्री जी के पैर छूते हुए बोलते है "प्रणाम माता जी "

गायत्री जी केशव को आर्शीवाद देते हुए बोलती है " ख़ुश रहो बेटा.. कैसे हो? "

केशव जी बोलते है " अच्छा हुँ माता जी"

केशव शोभा को प्रणाम करता है और सब को अंदर आदर के साथ ले कर आता है..

सब सोफे पर बैठ जाते है.. तभी थोड़ी देर बाद नैना जी और नैना की बहन रीना हल्की सी मुस्कान लिए बाहर आती है और नाश्ता टेबल पर रखती है...दोनों गायत्री जी के पैर छुती है. साथ अशोक जी और शोभा को नमस्कार करती है..फिर आशुतोस रवि निशा और जीविका नैना के और रीना के पैर छूते है नैना सबको आर्शीवाद देती है और बोलती है " अशोक भाईसाहब ये "आपकी बेटी है "

अशोक जी बोलते है " जी मेरी बेटी जीविका है "

और ये दूसरी बेटी का क्या नाम है.. अशोक जी ने कहा " ये जीविका की दोस्त निशा है... मेरी बेटी जैसी ही है "

केशव जी की पत्नी को देख निशा धीरे से जीविका को बोलती है " आंटी कितनी फिट और यंग लग रही है "

जीविका बोलती है " हम्म! वो तो है "

केशव जी नैना को बोलता है " पता है नैना अशोक से मैं पहली बार कॉलेज में मिला था.. पढ़ाई खत्म हुई.. जॉब मिली.. फिर शादी.. फिर बच्चे.. फिर अपने अपने काम में बिजी इतने हुए की मिल ही नहीं पाए ..... फिर इनका नंबर भी बदल गया.. इन्होने घर भी बदल

दिया.. और फिर मैंने इन्हे एक दिन फेसबुक पर देख लिया और हमारी बातें शुरु हो गई.. और मैंने वही आसुतोस को भी देखा.."

अशोक जी बोलते है " चलो किसी बाहने हम दोनों मिले तो सही "

केशव जी आसुतोस से बोलते है " कैसे हो बेटा? "

आसुतोस ने कहा " जी अच्छा हुँ ".

केशव जी ने पूछा "अभी क्या करते हो?"

आसुतोस ने कहा " जी अंकल मैं एक मल्टीनेशन कंपनी में मैनेजर हुँ "

फिर केशव जी बहुत सी बातें आसुतोस से पूछते है..आसुतोस सभी सवालों का जवाब अच्छे से देता है.."

गायत्री जी बोलती है " राधिका बिटिया कहाँ है.. बुलाइये उसे "

तभी रीना बोलती है " मैं ले कर आती हुँ "

रीना राधिका को लेने चली जाती है..गायत्री बोलती है " ये आपकी कौन लगी? "

नैना जी बोलती है " ये मेरी बहन है.. यही दिल्ली में ही रहती है "

तभी रीना राधिका को ले कर आती है... सब की नज़र राधिका पर थी फिर आशुतोस एक नज़र उठा कर राधिका को देखता है.. और देखता ही रह जाता है.. जीविका आशुतोस के पास आती है और बोलती है "क्यों भईया नज़र नहीं हट रही ना आपकी?"

आसुतोस जीविका को देखने लगता है और बोलता है " मैं कहाँ देख रहा हुँ.. मैं तो तुझे देख रहा हुँ "

राधिका सब बड़ो के पैर छू कर आर्शीवाद लेती है.. और राधिका को आसुतोस के सामने बिठा दिया जाता है.. केशव जी बोलते है " आप सब को राधिका से कुछ पूछना है तो पूछ सकते है "

गायत्री जी बोलती है " क्या नाम हुआ तुम्हारा? "

राधिका धीमी आवाज़ में बोलती है " जी राधिका "

अशोक जी बोलते है " बेटा तुम्हारी पढ़ाई तो पूरी हो गई.. आगे क्या करना चाहती हो? ".

राधिका " जी मैं जॉब करना चाहती हुँ "

तभी शोभा बोलती है " हमें तो राधिका पसंद है वाकी आसुतोस और राधिका आपस में बात कर ले तो अच्छा रहेगा "

नैना जी बोलती है " ये ठीक है.. दोनों बच्चे एक दूसरे को जान ले पहचान ले और क्या "

रीना राधिका और आसुतोस को अपने साथ ले जाती है..

रीना राधिका और आसुतोस को अकेला छोड़ देती है..और चली जाती है.... रीना के जाने के बाद दोनों थोड़ी देर चुप रहते है.. फिर राधिका आसुतोस को सोफे पर बैठने को बोलती है.. आसुतोस सोफे पर बैठ जाता है और राधिका भी सोफे पर बैठ जाती है "

दोनों चुप थे.. फिर आसुतोस ने रुक कर कहा " आपको मुझसे कुछ पूछना है? "

राधिका कहती है " जी नहीं आपके बारे में पापा ने मुझे सब कुछ बता दिया है "

फिर राधिका बोलती है "आपको कुछ पूछना हो तो पूछ लीजिए "

आसुतोस बोलता है " मैं बस आप से इतना ही कहना चाहता.. हुँ की..मैं अपने परिवार से बहुत प्यार करता हुँ.. अपने बड़ो की इज़्ज़त करता हुँ.. तो बस मैं भी आप से यही चाहता हुँ.. की शादी के बाद आप मेरे परिवार की इज़्ज़त करेंगी "

राधिका बोलती है " जी "

फिर दोनों में धीरे धीरे बहुत सी बातें होने लगी...आसुतोस ने कहा" तो क्या आप इस रिश्ते से खुश है?"

राधिका सिर झुका कर बोलती है " जी "

फिर आसुतोस बोलता है " चलिए चलते है.. सब हमारी हाँ सुनने का इंतज़ार कर रहे है "

आसुतोस और राधिका कमरे से बाहर आते है और हॉल में जाते है.. सब आसुतोस और राधिका को देख रहे थे.. फिर केशव जी ने कहा " तो तुम दोनों को ये रिश्ता मंजूर है "

आसुतोस ने कहा " जी हमें ये रिश्ता मंजूर है "

केशव जी राधिका से पूछते है राधिका सिर नीचे कर मुस्कुराते हुए हाँ में जबाब देती है "

नैना जी शोभा के गले मिलती है और कहती है " बधाई हो शोभा जी"

केशव अशोक जी के गले मिल कर बधाई देता है तभी जीविका जल्दी से आसुतोस और राधिका के पास आती है और बोलती है " बधाई हो आप दोनों को"

जीविका राधिका को गले लगाती है और कहती है" मैं आपकी एकलौती ननद हुई मेरी होने वाली राधिका भाभी जी "

फिर रवि बोलता है " और मैं एकलौता देवर "

सब हसने लगते है.. आशुतोस और राधिका बड़ो का आर्शीवाद लेते है. केशव जी ने कहा" अब पंडित से पूछ कर सगाई का अच्छा दिन देख लेते है "

अशोक जी बोलते है " हाँ! मैं कल ही पंडित जी से अच्छा मुहर्त निकलवाता हुँ और आपको बताता हुँ "

शाम काफ़ी हो गई थी.. अशोक जी घर जाने की अनुमति मांगते है.. आसुतोस नैना जी, रीना जी और केशव जी के पैर छूता है.. केशव जी आर्शीवाद देते हुए बोलते है " चलिए अब आप से सगाई वाले दिन ही मुलाक़ात होगी..

अशोक के परिवार वालो के जाने के बाद केशव अपनी बहन सरोज को फ़ोन लगाता है.. सरोज फोन उठाती है.. केशव बोलता है " प्रणाम दीदी "

सरोज जी बोलती है " ख़ुश रहो..इतने दिनों बाद फ़ोन किया.. सब ठीक है ना? "

केशव ने कहा " हाँ दीदी सब ठीक है.. आज राधिका को देखने लडके वाले आए थे..और राधिका को लड़का पसंद है "

सरोज जी बोलती है " ओ! राधिका को लडके वाले देखने आए और तुम मुझे अब बता रहे हो "

केशव जी बोलते है " वो तो बस देखने के लिए आए थे.. सगाई की तारीख अभी निकला नहीं है "

सरोज जी बोलती है " लड़का क्या करता है और कहाँ रहता है? "

केशव जी बोलते है "जी लड़का मल्टीनेशनल कंपनी में मैनेजर है.. और ये मेरे कॉलेज के दोस्त अशोक का बेटा है "

सरोज जी बोलती है " ओ! वही अशोक ना जो माँ के बीमार पड़ने पर हॉस्पिटल ले गया था.."

केशव जी बोलते है " हाँ दीदी.. सच माँ की तबियत ज़ब खराब थी तो वह रात रात भर हॉस्पिटल में मेरे साथ रहा था "

सरोज जी बोलती है " हाँ सच में अशोक ने बहुत मदद की थी.. सही है की अशोक के घर से रिश्ता जुड़ रहा है "

केशव जी ने कहा " हाँ दीदी.. इसलिए मैंने इस रिश्ते के लिए हाँ कर दी.."

सरोज जी बोलती है " सगाई कब की है? "

केशव जी ने कहा " सगाई का दिन ज़ब उतरेगा.. तो मैं आप को बता दूंगा.. और सूर्या और माया कैसे है?"

सरोज जी बोलती है " अच्छे है.. मैं भी सूर्या के लिए लड़की देख रही हुँ.. पर सूर्या को कोई पसंद ही नहीं आता.. "

केशव जी बोलते है " सूर्या को सगाई मैं जरूर लाइयेगा.. शायद यहाँ उसे कोई पसंद आ जाये "

सरोज जी बोलती है " हाँ जरूर....अच्छा अब मैं फोन रखती हुँ.."

इतना बोल सरोज जी फ़ोन रख देती है..

यह रिश्ता तो जुड़ रहा था पर इस रिश्ते से एक और रिश्ता जुड़ने वाला था ....जो जीविका की ही ज़िन्दगी बदल कर रख देता है

सूर्या का घर

सूर्या ऑफिस से घर आता है.. सरोज जी वही ख़डी थी... सूर्या अपने माँ के पास आ कर बोलता है.. माँ अपने हाथों की कॉफ़ी बना दो.. सरोज जी अपने बेटे के चेहरे पर हाथ रखते हुए बोलती है "अभी बनाती हुँ"

इधर माया सोफे पर बैठे अपना फ़ोन चलाते हुए बोलती है " क्या माँ इतने सारे नौकर है घर में, फिर भी तुम किचन में लगी रहती हो "

तभी सरोज जी अपनी बेटी माया के पास जाती है और बोलती है " नौकर तो है पर मुझे खुद से काम करना अच्छा लगता है "

सूर्या बोलता है "और माँ मुझे आप के हाथों का खाना खाना अच्छा लगता है "

सरोज जी बोलती है " बेटा तू बैठ मैं कॉफ़ी बना कर लाती हुँ

सूर्या बोलता है "और माँ मेरा नाईट सूट भी निकाल देना "

सरोज जी किचन में चली जाती है..तभी माया बोलती है " भईया, आप अपना सारा काम माँ से क्यों करवाते है.. माँ की तबियत तो आप जानते ही है "

सूर्या बोलता है " हाँ मैं जानता हुँ.. पर डॉक्टर ने माँ को चलते फिरते रहने के लिए कहा है और कुछ कुछ काम करती रहेंगी तो उनका मन भी लगा रहेगा..जिससे माँ का सुगर भी कण्ट्रोल में रहेगा "

माया बोलती है " हम्म! आप सही बोल रहे है... पापा के जाने के बाद माँ की तबियत और खराब हो गई है... इसलिए माँ का ध्यान तो हमें ही रखना है "

सूर्या बोलता है " तभी तो मैं माँ को अपना सारा काम बोलता हुँ "

तभी सरोज जी कॉफ़ी ले कर आती है और बोलती है " ये ले तेरी कॉफ़ी और मेरी चाय और तेरा नाईट सूट निकाल दिया है "

और सरोज जी भी बैठ कर अपनी चाय पीने लगती है.. सूर्या कॉफ़ी पीते हुए बोलता है" माँ आप दवाई ले रही है ना "

सरोज जी चाय पीते हुए बोलती है " हाँ ले रही हुँ तेरी कड़वी दवाई "फिर सरोज जी बोलती है " अरे! तुम लोगो को एक बात बताना तो भूल ही गई.. आज राधिका को देखने लडके वाले आए थे.. और राधिका की सगाई कुछ दिनों में है "

सूर्या बोलता है " वाओ! राधिका की सगाई होने वाली है "

माया बोलती है " राधिका दीदी, शादी के लिए मान गई.. वो तो गौरव से प्यार करती थी ना "

फिर सरोज जी बोलती है " आज उस लडके का नाम ले लिया तुमने.. आगे कभी भी उसका जिक्र मत करना .. जानती हो ना उस लडके ने राधिका से सिर्फ पैसे के लिए प्यार किया था.. "

फिर माया के फ़ोन पर उसकी दोस्त रिया का फ़ोन आता है..फिर माया बोलती है.. "अच्छा आप दोनों बातें कीजिए. मैं चलती हुँ.. मुझे आने में लेट हो जाएगा.. "

सरोज जी बोलती है " इतनी रात को कहाँ जा रही हो. और वो भी ऐसे कपड़े पहन के "

माया बोलती है " माँ आप एक ही सवाल बार बार पूछती है "

फिर सूर्या बात को संभालते हुए बोलता है " माँ जाने दीजिए ना.. अभी तो सात ही बजे है.."

फिर सूर्या माया को बोलता है " जल्दी घर आ जाना "

माया सूर्या को थैंक यू भाई कह कर चली जाती है.."

सरोज जी मुँह बनाते हुए बोलती है " तू भी उसी की साइड ले.. मेरी सुनता ही कौन है? "

सूर्या हसते हुए बोलता है " माँ अभी बच्ची है...और अपनी दोस्तों के साथ ही जा रही है ....जिसे आप भी जानती है "

फिर सरोज जी बोलती है " तेरी शादी हो तो इसकी भी शादी जल्दी करूँ "

सूर्या सरोज जी के कंधे पर हाथ रख हसते हुए बोलता है " माँ अभी तो कॉलेज में ही पढ़ रही है.. अभी माया की उम्र ही कितनी है?

सरोज जी चुप रहती है...सूर्या फिर बोलता है.. " अच्छा ये सब बातें छोड़िये... ये बताइये राधिका की सगाई कब की है माँ? "

सरोज जी बोलती है " कल निकलेगी सगाई की तारीख "

सूर्या बोलता है " आप और माया चली जाना "

सरोज जी ने कहा " तू नहीं जायेगा क्या "

सूर्या बोलता है " नहीं माँ.. मुझे ऑफिस में काम है "

तभी सूर्या के फ़ोन पर शिवानी का कॉल आता है. और वो बोलता है " माँ एक जरूरी कॉल है."

इतना बोल कर सूर्या अपने कमरे में चला जाता है...सरोज खुद में ही बातें करते हुए बोलती हैं "पता नहीं मेरे घर में बहु कब आएगी.."

जीविका का घर

सुबह हो चली.. गायत्री जी अपने जान पहचान के पंडित को जो बहुत ज्ञानी थे उन्हें अपने घर में बुलाती है.. सब हॉल में ही बैठे थे.. पंडित जी सगाई का मुहर्त निकालते है.. सगाई का दिन शुक्रवार था..सब ख़ुश थे.. फिर गायत्री जी बोलती है "अशोक बेटा केशव को फ़ोन लगा कर सगाई की तारीख बता दो".अशोक जी बोलते है " जी माँ, मैं अभी फ़ोन लगाता हुँ "

अशोक जी केशव को फ़ोन लगाते है... और सगाई की तारीख बताते है..थोड़ी देर बात करने के बाद..केशव जी ख़ुश होते हुए बोलते है.. चलिए आप सब से अब सगाई में मुलाक़ात होंगी "

अशोक जी बोलते है " जी... नमस्कार "

केशव जी फ़ोन रखते है तभी नैना जी बोलती है " सगाई का दिन कब उतरा है? "

केशव जी बोलते है " इसी शुक्रवार को है "

नैना जी बोलती है " ये तो बहुत कम दिन है..रिश्तेदारों को भी फ़ोन करना है.. होटल बुक करना है.. कैसे होगा इतना सब?"

केशव जी बोलते है " सब हो जायेगा.. आप चिंता क्यों कर रही है... मैं सरोज दीदी को फ़ोन लगाता हूं.. उन्हें भी खुसखबरी दे देता हू ""

केशव जी फिर सरोज को फ़ोन लगाते है.. और केशव जी सरोज को सगाई का दिन बताता है.. केशव जी बोलते है " दीदी आप पहले आ जाती तो अच्छा होता.."

तभी नैना जी बोलती है " लाइए मुझे दीजिये फ़ोन "

केशव जी नैना को फ़ोन देते है.... नैना हाल चाल पूछने के बाद बोलती है " दीदी आप और माया पहले ही आ जाइये..हम सबको बहुत अच्छा लगेगा""

सरोज जी बोलती है " ठीक है...मैं आने की कोशिश करती हुँ.. ठीक है अब मैं फ़ोन रखती हूं ""

इधर राधिका ये सारी बात सुन रही थी..नैना जी राधिका को देख कर बोलती है " आओ बेटा.. वहां क्यों ख़डी हो...बैठो यहाँ.. "

केशव जी बोलते है " बेटा राधिका.. ये शुक्रवार का दिन सगाई का निकला है.. तुम्हें अपनी फ्रेंड को बुलाना है.. तो बुला सकती हो.. फिर राधिका केशव जी से बोलती है " पापा ये रिश्ता जुड़ने से पहले गौरव के बारे मैं आसुतोस जी को मैं सब कुछ बताना चाहती हुँ "

केशव जी गुस्से में आ कर बोलते है " तुम्हारा दिमाग़ खराब हो गया है क्या..दो साल हो गए उस बात को.. और तुम क्या बताओगी यही की तुम उस लड़के से प्यार करती थी और बात शादी तक आई और वो लड़का बीस लाख तुमसे ले कर तुम्हें छोड़ दिया..ये सब जान वो लोग रिश्ता तोड़ ना दे.. "

राधिका रोने लगती है और बोलती है " पापा मुझे उसके नाम से भी नफ़रत है पर आसुतोस जी को धोखे में रखना ये भी तो गलत है "

नैना जी बेटी को चुप कराते हुए बोलती है " बेटा तुमने कोई क्राइम तो नहीं किया ना.. अब जो हो गया सो हो गया....अब आगे बढ़ो.. बीते बातों को मत याद करो "

राधिका को माता पिता की बातों से चुप रहना ठीक लगा..

जीविका का घर

जीविका अपने कमरे मे निशा और परी दोनों से फ़ोन पर बात कर रही थी... निशा ने ख़ुश होते हुए कहा " जीविका तू इंगेजमेंट मे क्या पहनेगी.. "

जीविका बोलती है " पता नहीं..आज मार्किट जाऊंगी तो देखती हुँ.. वैसे तुम दोनों भी चलो मेरे साथ "

निशा बोलती है " नहीं यार मैं नहीं आ पाऊँगी...मुझे कुछ काम है "

फिर जीविका परी को बोलती है.. परी ने कहा " नहीं यार मैं भी नहीं आ सकती..मुझे राजीव के साथ इंगेजमेंट का लेहंगा लेने जाना है "

निशा बोलती है "यार जीविका तूने परी में एक बात नोटिस की "

जीविका बोलती है " नहीं तो कौन सी बात "

फिर परी बोलती है " निशा तूने मुझमे क्या नोटिस किया "

निशा हसते हुए बोलती है " परी तू कुछ दिन पहले राजीव जी बोल रही थी ... अब सिर्फ राजीव बोल रही है.. फिर इंगेजमेंट के बाद राज और शादी के बाद हमारे जीजा जी का नाम रा रह जायेगा.. उनमे से जीव हट जायेगा "

फिर निशा और जीविका हसने लगती है..परी बोलती है " हाँ हाँ देखती हुँ तुम अपने पतियों को कैसे बुलाती हो ".

निशा ने कहा "" यार तुम दोनों को याद है...ना हमारा शिमला का ट्रिप है "

परी बोलती है " हाँ! पता है.. और मैं भी बहुत ख़ुश हुँ इस ट्रिप को ले कर.. और ये ट्रिप तुम दोनों के साथ आखिरी ट्रिप होगी "

जीविका बोलती है " आखिरी क्यों?"

परी बोलती है " शादी के बाद वक़्त ही कहा मिलता है.... अपने दोस्तों से मिलने का और ट्रिप तो दूर की बात.."

निशा बोलती है " हम्म! तू शादी के बाद कॉल तो करेगी ना.. "

परी बोलती है " हाँ... कॉल तो करूंगी "

शोभा जी जीविका को आवाज़ लगाते हुए कमरे में आती है और बोलती है " तैयार हो जा जल्दी से.. मार्किट चलना है "

जीविका परी और निशा से बोलती है " मैं तुम दोनों से बाद में बात करती हुँ "

जीविका फ़ोन रखते हुए बोलती है " माँ, मैं क्या पहनूगी भईया की इंगेजमेंट में "

शोभा जी कपड़ो का तेह लगाते हुए बोलती है "तू कुछ भी पहन सब में अच्छी लगेगी "

जीविका शोभा जी से बोलती है " माँ.. भैया की इंगेजमेंट के बाद मैं निशा और परी के साथ शिमला जा रही हूं.. "

शोभा जी बोलती है " हाँ जा.. तेरे इस ट्रिप के लिए तेरी दादी और पापा को कितना मनाना पड़ा था..वैसे कब जा रहे हो तुम तीनो? "

जीविका बोलती है " अलगे रविवार को "

शोभा जी बोलती है " ठीक है तू जा रही है तो बस इतना ध्यान रखना की फिर से कोई तमाशा मत खड़ा कर देना.. जैसे उस दिन वारिश वाला सीन था "

जीविका ख़ुश हो कर शोभा जी को गले लगा कर बोलती है " नहीं माँ.. ऐसा कुछ नहीं होगा..

शोभा जी कपडे समेटते हुए बोलती है " परी की इंगेजमेंट कब है? "

जीविका बोलती है " इसी संडे को है.. भाई की इंगेजमेंट के दो दिन बाद "

शोभा जी कपडे अलमारी में रखते हुए बोलती है "अब जल्दी से तैयार हो जा.. मार्किट जाना है.. भईया भी तैयार है "

इतना कह कर शोभा जी कमरे से बाहर चली जाती है..जीविका ख़ुश हो कर खुद से बोलती है " पहली बार शिमला जाऊंगी. खूब मस्ती करूंगी "

बाहर हॉल में शोभा जी और आसुतोस जीविका का इंतजार कर रहे थे.. तभी शोभा जी बोलती है " ये लड़की हमेशा इंतजार करवाती है "

तभी जीविका आती है और आसुतोस को देख कर बोलती है "तो आज से दूल्हे राजा की शॉपिंग की तैयारी शुरु.. वैसे भईया भाभी किस कलर का लेहंगा पहनेंगी.. उसी रंग की शेरवानी ले लीजिए गा.. कहो तो मैं अपनी होने वाली भाभी से पुछु.. "

तभी आसुतोस बोलता है " पागल लड़की.. कुछ भी बोलती है "

रवि आता है.. शोभा जी बोलती है " बेटा खाना बना कर रखा है.. खा लेना.. और हमें आने में शाम हो जाये तो पापा को जरा चाय बना कर दे देना "

रवि बोलता है " ठीक है..माँ आप आराम से जाइये "

सूर्या का घर

सूर्या रोज की तरह अपने ऑफिस से आता है..पर सूर्या आज ऑफिस से जल्दी आ गया था.. सरोज जी कॉफ़ी बना कर ले आती है.. सूर्या कॉफ़ी पीते हुए बोलता है.. "माँ मैं चार दिन के लिए बंगलुरु जा रहा हुँ.. ऑफिस के काम से तो आप अपना ध्यान रखियेगा और दवाई समय पर लीजिएगा "

सरोज जी को उम्मीद थी की बेटा उसके साथ इंगेजमेंट में जाता पर सूर्या तो बंगलुरु जा रहा था.. फिर सूर्या बोलता है " क्या हुआ माँ.. क्या सोच रही है "

सरोज जी बोलती है " बेटा राधिका की इंगेजमेंट इसी शुक्रवार को है.. और तू बंगलुरु जा रहा है "

सूर्या बोलता है " माँ.. काम से ही जा रहा हुँ ना...पर शादी में जरूर जाऊंगा.. चाहे कितना भी इम्पोर्टेन्ट काम क्यों ना हो "

सरोज जी बोलती है " अच्छा कोई बात नहीं.. मैं माया के साथ चली जाऊंगी "

फिर सरोज बोलती है " बेटा.. तेरे मामा ने आज ही बुलाया है मुझे.."

सूर्या बोलता है " ठीक है, आप माया को ले कर चले जाइये..

मैं भी शाम की फ्लाइट से बंगलुरु के लिए निकल जाऊंगा और आप दोनों को मामा के यहाँ छोड़ता हुआ जाऊंगा..

सरोज जी बोलती है " हाँ ये ठीक रहेगा.."

तभी माया फ़ोन पर अपनी दोस्त से बात करते हुए कॉलेज से आती है.. सरोज जी बोलती है "लो आ गई ये..बेटा जल्दी से कपडे पैक कर लो .."

माया बैग को सोफे पर रखती है और बैठते हुए बोलती है "कहाँ जा रहे है हम?"

सरोज जी बोलती है " राधिका की इंगेजमेंट में.. इसी शुक्रवार को है "माया बोलती है " तो माँ अभी से जा कर क्या करेंगे..अभी तो तीन दिन है "

सरोज बोलती है " तेरे मामा आज ही बुलाय है... तू जा कर तैयार हो जा "

माया बोलती है " माँ मैं इंगेजमेंट वाले दिन ही जाऊंगी.. और वैसे भी मेरा कॉलेज भी है.. आप जाइये "

सूर्या बोलता है " मैं भी जा रहा हुँ तुम यहाँ अकेली क्या करोगी... कॉलेज दो तीन दिन नहीं जाओगी तो कोई फर्क नहीं पड़ेगा.. क्युकी तुम्हारा एग्जाम तो अभी खत्म हुआ है.. तो मामा के यहाँ रहो और कॉलेज ही जाना है तो वही से चली जाना "

माया सूर्या के बात को मना नहीं कर पाती है और मुँह बनाते हुए बोलती है " ठीक है "

सरोज जी बोलती है " जा जल्दी से जा कर सामान पैक कर ले और तैयार हो जा "

माया मुँह बनाते हुए अपने कमरे में चली जाती है.. और कमरे में पहुंच कर बोलती है " अब मैं ये तीन दिन राहुल से नहीं मिल पाऊँगी.. "

सूर्या सरोज जी से बोलता है " माँ मेरे कपडे पैक कर दीजिए "

सरोज जी बोलती है "अभी पैक करती हुँ.. "

फिर सरोज जी सूर्या को बोलती है " तू हर काम मुझसे करवाता है.. अब बहु ला दे मुझसे नहीं होता काम "

सूर्या हसते हुए बोलता है "माँ फिर भी मैं अपने काम तुमसे ही करवाऊंगा "

सरोज जी हसते हुए बोलती है " हाँ, देखते है.. तब तू बीबी को ही याद करेगा.."

सरोज जी थोड़ा रुक कर बोलती है " चल अब मैं तेरे कपडे पैक कर देती हुँ "

ये बोल कर सरोज जी चली जाती है.. फिर सूर्या खुद में बोलता है " आपके लिए बहु तो देख ली है मैंने.. बिलकुल परी जैसी सुंदर.. पर मेरी माँ मैं तुम्हें अभी उसके वारे में नहीं बता सकता "

शाम हो चली सरोज जी माया और सूर्या के साथ केशव के घर चले जाते है.. केशव के घर पहुंच कर सूर्या केशव और नैना के पैर छूता है.. राधिका को देख माया राधिका को जोर से गले लगा लेती है..और बोलती है " बधाई हो राधिका दी "

सूर्या राधिका को बधाई देता है.. राधिका बोलती है " तुम दोनों यहाँ हो मुझे बहुत खुशी हो रही है. "

सूर्या राधिका को सॉरी बोलते हुए कहता है " राधिका..मेरी एक मीटिंग है....जिसके लिए मुझे बंगलुरु जाना है.. "

राधिका बोलती है " क्या भईया आप की बहन की इंगेजमेंट है और आप जा रहे है "

सूर्या बोलता है " मीटिंग में मेरा जाना बहुत जरूरी है... लेकिन शादी में जरूर आऊंगा "

केशव जी बोलता है " अच्छा तो तुम बंगलुरु जा रहे हो...""

सूर्या बोलता है" जी मामा.. अच्छा अब मैं चलता हुँ "

केशव जी सरोज जी से बोलते है " दीदी! हमारा सूर्या काम को लेकर कितना सीरियस है.. सच में इतनी छोटी उम्र में बहुत तरक्की की है हमारे सूर्या ने... ""

सरोज जी बोलती है " हाँ वो तो है मेरे बेटे के लिए काम सबसे पहले है ...""

सूर्या सब के पैर छू कर आर्शीवाद लेता है और एयरपोर्ट के लिए निकल जाता है...

जीविका का घर

सुबह हो चली.. शोभा जी राधिका को देने वाले सगुण के सामान को अशोक जी को दिखाती है " ये देखिए.. राधिका के लिए ये चार सारी.. मेकअप का सामान, सैंडल, और एक सोने कि रिंग और चैन भी ली है..और नैना जी के लिए सारी और प्यारा सा सेट लिया है.. कैसा है? "

अशोक जी सब सामान देखने के बाद कहते है " सब सामान ठीक है.. अब इसे पैक करवा दीजिएगा.. "

फिर गायत्री जी बोलती है " अरे बहु रिंग भी दिखा दे "

शोभा जी बोलती है " जी माँ जी "

शोभा जी जीविका को आवाज़ लगाती है.. जीविका कमरे से बाहर आती है.. शोभा जी बोलती है " बेटा भाभी के लिए जो रिंग और चेन लाये है.. ले कर आ तो जरा "

जीविका बोलती है " अभी लाती हुँ "

जीविका कमरे में जाती है और अलमारी से रिंग और सोने कि चैन ले कर आती है और शोभा जी को पकड़ाते हुए बोलती है " लीजिए माँ "

और जीविका भी वही सब के साथ बैठ जाती है...

शोभा जी अशोक जी को रिंग दिखाते हुए बोलती है " ये राधिका के लिए है.. कैसी है? "

अशोक जी कहते है " बहुत बढ़िया "

तभी परी और निशा जीविका के घर आती है.. जीविका दोनों को देख बहुत ख़ुश होती है.. और दोनों को गले लगा लेती है निशा हसते हुए शोभा जी को बोलती है "आंटी हम इतने खुश है की..हम यहाँ सगाई से पहले ही आ गए."

तभी शोभा जी चेहरे पर हल्की हसी लिए हुए बोलती है " सही किया की तुम दोनों पहले ही आ गई.. नहीं तो लग ही नहीं रहा था की घर में सगाई है "

तभी अशोक जी हसते हुए बोलते है " बेटा तुम्हारे भईया की सगाई है..आप दोनों आई तो हमें बहुत खुशी हुई है "

परी चेहरे पर हल्की सी हसी लिए बोलती है " जी अंकल जी "

शोभा जी बोलती है " ये देखो बेटा तुम्हारी भाभी के लिए हमने कल शॉपिंग की थी "

परी और निशा सब सामान देखने के बाद बोलती है " आंटी जी सब सामान बहुत अच्छा है.."

फिर जीविका कहती है " तुम दोनों मेरे साथ चलो मैं तुम्हें अपना लहंगा दिखाती हुँ "

जीविका परी और निशा को अपने कमरे में ले कर चली जाती है..परी और जीविका बेड पर बैठ जाती है और निशा आईने के सामने ख़डी हो कर अपने बाल ठीक करते हुए बोलती है "जीविका अपना लेहंगा तो दिखा "

जीविका अलमारी में से लेहंगा निकालती है परी और निशा को दिखाती है... निशा कहती है " वाओ! कितना सुंदर लेहंगा लिया है तूने..सब तुझे ही ना देखते रह जाये कही और परी के बाद तेरा नंबर शादी का ना लग जाये "

फिर सब हसने लगते है.. जीविका बोलती है " कुछ भी बोलती है "

परी बोलती है " सच कितना सुंदर लेहंगा है "

जीविका ने कहा "सच आज मैं बहुत बहुत खुश हुँ की मैं अपनी दोस्तों के साथ भाई की सगाई एन्जॉय करूंगी "

जीविका परी और निशा को गले लगा लेती है....तभी शोभा जी नाश्ता ले कर आती है और टेबल पर रखते हुए बोलती है " ये लो तुम तीनो का नाश्ता.. जल्दी से खा लो.. "

शोभा जी जाते हुए बोलती है " और हाँ शाम को मेहंदी वाली को मैंने बुलाया है.. तो तुम तीनों मेहंदी लगवा लेना "

जीविका बोलती है " ठीक है माँ "

शोभा जी को गायत्री जी आवाज़ लगाती है.. वो कमरे से बाहर आती है.. सामने मालिनी ख़डी होती है.. शोभा जी मालिनी को देख ख़ुश होती है.... मालिनी बोलती है " बधाई हो भाभी "

शोभा जी मालिनी के गले मिलती है और बोलती है "जीतू जी नहीं आये "

मालिनी जी बोलती है " जी वो उनका ऑफिस है... इसलिए कल सगाई में ही आएंगे "

फिर मालिनी की अठारह साल की बेटी ज्योति गायत्री जी और शोभा जी के पैर छुती है..और शोभा जी से ज्योति बोलती है " मामी आसुतोस भईया की सगाई में मुझे आपसे गिफ्ट में फ़ोन चाहिए "

तभी शोभा जी बोलती है " ठीक है जरूर मिलेगा तुम्हे फ़ोन "

ज्योति शोभा की जोर से गले लगा कर बोलती है " थैंक यू मामी.. आप ही हो जो मेरी हर बात सुनती हो.. मेरी मम्मी तो खुद में ही बिजी रहती है "

मालिनी ज्योति को डांटते हुए बोलती है " बहुत ज्यादा नहीं बोल रही तू "

तभी जीविका परी और निशा बाहर आते है.. मालिनी बुआ को देख जीविका मालिनी का आर्शीवाद लेती है.. मालिनी बोलती है " अरे जीविका तू तो टीवी पर छा गई थी.. वैसे ऐसे भी कोई नाचता है क्या.. "

तभी ज्योति जीविका को गले मिलती है और कहती है, " जीविका दीदी.. आपका डांस मैंने भी देखा.. और पता है मेरी फ्रेंड्स ने कहा की यार तेरी दीदी कितना अच्छा डान्स करती है "

जीविका ज्योति को थैंक्यू बोलती है.. फिर निशा और परी मालिनी के पैर छुती है मालिनी मुँह बनाते हुए बोलती है " हाँ बस बस "

फिर मालिनी शोभा को बोलती है " शोभा इन लोगो का घर नहीं है...क्या ज़ब देखो यही रहती है ".

तभी गायत्री जी बोलती है "इन दोनों का घर भी है और परिवार भी है.. और ये भी इन दोनों का ही परिवार है.. तू शायद इस परिवार की नहीं है..तभी आते ही आग लगाना शुरु "

मालिनी गुस्साते हुए बोलती है " मैं आग लगाती हुँ "

गायत्री जी बोलती है " ये घर मेरा है और जीविका की दोस्त तुझसे भी ज्यादा प्यारी है मेरे लिए.. इसलिए खुशी में आई है तो खुशी में शामिल हो जहर ना घोल "

घर का गर्म माहौल देख निशा और परी बोलती है " आंटी हम अब जाते है.. हम कल आएंगे "

शोभा जी बोलती है " क्या तुम दोनों भी.. मालिनी बुआ का नेचर तो जानती हो.. रहो यही और एन्जॉय करो "

निशा बोलती है " पर आंटी हम कल आएंगे "

तभी गायत्री जी बोलती है " कोई कही नहीं जायेगा...और जीविका अपने दोस्तों को ले कर कमरे में जाओ.."

तभी मालिनी माँ के गुस्से को देख निशा और परी को बोलती है " अरे बेटा मैं तो मज़ाक कर रही थी.. और तुम दोनों भी ना. "

फिर मालिनी शोभा को बोलती है "भाभी वैसे आज क्या क्या बनाई हो?"."

तभी गायत्री जी बडबडते हुए बोलती है " घर पर तो बनाई नहीं होगी..कामचोर कही की "

मालिनी गायत्री जी को बोलती है " माँ तुमने मुझे कुछ कहा "

गायत्री जी बोलती है " तुझे कुछ नहीं कहा...जा कर खाना खां ले"

शोभा जी बोलती है "दीदी आप दोनों कमरे में जाइये.. मैं नाश्ता ले कर आती हुँ "

मालिनी और ज्योति कमरे में चली जाती है गायत्री जी बोलती है " इसे तो कल का न्योता दिया था ना ये आज कैसे आ गई "

तभी जीविका गायत्री जी के पास जाती है और गले लगा कर बोलती है " मेरी प्यारी दादी.. थैंक्यू "

गायत्री जी का गुस्सा कम हो जाता है और बोलती है " थैंक्यू किस लिए?"

जीविका बोलती है " निशा और परी को रोकने के लिए "

गायत्री जी निशा और परी को अपने पास बुलाती है और पास बिठाते हुए बोलती है " जैसे तू मेरी पोती है.. वैसे ये दोनों भी मेरी पोती हुई ना "

परी और निशा हसते हुए दादी के गले लग जाती है"

जीविका का घर

शाम हो गई थी.. मेहंदी वाली आ जाती है.. शोभा जी जीविका के कमरे में जाती है....जहाँ निशा परी और जीविका खूब मस्ती कर रहे थे.. शोभा जी ने कहा " जीविका चलो मेहंदी वाली आ गई है एक एक कर मेहंदी लगवा लो तीनो.. "

निशा खुश होते हुए बोलती है " वाओ! मेहंदी वाली आ गई..चल मेहंदी लगवाते है "

निशा उठ कर बाहर चली जाती है.. शोभा जी बोलती है " चलो तुम दोनों भी आ जाओ बाहर "

जीविका बोलती है " जी मम्मी आती हुँ "

जीविका और परी बाहर आती है...बाहर हॉल में मालिनी बुआ जी पहले से ही मेहंदी लगवा रही होती है.. " तीनों वही मेहंदी वाली के पास जा कर बैठ जाती है.." फिर रवि बोलता है " क्या दीदी.. भईया की कल सगाई है और लग ही नहीं रहा की सगाई है.. आप तीनो कुछ तो करो "

तभी निशा बोलती है " हाँ , रवि तू सही बोल रहा है.. अब तू ही बता क्या करे? "

रवि बोलता है " नाच गाना और क्या "

फिर निशा रवि के पास जाती है और एक गाना लगाने के लिए बोलती है..... निशा गाने की धुन पर बहुत अच्छा डांस करती है..

"आज है सगाई सुन लड़की के भाई

जरा नाच के हमको दिखा "

निशा इस गाने पर सबको हाथ पकड़ पकड़ कर नचाने लगती है..सब बहुत ख़ुश थे..गाना खत्म होता है फिर मालिनी बुआ जी निशा को बोलती है "इतना अच्छा डांस किया तुमने.. कहाँ से सीखा है "

निशा बोलती है "जी आंटी मैं ऐसे ही डांस करती हुँ.. कही से सीखा नहीं है "

फिर मालिनी ने कहा "अच्छा, तो मुझे भी सीखा दोगी..मैं भी आसुतोस की शादी में डांस करूंगी "

निशा ने हिचकिचाते हुए कहा " जी! जी जरूर.."

जीविका और परी मालिनी बुआ की बात से हसने लगती है.. शोभा जी जीविका को आंख दिखा कर इशारे में चुप रहने को बोलती है.. मालिनी बुआ जी बोलती है " जानती हुँ..मेरा वेट ज्यादा है इसलिए तुम लोग हस रहे हो.. पर मैं अपना वेट आसु की शादी तक कम कर लुंगी.. देखना "

तभी ज्योति हसते हुए बोलती है " तो मम्मी कल सगाई में आप सलाद ही खाना..".

सब हसने लगते है.. मालिनी जी बोलती है "बहुत बोलती है तू."""

फिर मालिनी जी मेहंदी लगा कर उठते हुए बोलती है "मेरा तो मेहंदी लगाना हो गया.. अब मैं चली कमरे में "

मालिनी अपने कमरे में चली जाती है..मालिनी के जाने के बाद जीविका बोलती है " क्यों सिखाएगी ना बुआ जी को डांस "

फिर सब हसने लगते है गायत्री जी बोलती है " बहु मुझे नींद आ रही है..जरा मुझे दवा दे देना "

शोभा जी बोलती है " जी माँ जी.. आप कमरे में जाइये मैं अभी ले कर आती हुँ "

फिर अशोक जी, आसुतोस रवि सब खाना खा कर अपने कमरे में चले जाते है.. निशा और परी भी मेहंदी लगाती है.. निशा परी को छेड़ते हुए मेहंदी वाली से बोलती है " इनके हाथ में राजीव का नाम जरूर लिखियेगा..और वो भी प्यार से "

परी बोलती है " तू भी अपने हाथ में लिखवा लेती देव का नाम "

जीविका हसते हुए बोलती है " वैसे तेरा देव है कहा.. आया की नहीं पटना से "

निशा मुँह बनाते हुए बोलती है " एक महीना हो गया उस छछूंदर को गए हुए और अभी तक कॉल नहीं आया.. समझो की अब हमारा ब्रेकअप हो गया है "

परी हसते हुए जीविका को बोलती है "जीविका देखो अब देव भी निशा से बच गया.. नहीं तो देव की खैर नहीं थी"

जीविका हसने लग जाती है... निशा मुँह बनाते हुए बोलती है "देख लेना मेरी जिससे भी शादी होंगी वो बहुत खुशकिस्मत होगा.. उसे मेरी जैसी सुशील और संस्कारी लड़की मिलेगी "

जीविका बोलती है " बिलकुल हमारी निशा है ही इतनी प्यारी "

परी के भी हाथों में मेहंदी लग जाती है.. परी बोलती है " चलो मेरे भी हाथों में मेहंदी लग गई अब जीविका तू ही रह गई है "

जीविका भी मेहंदी हाथों में लगाने लगती है तभी मेहंदी वाली बोलती है " आप के हाथों में किसका नाम लिखना है ".

निशा हसते हुए बोलती है " और किसका सूर्या का "

तभी शोभा खाने की थाली हाथ में लिए बोलती है " ये सूर्या कौन है? "

जीविका परी निशा तीनों घबरा जाती है.. फिर शोभा जी खाना टेबल पर रखती है और निशा के पास आप कर बोलती है "निशा बेटा ये सूर्या कौन है? "

निशा घबरा जाती है.. तभी परी बात को संभालते हुए बोलती है " जी आंटी सूर्या मेरा छोटा भाई है.. और निशा जीविका को बोल रही थी की सूर्या भी आएगा "

शोभा जी बोलती है " तुम्हारा तो कोई भाई नहीं है फिर ये कौन सा भाई है? "

परी घबराते हुए बोलती है " जी! जी वो.. हाँ अरे आंटी वो मेरी मासी का लड़का है सूर्या.. अब मेरी भी तो इंगेजमेंट होने वाली है ना इसलिए आया हुआ है "

शोभा जी बोलती है " ओ! अच्छा.. चलो तुम तीनो को मैं अपने हाथों से खाना खिला देती हुँ.. मेहंदी तो लग ही गई है "

फिर शोभा जी मेहंदी वाली को बोलती है "बेटा तुम भी खाना खां लो.. फिर रवि तुम्हे छोड़ आएगा "

मेहंदी वाली ने कहा " नहीं आंटी.. माँ खाना बना दी है.. वही जा कर खाउंगी "

शोभा जी बोलती है " ठीक है.. "

शोभा जी सबको खाना खिलाने के बाद मेहंदी वाली को बोलती है "सबकी मेहंदी लग गई ना "

मेहंदी वाली बोलती है " हाँ सबकी मेहंदी लग गई है... बस आप को मेहंदी लगाना रह गया है ""

शोभा जी बोलती है "बेटा बहुत रात हो गई है.. तुम्हारी माँ इंतजार कर रही होंगी..मैं कल लगवा लुंगी मेहंदी.. तुम्हें रवि छोड़ आएगा घर "

मेहंदी वाली बोलती है " आंटी कल कहा टाइम मिलेगा "

तभी जीविका बोलती है " हाँ माँ अभी लगवा लीजिए.. कल कहाँ टाइम मिलेगा... "

तभी शोभा जी बोलती है " ठीक है... मैं अभी आती हूं..

शोभा जी किचन में चली जाती है.. शोभा जी के जाने के बाद परी हल्का सा निशा के सिर पर झटका देते हुए बोलती है " सोच समझ कर कुछ नहीं बोलती है... आंटी को पता चल जाता तो.. "

निशा बोलती " सॉरी जीविका.. वो ऐसे ही उसका नाम आ गया था "

जीविका बोलती है " आज तो परी ने बात को संभाल लिया.. और तू जो नहीं है उसी का नाम रट रही है "

निशा बोलती है " सॉरी यार "

थोड़ी देर बाद शोभा जी के हाथों में भी मेहंदी लग जाती है...शोभा जी रवि को आवाज़ लगाती है.. रवि आ जाता है..शोभा जी बोलती है " बेटा जरा दीदी को घर तक छोड़ आ "

शोभा जी मेहंदी वाली को पैसे देते हुए बोलती है "आसुतोस भईया की शादी में भी तुम ही सबको मेहंदी लगाना "

मेहंदी वाली ख़ुश होते हुए कहती है " जी आंटी.. "

रवि मेहंदी वाली को छोड़ने चला जाता है.. फिर शोभा जी बोलती है " तुम तीनो सुबह जल्दी उठ जाना..11बजे वहाँ राधिका के यहाँ पहुंचना है "

जीविका बोलती है " ठीक है माँ हम तीनो जल्दी उठ जायेंगे "

फिर निशा बोलती है " और जल्दी तैयार भी हो जायेंगे "

शोभा जी बोलती है " हे!! भगवान कल सब काम अच्छे से हो जाये "सुबह होते ही शोभा जी नहा कर पूजा कर सब के लिए चाय बनाती है.. अशोक जी हॉल में बैठे राधिका को देने वाले सब सामान एक जगह रख रहे थे..रवि सब सामान बेग में रख रहा था तभी शोभा जी बोलती है " ये लीजिए आप की चाय.. रवि सब सामान ठीक से रखना.. और चुडी का बॉक्स कपड़े के बीच में रखना.. "

अशोक जी बोलते है " शोभा जी रिंग और चैन ले आइये वो भी इसी में रख देते है "

तभी गायत्री जी बोलती है "बहु जा कर देखो तो जीविका और परी निशा उठी की नहीं "

शोभा जी बोलती है " अभी देख कर आती हुँ "

शोभा जी कमरे में आवाज़ लगाते हुए आती है "जीविका! जीविका!

पर जीविका परी और निशा पहले से ही उठी होती है.. और हसी मज़ाक कर रही थी.. शोभा जी बोलती है "अरे वाह! तुम तीनों तो समय पर उठ गई.. अब तीनो जल्दी से नाहा लो..और जल्दी से तैयार हो जाओ.. आज देर मत करना "

जीविका बोलती है " माँ हम तो आज जल्दी तैयार हो जायेंगे.. जाके भईया को देखिए उन्हें ही तैयार होने में देरी ना हो जाये "

शोभा जी बोलती है " हे भगवान! आसुतोस को भी उठाना है.. नहीं तो वो सोता रह जायेगा.. मैं जाती हुँ.. तुम लोग जल्दी से तैयार हो जाओ "

शोभा जी आशुतोस के कमरे में जाती है.. आसुतोस सोया होता है.. शोभा जी जल्दी से आसुतोस को उठाती है.. और बोलती है " बेटा उठ जा..और जल्दी से तैयार हो जा..नहीं तो सगाई के लिए देरी हो जाएगी "

आसुतोस नींद से जागते हुए बोलता है " माँ मुझे तैयार होने में टाइम नहीं लगेगा "

शोभा जी बोलती है " बेटा उठ जा जल्दी से नहीं तो जरा सी भी देरी हुई तो तेरे पापा गुस्सा हो जायेंगे "

आसुतोष उठते हुए बोलता है " ठीक है माँ.. आप एक कप चाय बना दो"

शोभा जी बोलती है " अभी ले कर आती हुँ "

गायत्री जी बोलती है " बहु जीविका उठ गई "

शोभा जी " हाँ माँ जी उठ गई है.. अब आशुतोस भी उठ गया है.. बस चाय बना कर देना है आसु को "

तभी मालिनी भी बाहर तैयार हो कर आ जाती है... और शोभा जी से बोलती है " मेरे लिए भी एक कप चाय बना देना भाभी "

गायत्री जी को मालिनी की बात पसंद नहीं आती बोलती है "बहु तेरी चाय ठंडी हो रही है.. तू चाय पी.. आसु के लिए चाय मालिनी बना देगी और अपने लिए भी बना लेगी "

मालिनी हिचकिचाते हुए बोलती है " मैं बनाऊ चाय "

गायत्री जी बोलती है " हाँ तुझे ही बोला है... जा बना दे चाय "

मालिनी कहती है " ठीक है बनाती हुँ "

गायत्री जी बोलती है " आ बहु बैठ कर आराम से चाय पी.. दिन भर काम करती रहती है.. "

शोभा जी बोलती है " माँ जी काम करने से मन लगा रहता है मेरा "

फिर गायत्री जी बोलती है" अब सब काम हो गया हो तो सब तैयार हो जाओ.. "

फिर अशोक बोलता है " हाँ केशव का फ़ोन आया हुआ था बोल रहा था कितने बजे आ रहे हो..

शोभा जी बोलती है "11 बजे पहुंचना है ना?"

अशोक जी ने कहा " हाँ 11 बजे.. अब जा कर तैयार जो जाइये आप सब... मैं भी तैयार हो जाता हुँ.. "

शोभा जी तैयार होने चली जाती है.. शोभा जी चार पांच साड़ी बेड पर रखते हुए केशव जी को बोलती है " कौन सी सारी पहनू? "

केशव जी हसते हुए बोलते है " आप पर सारे रंग अच्छे लगते है... वैसे ये नीले रंग की सारी पहन लीजिए "

केशव सर्ट के बटन लगाते हुए कहता है " ये लीजिए हम तो तैयार हो गए.. आप सब को तैयार होने में ही समय लगेगा "

तभी शोभा जी हसते हुए बोलती है " आप को कुर्ता पहनना है और हमें साड़ी तो समय तो लगेगा ना "

तभी गायत्री जी आवाज़ लगाती है केशव बोलता है " चलिए आप तैयार हो जाइये और आसुतोस को भी देख लीजिएगा "

केशव जी कमरे से बाहर आते है गायत्री जी बोलती है " अरे केशव बेटा सब तैयार हुए की नहीं.. "

तभी रवि आता है और बोलता है " मैं तो तैयार हुँ दादी"

केशव बोलता है " रवि ये सब समान गाड़ी में रखो.. हम भी आते है "रवि बोलता है " जी पापा.. "

शोभा जी तैयार हो कर आसु के कमरे में जाती है..आसुतोस तैयार हो चूका था.. तभी शोभा जी बोलती है " अरे वाह! तैयार हो गए तुम.. बहुत अच्छा लग रहा है.. अब चल बाहर सब इंतजार कर रहे है "

हॉल में जीविका, परी, निशा, मालिनी बुआ, ज्योति सब तैयार हो कर पहले ही बैठे थे.. आसुतोस को देख जीविका बोलती है "वाह! भईया क्या लग रहे हो..आज तो भाभी शादी ही ना कर ले आप से "

सब हसने लगते है..मालिनी बुआ बोलती है " और मैं कैसी लग रही हूँ "

निशा मालिनी बुआ के पास जाती है और बोलती है " बिलकुल पटाखा लग रही हो बुआ जी.."

सब हसने लगते है.. तभी अशोक जी बोलते है " अब चलिए सब नहीं तो देर हो जाएगी "

शोभा जो भगवान के आगे प्रार्थना कर आसुतोस को टीका लगाती है और बोलती है " हे भगवान सब काम अच्छे से हो जाये "

अशोक जी और उनका पूरा परिवार होटल पहुँचता है... केशव जी अशोक जी और उनके परिवार के स्वागत के लिए पहले ही खड़े थे..अशोक जी के बच्चे केशव और नैना जी के पैर छूते है.. केशव जी सब को आदर के साथ अंदर ले कर आते है..

केशव जी अशोक जी और उनके परिवार का परिचय अपने रिश्तेदारों से करवाते है...केशव जी बोलते है " आप सब बैठिये मैं अभी आता हुँ "

अशोक जी और उनका पूरा परिवार आराम से बैठ जाते है.. बैटर कोल्ड्रिंक्स और पानी ला कर सब को देता है... एक तरफ डांस फ्लोर पर लड़के लड़किया डांस कर रहे थे.. तो दूसरी ओर कैमरा वाला

फोटो ले रहा था..तभी अशोक जी के रिश्तेदार भी आने लगते है.. केशव और नैना जी सबका स्वागत अच्छे से करते है..

केशव जी नैना से बोलते है "नैना जी..ये दीदी कहाँ है?"

नैना जी बोलती है " पता नहीं... शायद कमरे में होंगी.. मैं देख कर आती हूं "

इधर सरोज जी की थोड़ी सी तबियत खराब थी इसलिए वो आराम कर रही थी...

नैना जी कमरे में पहुँचती है जहाँ सरोज जी आराम कर रही थी.. और माया सरोज जी के पास बैठी थी.. नैना जी सरोज जी के पास जाती है और घबराते हुए बोलती है "क्या हुआ दीदी को?"

माया धीरे आवाज़ में बोलती है " मामी माँ की तबियत थोड़ी खराब हो गई है.. अभी मेडिसिन लिया है ठीक हो जाएंगी "

नैना थोड़ा रुक कर बोलती है " ज्यादा कुछ प्रॉब्लम तो नहीं है ना... नहीं तो हम अभी डॉक्टर को बुला लेते है "

माया नैना जी के हाथ को पकड़ कर बोलती है "नहीं मामी.. अभी ठीक है माँ.. आप चिंता मत कीजिये.. आज राधिका दीदी की सगाई है.. आप जाइये.... मैं माँ को ले कर आती हूं "

तभी सरोज जी की आँख खुल जाती है.. नैना सरोज जी से कहती है " दीदी आप ठीक है ना.. ""

सरोज सी धीमे आवाज़ में बोलती है " हाँ.. मैं अब ठीक हूं.. तुम जाओ राधिका की सगाई है... मैं अभी आती हू "

नैना जी बोलती है " ठीक है.. मैं आपके लिए जूस भिजवाती हूं... माया बेटा तुम माँ को ले कर आ जाना"

माया ने कहा"ठीक है मामी "

नैना जी इतना बोल कमरे से बाहर आती है और सबसे पहले सरोज जी के लिए जूस, फ्रूट्स भिजवाती है "

नैना बाहर हाल में आती है.. केशव जी नैना जी को देख कर बोलते है "नैना जी कहाँ रह गई थी आप.. और दीदी कहाँ है? सगाई का मुहर्त हो गया है "

नैना जी ने कहा " दीदी की थोड़ी तबियत खराब है.. "

केशव जी घबराते हुए बोलते है " क्या हुआ दीदी को? "

तभी सरोज जी आ जाती है और बोलती है "कुछ नहीं हुआ मुझे...बस थोड़ी सी थकावट हो गई थी "

केशव जी बोलते है "दीदी आप की तबियत ठीक नहीं.. तो डॉक्टर को बुला लेते है "

नैना जी भी बोलती है " ये ठीक कह रहे है.. डॉक्टर को बुला लेते है "

सरोज जी बोलती है " अरे मैं ठीक हूं... अगर ठीक नहीं होती तो मैं खुद बोल देती तुम दोनों को .. अब चलो क्या सोच रहे हो दोनों.. हमें नहीं मिलवाओगे दामाद जी से "

नैना माया की तरफ देखती है... माया बोलती है " मामी माँ बिलकुल ठीक है.. आप चिंता मत कीजिये.. "

केशव जी बोलते है "चलिए मैं आपको दामाद जी और उनके पुरे परिवार से मिलवाता हूं दीदी "

तभी पंडित जी आते है और बोलते है " केशव जी सगाई की रस्म शुरु करे "

केशव जी बोलते है "पंडित जी बस एक मिनट रुकिए "

केशब जी अशोक जी के पास जाते है और बोलते है "अशोक जी आपके सब रिश्तेदार आ गए ना.. "

अशोक जी बोलते है " हाँ सब आ गए है "

फिर केशव जी ने पंडित जी से कहा " जी पंडित जी.. सगाई की रस्म शुरु कीजिए "

पंडित जी का आसन्न पहले से ही लगा दिया गया था..नैना माया को बोलती है

" बेटा जाओ राधिका को ले आओ.. "

माया राधिका को लेने चली जाती है... राधिका कमरे में तैयार हो कर शीशे में खुद को देख रही थी.. तभी माया कमरे में आती है और

राधिका को देख बोलती है " वाओ! कितनी सुन्दर लग रही है आप.. "राधिका थैंक्यू बोलती है और माया से कहती है "बुआ ठीक है ना माया "

माया ने कहा " जी दीदी माँ बिलकुल ठीक है... अब आप चलिए सब इंतजार कर रहे है "

माया कुछ देर बाद राधिका को ले कर आती है...सब की नज़रे राधिका पर थी.. नैना जी राधिका को आसन्न पर बिठाते हुए माया से बोलती है " बेटा तुम राधिका के पास रुको ..मैं अभी आती हूं "

इतना बोल कर नैना जी चली जाती है.. इधर पंडित जी पूजा शुरू कर देते है... नैना रीना को बोलती है " रीना इंगेजमेंट रिंग ऊपर कमरे में रह गई है.. जरा ले आओ "

रीना ने कहा " जी दीदी.. अभी लाती हूं "

नैना जी सरोज जी के पास जाती है और बोलती है " दीदी आप ठीक है ना... कुछ चाहिए आपको "

सरोज जी ने कहा "मैं ठीक हुँ अब "

केशव जी बोलते है "अब कैसी तबियत है दीदी "

सरोज जी बोलती है " अच्छी हूं अब... अब मेरी फ़िक्र मत करो.. अशोक कहा है "

केशव जी के बोलने से पहले ही अशोक जी और शोभा जी आ जाते है और सरोज जी के पैर छू कर आर्शीवाद लेते हुए बोलते है "कैसी है दीदी आप?

सरोज जी को बोलती है " अच्छी हूं.. और मुझे बहुत खुशी हुई की रिश्ता तुम्हारे परिवार से जुड़ रहा है.. "

अशोक जी बोलते है " ये तो हमारा सौभाग्य है की आपके परिवार से रिश्ता जुड़ रहा है "

तभी पंडित जी समस्त परिवार को बुलाते है.. केशव जी बोलते है " दीदी हम अभी आते है "

तभी सरोज की छोटी बहन आभा भी सरोज के पास कुर्सी पर बैठ जाती है..आभा बोलती है " दीदी तबियत कैसी है "

सरोज जी धीमी आवाज़ में बोलती है " अभी ठीक है.. रहते रहते पता नहीं क्या हो गया था "

आभा ने कहा " दीदी आप एक बार डॉक्टर से जरूर दिखवा लीजिएगा "

सरोज जी बोलती है " हम्म! कल जाऊंगी डॉक्टर के पास सूर्या भी आ जायेगा कल "

फिर आभा ने कहा " सूर्या के लिए कोई लड़की देखी की नहीं "

सरोज जी बोलती है " अभी कहा.. वो अभी शादी नहीं करना चाहता है "

आभा बोलती है "देखो दीदी,, आप लड़की ढूंढो तो सही.. वो कैसे शादी नहीं करेगा... "

सरोज जी बोलती है " हम्म! देख तो रहे है लड़की.. पर कोई पसंद तो आये सूर्या को ""

आभा आसुतोस की तरफ देखते हुए बोलती है " सच दीदी अशोक भाईसाहब के घर राधिका का रिश्ता हो रहा है.. ये जान कर मुझे बहुत खुशी हुई "

सरोज जी बोलती है " हाँ अशोक ने बहुत मदद की थी हमारी.."

तभी नैना राधिका के पास जा कर बैठ जाती है..अशोक जी राधिका को देने वाली सारी चीज़ें पंडित जी के पास रख देते है.... पंडित जी मंत्र पढ़ने लगते है.... पूजा की विधि सम्पन्न होती है.. और अंगूठी पहनाने की रस्म शुरु होती है.. स्टेज पर जीविका,निशा और परी आसुतोस के साथ जाती है और माया, नैना जी, राधिका के साथ स्टेज पर होते है..जीविका अंगूठी की थाली ले कर आगे आती है.. आसुतोस और राधिका दोनों एक दूसरे को अंगूठी पहनाते है..सब ताली बजाते है..केशव जी सरोज जी के पास आ कर बैठ जाते है..सरोज जी की नज़र जीविका पर पड़ती है.. जीविका को देख सरोज जी केशव से पूछती है " केशव! वो लड़की जिसने गुलाबी रंग का लेहंगा पहना हुआ है कौन है? "

केशव जी बोलते है " ये अशोक की एकलौती बेटी और आसुतोस की बहन है जीविका है "

सरोज जी बोलती है " जीविका ,, जितनी प्यारी दिखती है उतना प्यारा नाम है "

केशव जी बोलते है " क्या हुआ दीदी?. क्या सोच रही है?"

सरोज जी ने कहा है " जीविका अभी क्या कर रही है? "

केशव जी बोलते है " जीविका बिटिया की पढ़ाई पूरी हो चुकी है.."

सरोज जी फिर बोलती है " केशव ये लड़की मुझे पसंद आ गई है.. मेरे सूर्या के लिए ये लड़की कैसे रहेगी? "

केशव जी बोलते है " दीदी जीविका से मैं एक ही बार मिला हूं . बहुत ही चंचल और प्यारी बच्ची है.. अब आप जीविका को पसंद कर ही ली है तो मुझे लगता है सूर्या के लिए जीविका सही रहेगी.."

बंगलुरु

सूर्या का ऑफिस का काम खत्म हो जाता है.... सूर्या अपने होटल के रूम में जाता है.. जहाँ शिवानी ब्लैक कलर का ड्रेस पहन कर तैयार बैठी होती है... शिवानी का चेहरा गुस्से से लाल था.. और गुस्से में सूर्या को बोलती है " ये क्या है सूर्या?... तुम्हारी आदत हो गई है.. इंतजार करवाने की.."

सूर्या बोलता है " अरे यार ! सॉरी सॉरी शिवानी..मीटिंग की वजह से देरी हो गई..चलो अब चलते है .. "

शिवानी गुस्से में बोलती है " मुझे कही नहीं जाना अब.. मैं तो चाहती हुँ की तुमसे ब्रेकअप कर लूँ "

फिर सूर्या शिवानी के सामने खड़ा हो जाता है.. और बोलता है " शिवानी तुम जानती हो की मैं तुमसे कितना प्यार करता हुँ.. फिर भी तुम छोटी छोटी बातों पर रूठ जाती हो.. और मैं हर बार की तरह तुम्हें मनाता हुँ और मनाता रहूँगा.. पर मुझसे अलग होने की बात मत करना "

शिवानी सूर्या का हाथ पकड़ कर हसने लगती है.. और सूर्या को गले लगा लेती है..और कहती है " मैंने तो बस ऐसे ही कहा..वैसे सूर्या मैं तुम्हारे साथ हमेशा रहना चाहती हुँ "

सूर्या शिवानी के माथे पर किस करते हुए बोलता है " मैं भी यही चाहता हुँ शिवानी की तुम मेरी पत्नी बन कर मेरे घर आओ.."

फिर शिवानी सूर्या से अलग होती है और बेड पर बैठ जाती है.. सूर्या शिवानी के पास आता है और बोलता है " क्या हुआ? "

शिवानी बोलती है " हम दोनों कॉलेज के टाइम से ही एक दूसरे को पसंद करते है.. पर तुमने आज तक अपनी माँ से मेरा जिक्र नहीं किया? "

सूर्या बोलता है " तुम तो जानती हो ना की माँ की तबियत का.. और वो चाहती है की बहु उनकी पसंद की हो.. और मैं भी उनके सामने तुम्हारा जिक्र नहीं कर पाता हुँ "

फिर शिवानी ने सूर्या के चेहरे पर हाथ रखते हुए कहा " तो तुम मम्मी को मेरे वारे में बताओगे तभी तो वो मुझे जानेंगी "

सूर्या बोलता है " इसलिए तो मैं तुम्हे कल अपने साथ अपने घर ले कर जा रहा हुँ .. तुम मेरे घर कुछ दिन रहोगी.. मैं माँ को बोल दूंगा की तुम मेरी दोस्त हो.. तुम वहाँ रह कर माँ से मिलना, बातें करना.. उनकी सेवा करना और माँ को खाना अपने हाथ से बना कर खिलाना.. माँ का दिल जीतना "

फिर शिवानी सोचने लगती है.. फिर सूर्या कहता है " क्या हुआ? क्या सोच रही हो? चलोगी ना मेरे साथ "

शिवानी बोलती है "नहीं सूर्या मैं अभी तुम्हारे साथ नहीं चल सकती.. मुझे ऑफिस का भी काम है.. मेरा ऑफिस का काम खत्म होते ही.. मैं सीधा तुम्हारे घर आ जाऊंगी.. अभी नहीं आ सकती "

सूर्या बोलता है " कब आओगी तुम? "

शिवानी बोलती है " दो तीन महीने में आ जाऊंगी.. फिर मैं तुम्हारी माँ के साथ रहूंगी.. उनकी सेवा करूंगी और उनका दिल जीतूंगी "

सूर्या बोलता है " ठीक है.. वैसे मुझे यकीन है की तुम उनका दिल जीत लोगी...चलो आज का ही दिन है कही घूमने चलते है "

शाम हो गई थी सब मेहमान एक एक कर विदा हो गए.. अशोक सरोज जी के पास आ जाते है और बोलते है " दीदी तबियत कैसी है आपकी? "

सरोज जी बोलती है " अभी तो ठीक हुँ.. आओ बैठो "

तभी केशव और नैना सब रिश्तेदारों को विदा करने के बाद सरोज जी के पास आ कर बैठ जाते है.. सरोज जी बोलती है " अशोक

तुम्हारी बेटी जीविका बहुत प्यारी है.. मैं अपने बेटे सूर्या का रिश्ता तुम्हारे घर में करना चाहती हुँ "

अशोक जी को सरोज जी के बातों से खुशी होती है.. शोभा जी और गायत्री जी भी सरोज जी के बातों से ख़ुश हो जाती है.. तभी नैना जी बोलती है " भाई साहब सूर्या बहुत अच्छा लड़का है.. उसका खुद का ऑफिस है.. "

फिर अशोक जी अपनी बेटी की तरफ देखते है.. जो अभी निशा और प्रिया की बातों पर हस रही थी.. सरोज जी बोलती है " देखो अशोक मेरी तरफ से हाँ है.. वाकी तुम अपने परिवार से राय विचार कर लो "तभी गायत्री जी बोलती है " सरोज बेटा हम कल तक तुम्हें बता देंगे.. वैसे मेरी तरफ से हाँ है "

अशोक जी बोलते है "जी दीदी हमारी तरफ से हाँ है.. पर सूर्या अभी कहाँ है?"

सरोज जी बोलती है "सूर्या अभी ऑफिस के काम से बंगलुरु गया है... कल आ जायेगा "

शोभा जी बोलती है " सरोज बहन जी.. आपके घर रिश्ता हो इससे पहले दोनों बच्चे एक दूसरे को देख ले तो सही रहेगा "

सरोज जी बोलती है " हाँ आप सही कह रही है.. .. कल सूर्या आ जायेगा... तो मैं उससे बात करती हुँ "

अशोक जी बोलते है " ठीक है बहन जी अब हम चलते है "

शोभा जी जीविका को आवाज़ लगाती है और सब को पैर छूने का इशारा करती है " जीविका सब के पैर छुती है.. तभी सरोज जी बोलती है " एक साथ दोनों खुशी मिल गई मुझे "

आसुतोस और राधिका भी सबके पैर छूते है फिर सब बाहर चले जाते है..निशा राधिका से बोलती है " मेरी होने वाली भाभी जी ये लीजिए आसुतोस भईया का फ़ोन नंबर.. ज़ब मन करे बात कर लीजिएगा.. "

जीविका भी राधिका का नंबर ले लेती है.. और बोलती है.. " अब सिर्फ फ़ोन पर ही बात होगी आप दोनों की मेरी प्यारी भाभी जी "

निशा बोलती है " वैसे भाभी चुपके से मिलना हो तो मिल सकती है भईया से "

आसुतोष राधिका से बोलता है " बहुत बोलती है.. मेरी बहने.. अच्छा अब चलता हुँ "

जीविका बोलती है " भईया आपको और भी बात करना है भाभी से तो बात कर लीजिए.. और वैसे भी सब बाहर है "

सब हसने लगते है.. तभी अशोक जी आवाज़ लगाते है.. जीविका परी निशा.. सब बाहर आ जाते है.. और सब को प्रणाम कर कार में बैठ जाती है.. अशोक जी हाथ जोड़ कर जाने की अनुमति मांगते है.....

जीविका का घर

सब रात के थके सुबह देर तक सोय हुए थे.. पर शोभा जी नहा कर पूजा कर अशोक जी और गायत्री जी के लिए चाय बनाती है..

अशोक जी जमाई लेते हुए हॉल में आ जाते है.. शोभा जी चाय ले कर आती है अशोक जी और गायत्री जी को चाय पकड़ाती है और सोफे पर बैठते हुए बोलती है "चलो कल सब काम सही से हो गया.. अब एक महीने बाद शादी है.. कैसे सब होगा "

अशोक जी बोलते है " सब सही से हो जायेगा.. आप चिंता ना करे "

फिर गायत्री जी बोलती है " रिश्तेदार जो गॉव में है सब को न्योता देना है.. और उन लोगो के रहने का प्रबंध भी करना है "

अशोक जी बोलते है " माँ अभी एक महीना है.. और आप दोनों अभी से चिंता करने लगी.. "

शोभा जी हसते हुए बोलती है " चिंता नहीं ये खुशी है... बस राधिका जल्दी से इस घर में आ जाये "

फिर थोड़ा रुक कर शोभा जी बोलती है " जी आपने सरोज जी के बेटे के बारे में क्या सोचा है? "

अशोक जी चाय की चुस्की लेते हुए बोलते है " सोचना क्या.. आज मैं सरोज दीदी को इस रिश्ते के बारे में हाँ बोल दूंगा.. "

शोभा जी बोलती है " लड़के के बारे में मुझे ज्यादा नहीं पता.. लड़का क्या करता है? "

अशोक जी बोलते है " लडके का खुद का ऑफिस है....अब आप सोच ही सकती होगी की कितना मेहनती होगा लड़का."

गायत्री जी बोलती है "अच्छा और घर में कौन कौन है? "

अशोक जी बोलते है " सरोज दीदी है.. और उनकी बेटी है.. "

शोभा जी बोलती है " और सरोज जी इतनी अच्छी है की हमारी बेटी को बिलकुल अपनी बेटी की तरह मानेगी . "

अशोक जी बोलते है " मैंने इस रिश्ते के लिए हाँ इसलिए की क्युकी सरोज दीदी को मैं कॉलेज के समय से ही बहुत अच्छे से जानता हुँ.. और उनके बेटे से मिला तो नहीं पर यकीन है की वो भी बिलकुल सरोज दीदी पर गया होगा "

अशोक जी बोलते है " चलो! मैं थोड़ा बाहर से आता हुँ.. सरोज जी से भी बात कर लूंगा "

ये बोल अशोक जी बाहर चले जाते है.. फिर शोभा जी बोलती है.. " माँ जी मैं आज बहुत ख़ुश हुँ.. एक साथ दो दो खुशियाँ मिली है "

गायत्री जी बोलती है "जीविका को भी बता देना "

शोभा जी बोलती है " जी माँ.. मैं आज ही बता दूंगी उसे "

सूर्या का घर

केशव जी से रिश्ते की हाँ सुन कर सरोज जी को बहुत खुशी होती है.. तभी सूर्या आ जाता है.. सरोज जी फ़ोन रखते हुए बोलती है "अच्छा केशव कल का दिन रख लो.. दोनों बच्चे कल मिल लेंगे "

केशव जी हामी भर देते है.. सरोज जी फ़ोन रख देती है.. सूर्या अपना बेग रखते हुए माँ के गले लगता है और बोलता है " माँ कॉफ़ी बना दो "

सरोज जी हसते हुए बोलती है " अभी बना कर लाती हुँ "

तभी माया आती है.. सूर्या को देख ख़ुश होते हुए बोलती है " भईया आप आ गए "

सूर्या बोलता है "हाँ आ गया.. तू बता कैसा रहा मामी के यहाँ और राधिका की सगाई अच्छे से हो गई ना "

माया बोलती है " हाँ भईया सब कुछ अच्छे से हो गया पर!"

सूर्या बोलता है " पर क्या? "

माया मायूस हो कर सूर्या को गले लगा लेती है और रोने लगती है .. सूर्या बोलता है " क्या हुआ बेटा क्यों रो रही है?"

माया सिसकते हुए बोलती है " भईया माँ कल सुबह बेहोश हो गई थी.. मुझे कुछ अच्छा नहीं लग रहा "

सूर्या घबराते हुए बोलता है " माँ दवाई ली थी ना "

माया बोलती है " हाँ भईया माँ दवाई तो टाइम पर लेती थी. भईया पापा तो नहीं रहे पर मैं माँ को नहीं खोना चाहती हुँ.. आप माँ को आज ही डॉक्टर के पास ले कर जाइये "

सूर्या माया को चुप कराते हुए बोलता है " देखो माँ के सामने रोना मत.. मैं आज ही ले कर जाऊंगा माँ को "

तभी सरोज जी कॉफ़ी ले कर आती है और सूर्या को देती है.. सूर्या बोलता है " माँ आप मेरे पास इधर आ कर बैठिये "

सरोज जी सूर्या के पास आ कर बैठ जाती है.. सूर्या कॉफ़ी पीते हुए बोलता है " माँ आप के हाथों की कॉफ़ी में पता नहीं क्या जादू है की पीते ही सब टेंशन दूर हो जाता है.. आप हमेशा मुझे ऐसे ही कॉफ़ी बना कर दीजियेगा "

तभी सरोज जी हसते हुए बोलती है " मैं अगर नहीं रही तो किसकी हाथ की कॉफ़ी पियेगा.. इसलिए तू शादी कर ले.. मैं बहु को सब कुछ सीखा दूंगी "

सूर्या के आँखों में आसु आ जाता है और माँ के गले लग कर गुस्से से बोलता है " माँ आप हमेशा मुझे कॉफ़ी बना कर देंगी.. और आप ये बात फिर से मत बोलियेगा की मैं नहीं रही तो "

सूर्या रोने लगता है और माया के आँखों में भी आसु आ जाते है.. माया भी माँ के गले लग जाती है.. सरोज जी बोलती है " अरे बेटा क्यों रो रहे हो तुम दोनों..देखो मैं कही नहीं जाऊंगी..अच्छा जाऊंगी भी क्यों मेरे घर में खुशियाँ आने वाली है "

सूर्या आँखों के आसु पोछते हुए बोलता है " कैसी खुशियाँ माँ कौन आ रहा है? "

सरोज जी मुस्कुराते हुए बोलती है " मेरी बहु आने वाली है "

सूर्या खुद में ही सोचने लगता है " मैंने तो माँ को शिवानी के बारे में बताया नहीं..माँ को फिर कहाँ से पता चला "

सूर्या बोलता है " माँ आपको कैसे पता चला... आप ख़ुश है इस रिश्ते से "

सरोज जी हसते हुए बोलती है " मैं ख़ुश नहीं बहुत बहुत ख़ुश हुँ. मेरी बहु जीविका ज़ब इस घर में आएगी तो खूब मिठाईया बाटूंगी.. और जीविका के आने से मेरी बीमारी यूँ ही दूर हो जाएगी.."

सरोज जी हसने लगती है.. माया सूर्या को बधाई देती है फिर बोलती है " हमने तो अभी तक देखा नहीं.. माँ कैसी दिखती है मेरी होने वाली भाभी ? "

सरोज जी बोलती है " बहुत प्यारी है और तुम भी उससे मिल चुकी हो.. "

माया बोलती है " मैं मिल चुकी हुँ.. कब और कहाँ मिली मैं ? "

सरोज जी बोलती है " कल सगाई में राधिका की ननद जीविका से जिसने गुलाबी रंग का लेहंगा पहना था "

माया बोलती है " हाँ मैं स्टेज पर मिली थी उससे.. अच्छी लड़की है "सूर्या खामोश हो जाता है कुछ नहीं बोलता.. उसके आँखों में नमी थी.. फिर सरोज जी ने कहा " बेटा मैंने कल मिलने के लिए हाँ बोल दिया है.. तू कल तैयार हो जाना.. "

तभी सरोज जी को फिर से चककर आने लगता है.. वो ज़मीन पर गिर जाती है.. सूर्या और माया घबरा जाते है... माया रोते हुए बोलती है " भईया माँ को क्या हो गया? "

सूर्या घबराते हुए बोलता है " कुछ नहीं हुआ माँ को और मैं कुछ होने नहीं दूंगा माँ को "

सूर्या सरोज जी को हॉस्पिटल ले कर जाता है.. सरोज जी को डॉक्टर पूरी बॉडी का चेकअप करते है.. सूर्या की आँखे नम थी. एक साथ दोनों दुख उसके सामने ठीक एक तरफ शिवानी और एक तरफ माँ.. तभी डॉक्टर आते है और बोलते है " सूर्या मुझे तुमसे कुछ बात करना है.. मेरे केबिन में आओ "

सूर्या घबरा कर डॉक्टर के साथ चला जाता है.. माया सरोज जी के पास बैठी होती है.. सूर्या बोलता है " क्या हुआ मेरी माँ को डॉक्टर?"

डॉक्टर बोलता है.. "सरोज जी के हार्ट का ऑपरेशन करना होगा.. अगर अभी नहीं हुआ तो उनकी जान भी जा सकती है "

सूर्या रोते हुए बोलता है " डॉक्टर मेरी माँ को बचा लीजिए... आप को जितने रुपय चाहिए मैं दूंगा.. पर मेरी माँ को ठीक कर दो"

डॉक्टर रमन सूर्या के फैमिली डॉक्टर जैसे थे .. वो सूर्या को रोता हुआ देख उसे चुप कराते है और बोलते है "सूर्या मैं और मेरी टीम पूरी कोशिश करेगी.. मैं सरोज जी को कुछ नहीं होने दूंगा.. तुम्हारी माँ बिलकुल ठीक हो जाएगी.. पर हाँ उनको ख़ुश रखना अब तुम्हारी ज़िम्मेदारी है जीतना वो ख़ुश रहेगी उतनी जल्दी से ठीक हो जाएगी.. "सूर्या रूम से बाहर आता है और अपने माँ को बाहर से देखता है जो अभी माया से हसते हुए बात कर रही है.. सूर्या अपने आँखों के आसु पोछता है और अपनी माँ के पास जाता है.. और माँ के पास बैठ जाता है.. सरोज जी बोलती है " अब मैं ठीक हुँ.. अब घर चले.. "

सूर्या बोलता है " नहीं माँ अभी नहीं.. अभी आप और मैं यही रहेंगे.."

सरोज जी बोलती है " मुझे क्या हुआ है बेटा "

सूर्या बोलता है " कुछ नहीं माँ बस आप कुछ दिन यही रहेंगी "

तभी डॉक्टर रमन आते है और बोलते है " सरोज बहन कैसी हो अब? "

सरोज जी बोलती है " मैं तो ठीक हुँ.. ये बोल रहा है की मैं यही रहूंगी.. मुझे हुआ क्या है ? "

डॉक्टर बोलते है " सरोज बहन आपको कुछ नहीं हुआ है.. बस शुगर बढ़ा हुआ है.. ज़ब तक आप का सुगर लेबल में नहीं आता मैं आपको घर नहीं जाने दे सकता "

सूर्या अपने आसु बहुत रोकने की कोशिश करता है.. पर सूर्या के आसु निकल आते है.. माया सूर्या के आँखों में आसु देख वो सब समझ जाती है.. और रूम से बाहर आ कर रोने लगती है.. फिर सरोज जी बोलती है " कल तो सूर्या को देखने लड़की वाले आ रहे है "

सूर्या बोलता है " जल्दी से ठीक हो जाइये..फिर ये सब बात बाद में करेंगे "

सरोज जी बोलती है " बाद में क्यों.. जो मैंने अशोक को कल के लिए कह दिया उसका क्या "

डॉक्टर रमन बोलते है "सरोज बहन.. आप पहले ठीक हो जाइये..स्वस्थ हो जाइये.. फिर रिश्ता देखिएगा .. अगर आप ही बीमार पर गई तो नई बहु का स्वागत कौन करेगा?"

डॉक्टर के कितना समझाने पर सरोज जी मान जाती है....सरोज जी को नींद आ जाती है.. डॉक्टर रमन कहते है " इन्हे आराम करने दो...अब मैं चलता हुँ.. नर्स तुम सरोज जी का अच्छे से ध्यान रखना "इतना बोल कर डॉक्टर रमन वहाँ से चले जाते है.. सूर्या बाहर आता है और माया को चुप कराते हुए बोलता है " सब ठीक हो जायेगा.. अब तुम घर जाओ "

माया बोलती है " नहीं मैं माँ के पास रहूंगी "

सूर्या बोलता है " घर जाओ आराम करके आ जाना.. "

माया को कितना समझाने के बाद माया घर चली जाती है.. सूर्या अपनी माँ के पास जाता है और माँ के पास बैठ जाता है...और माँ को इस हाल में देख सूर्या की आंखे नम हो जाती है "

जीविका का घर

शोभा जी किचन में खाना बना रही थी.. जीविका किचन में आती है और शोभा जी से बोलती है " माँ कल तो परी की इंगेजमेंट है.. मैं वहाँ जाना चाहती हुँ "

शोभा जी बोलती है " बेटा सरोज जी से बात हो चुकी है.. और उन्होंने कल का ही बोला है.. और तू शाम को चली जाना.. "

जीविका मुँह बनाते हुए बोलती है " माँ मेरा बहुत मन था की परी की इंगेजमेंट में जाऊ "

तभी केशव जी शोभा जी को आवाज़ लगाते हुए किचन में आ जाते है केशव जी चिंतित हो कर सरोज जी के हॉस्पिटल में होने की सारी बातें शोभा जी को बताते है.. शोभा जी गैस बंद करते हुए बोलती है " जी हमें वहाँ चलना चाहिए "

अशोक जी बोलते है " हाँ आप जल्दी से तैयार हो जाइये . "

शोभा जी और केशव जी जाने ही लगते है की गायत्रीजी बोलती है " बहु जीविका को भी ले जाओ अपने साथ.. आखिर उस घर से रिश्ता जुड़ने जा रहा है "

केशव जी बोलते है " पर माँ जीविका को अभी ले जाना सही होगा? "शोभा जी बोलती है " जी माँ ठीक कह रही है..जीविका को सरोज जी से मिलने जाना चाहिए "

जीविका वही ख़डी सोच रही थी तभी शोभा जी बोलती है " जा बेटा तैयार हो जा "

जीविका तैयार होने चली जाती है.. तभी रवि बोलता है " माँ आप कब तक आएँगी "

शोभा जी बोलती है " बेटा बस एक दो घंटे में आ जाऊंगी .. तेरे खाने का सब सामान बना कर पैक कर दिया है..तेरे कपड़े भी सब पैक कर दिए है.. "

तभी गायत्री बोलती है " कुछ दिन और रुक जाता.. "

रवि बोलता है " कॉलेज है दादी.. पढ़ाई मिस नहीं कर सकता "

आसुतोष बोलता है " मैं भी चलता हुँ पापा आप सब के साथ "

जीविका तैयार हो कर आ जाती है.. केशव जी, शोभा जी और जीविका आसुतोस हॉस्पिटल के लिए चले जाते है "

हॉस्पिटल

केशव जी घबराते हुए आते है.. सूर्या केशव को देख गले मिल कर रोने लगता है.. नैना जी सूर्या के बालो पर हाथ फेरते हुए बोलती है " बेटा सब ठीक हो जायेगा "

नैना अंदर रूम में चली जाती है.. सरोज जी सोइ हुई होती है.. फिर नैना जी के आते ही उनकी आंखे खुल जाती है और नैना को देख कर बोलती है " देखो ना नैना कल मेरे बेटे को देखने लड़की वाले आ रहे है और मैं बेड पर पड़ी हुई हुँ.. "

नैना जी पास कुर्सी पर बैठते हुए सरोज जी का हाथ पकड़ कर बोलती है " दीदी! आप पहले ठीक हो जाइये.. आप ठीक होंगी तभी तो सूर्या की शादी करेंगी "

तभी सूर्या और केशव अंदर आता है.. केशव जी बोलते है " कैसी हो दीदी "

सरोज जी बोलती है " अभी ठीक हुँ "

फिर सूर्या को देख कर बोलती है " बेटा तू घर जा... एक सुबह से यहाँ बैठा है.. और सफर का थका भी है.. थोड़ा आराम कर के कुछ खा लेना तब आना.."

सूर्या बोलता है "माँ मैं कही नहीं जाऊंगा "

सरोज जी फिर केशव को बोलती है " केशव तू ही बोल ना इसे "

केशव जी बोलते है " सूर्या तूम घर जाओ... मैं और नैना है यहाँ "

नैना जी बोलती है " हाँ सूर्या हम है यहाँ.. तुम घर जाओ "

सूर्या बोलता है " मैं कही नहीं जाऊंगा.. और मुझे आराम करने की अभी जरूरत नहीं "

केशव जी बोलते है " ठीक है तुम कैंटीन मे जा कर कुछ खा लो.. अगर तुम ही बीमार पड़ गए तो दीदी को कौन देखेगा "

सूर्या केशव जी के बात को नहीं काट पाता है और बोलता है " ठीक है मैं थोड़ी देर में आता हुँ.. आप माँ का ध्यान रखियेगा.. "

इतना बोल कर सूर्या चला जाता है.. तभी अशोक जी और उनका परिवार सरोज जी से मिलने आता है.. जीविका को देख सरोज जी ख़ुश हो जाती है.. अशोक जी बोलते है " कैसी है अब आप? ".

सरोज जी बोलती है " जी अभी अच्छी हुँ "

फिर सरोज जीविका को अपने पास बुलाती है और बोलती है " बेटा तुम आई यहाँ मुझे बहुत अच्छा लगा.. सूर्या अभी यहाँ से गया है "

जीविका बोलती है " आंटी आप जल्दी से ठीक हो जाइये "

तभी केशव जी बोलते है " हाँ दीदी . अब तो होने वाली बहु भी सामने है.."

सरोज जी बोलती है " हाँ वो तो है.. अब बस उस दिन का इंतजार है ज़ब जीविका मेरे घर बहु बन कर आएगी.. मेरी बीमारी तब दूर हो जाएगी "

तभी सूर्या आता है.. और इतने सारे लोगो को देख कर सरोज जी के पास जाता है और बोलता है " माँ आप ठीक है ना "

सरोज जी के एक तरफ जीविका बैठी हुई थी और दूसरे तरफ सूर्या.. दोनों को अपने पास देख सरोज जी बहुत ख़ुश होती है.. जो रस्म कल होनी थी वो आज ही हो गई.. सूर्या की नज़र जीविका पर पड़ती है.. सूर्या जीविका से मॉल में मिल चूका था.. पर उसे कुछ याद नहीं था.. क्युकी शिवानी के अलावा कोई और लड़की उसके लिए कोई महत्व नहीं रखती थी .. पर जीविका सूर्या को देख घबरा जाती है और मॉल की सारी बातें उसके सामने घूमने लगती है .. और सूर्या को देख नज़रे झुका लेती है.

सरोज जी बोलती है " हाँ बेटा मैं ठीक हुँ."

नैना बोलती है " चलो अच्छा हुआ दोनों परिवार यही मिल गए..सूर्या ये जीविका के पिता जी है.. "

तभी सूर्या तेज़ आवाज़ से बोलता है " माँ ये क्या है? आप ठीक हो जाइये फिर ये सब कर लीजियेगा "

अशोक जी को सूर्या का व्यबहार ठीक नहीं लगता.. फिर अशोक जी खुद को समझाते हुए बोलते है.. " शायद सूर्या अभी बहुत दुखी हो इसलिए ऐसा बोल रहा है "

अशोक जी हाथ जोड़ते हुए बोलते है " अच्छा बहन जी अब आप आराम कीजिए.. हम चलते है."".

शोभा जी ने कहा "हाँ बहन जी!आप पहले ठीक हो जाइये वाकी सारी बातें बाद में "

सरोज जी हाथ जोड़ते हुए बोलती है "सूर्या को मेरी बहुत चिंता है... . इसलिए इसने ऊँची आवाज़ में बात की.. नहीं तो वो कभी भी किसी से ऐसे बात नहीं करता है.. माफ़ कर दीजियेगा "

सूर्या कभी किसी का अनादर नहीं करता था... इसलिए वो अशोक जी और शोभा जी के पैर छू कर आर्शीवाद लेता है.. अशोक जी बोलते है " बेटा आपकी माता जी जल्दी स्वस्थ हो जाएगी.. "

सूर्या फिर अपनी माँ के पास जा कर बैठ जाता है और अपनी माँ का हाथ पकड़ कर बोलता है " माँ चलिए अब आप आराम कीजिए "

सरोज जी जीविका का हाथ पकड़ती है और सूर्या के हाथ पर रखते हुए बोलती है " आराम तो उस दिन करूंगी .. जिस दिन मेरी बहु मेरे बेटे का अच्छे से ख्याल रखेगी.. और मैं सिर्फ आराम करूंगी "

दोनों एक दूसरे का हाथ पकड़े हुए है पर सूर्या की नज़र माँ की तरफ और जीविका की नजर सूर्या की तरफ थी "

पर जीविका सूर्या के दिल की बात को नहीं समझ पाई थी...

आशुतोस कार चलाते हुए बोलता है.. "पापा मुझे ये सूर्या कुछ ठीक नहीं लगा.. जीविका के लिए ये रिश्ता ठीक नहीं है "

अशोक जी बोलते है " बेटा सरोज जी की हालत तो तुमने देखी ही है.. और बेटा सूर्या की हालत तो तुम जान ही सकते हो.. "

शोभा जी बोलती है " और बेटा वैसे भी ये रिश्ता सरोज जी ले कर आई है.. अब हम मना कैसे करे? "

आशुतोस बोलता है " शायद आप ठीक कह रही हो "

जीविका सूर्या के बारे में ही सोच रही थी की जिससे मैं टकराई थी उसी से मेरी शादी होने वाली है.."

जीविका इस रिश्ते से ख़ुश तो थी.. पर आने वाले तूफान को वो नहीं जानती थी.. अशोक जी घर पहुंचते है.. गायत्री जी पूछती है " कैसी है सरोज? "

अशोक जी सोफे पर बैठते हुए बोलते है " अभी तो ठीक है.. पर कल उनका हार्ट का ऑपरेशन है "

गायत्री जी बोलती है " भगवान जल्दी ठीक करे सरोज को "

अशोक जी बोलते है " शोभा जी एक कप चाय बना दीजिए."

रवि अपना बेग ले कर हॉल में आता है और सब के पैर छूता है और बोलता है " चलता हुँ माँ "

शोभा जी बोलती है "आशुतोस तुझे एयरपोर्ट तक छोड़ देगा "

रवि शोभा जी के गले मिलता है और बोलता है " भईया की शादी से दो दिन पहले ही आ पाउँगा.. कॉलेज की इतनी छुट्टी हो गई है "

शोभा जी बोलती है " ठीक है मन लगा कर पढ़ाई करना और किसी चीज़ की जरूरत हो तो भईया को बता देना "

रवि जीविका के पास जाता है और बोलता है " चलता हुँ दीदी "

जीविका बोलती है " अपना ख्याल रखना "

आशुतोस बोलता है, " चले रवि "

रवि और आशुतोस चले जाते है.. फिर जीविका शोभा जी से बोलती है " माँ मैं कमरे में जा रही हुँ "

शोभा जी बोलती है " हाँ बेटा जा कर आराम कर ले "

जीविका अपने कमरे में चली जाती है.. शोभा जी शाम की चाय बना कर लाती है.. अशोक जी को चाय पकड़ाते हुए बोलती है "भगवान सरोज जी को जल्दी ठीक कर दे.."

गायत्री जी बोलती है " अच्छा हॉस्पिटल में सरोज का बेटा भी तो होगा ना.. तुम लोग मिले उससे "

अशोक जी बोलतते है " जी माँ! मिले है.. लेकिन परस्तिथि कुछ ऐसी थी की ज्यादा बात नहीं हो पाई "

गायत्री जी बोलती है " अभी तो जो सरोज के दोनों बच्चों पर गुज़र रही है.. वो हम समझ ही सकते है "

जीविका कमरे में जाती है और अपने बेड पर लेट जाती है.... तभी निशा और परी का फ़ोन आता है.. जीविका परी और निशा को सारी बात बता देती है.. निशा खुश होते हुए बोलती है " अरे ये तो मेरी बात सच हो गई.. अब तू सूर्या के नाम की मेहंदी लगाएगी.. देखा किस्मत इसे कहते है.. जिससे हम कभी कभी राह में टकरा जाते है.. वो ही कभी ना कभी हमसे जुड़ जाते है "

परी बोलती है " हाँ निशा ये तो सही बोला तूने.. वैसे मैंने तो उसे देखा ही नहीं.. बता ना कैसा दिखता है "

निशा बोलती है " अरे अगर तू देखेगी तो राजीव को भूल जाएगी.. फिर राजीव बेचारा किससे शादी करेगा "

फिर निशा बोलती है " परी तूने शिमला के लिए अच्छा होटल देखा है ना "

परी बोलती है " हाँ होटल तो बहुत अच्छा है "

निशा ख़ुश होते हुए बोलती है " मेरी तुम लोगो के साथ ये पहली ट्रिप होगी जो दिल्ली से बाहर होगी.. मैं बहुत एक्ससाइटेड हुँ इस ट्रिप को ले कर "

परी बोलती है " जीविका तुम चुप क्यों हो? "

निशा हसने लगती है और बोलती है "ये तो अभी से ही सूर्या के सपने देखने लगी "

परी हसने लगती है फिर निशा बोलती है " जीविका तू चुप क्यों है.. तू भी कुछ बोल "

जीविका बोलती है" सूर्या की मम्मी अभी हॉस्पिटल में है.. बस उन्ही के बारे में सोच रही थी "

निशा बोलती है " वो ठीक हो जाएंगी और उनका ऑपरेशन भी सक्सेसफुल रहेगा "

फिर परी बोलती है " कल तू आ रही है ना? "

जीविका बोलती है "नहीं यार मैं नहीं आ सकती "

परी बोलती है " क्या तू मेरी इंगेजमेंट में नहीं आएगी "

जीविका बोलती है " परी आना तो मैं चाहती हुँ पर अधूरी खुशी से कैसे आऊं.. आंटी हॉस्पिटल में है और मैं पार्टी एन्जॉय करू अच्छा नहीं लगेगा "

परी बोलती है " कोई नहीं! मैं समझ सकती हुँ..पर शादी में तू जरूर आना वो भी सूर्या के साथ "

हॉस्पिटल

रात हो गई थी केशव जी बोलते है.."बेटा जा कर थोड़ा आराम कर लो मैं दीदी के पास हुँ.. "

सूर्या एकटक अपनी माँ को देखता रहता है फिर केशव जी ने सूर्या के कंधे पर हाथ रखते हुए कहा " तू चिंता मत कर सूर्या..दीदी को कुछ नहीं होगा.. और दीदी के हार्ट का ऑपरेशन भी सही से होगा

सूर्या केशव के गले लगता है और बोलता है " मामा मैं माँ को नहीं खोना चाहता हुँ.. "

केशव सूर्या को दिलाशा देते हुए बोलते है "अरे बेटा तेरी माँ को कुछ नहीं होगा.."

ये सारी बातें सरोज जी सुन लेती है..सरोज जी के आँखों में आसु आ जाता है.. वो अपने आप को संभालती है और सूर्या के पास जाती है.. सूर्या सरोज जी को देख जल्दी से आसु पोछता है और बोलता है " माँ आप.. आप सोइ नहीं "

सरोज जी बोलती है " तेरी माँ कैसे सोयेगी ज़ब उसका बेटा इतनी परेशानी में हो.. तू रो मत मैं ठीक हो जाऊंगी और ऑपरेशन होने के बाद में तुझसे हसते हुए बात करूंगी "

सूर्या सरोज जी के गले लग जाता है सरोज जी बोलती है "रो मत अभी तो मुझे अपनी बहु का स्वागत भी करना है.. ऐसे ही तुझे अकेला छोड़ कर थोड़ी ना चली जाऊंगी.."

फिर केशव जी बोलते है " दीदी आप बहुत हिम्मत वाली हो.. माँ के जाने के बाद भी आपने हमें संभाला और अब भी सब को संभाल रही हो "

सरोज जी बोलती है " ये हिम्मत मुझे अपने बच्चों को देख कर ही मिलती है.. "

फिर सरोज जी माया के बारे में पूछती है..केशव बोलता है " दीदी वो मेरे घर पर है.. जिद करने लगी की यही रुकेगी.. फिर कितना समझाने के बाद नैना के साथ घर गई है "

फिर सरोज जी सूर्या को देख कर बोलती है " बेटा तूने कुछ खाया "

सूर्या बोलता है " हाँ माँ मैंने खा लिया है अब चलिए आप आराम कीजिये "

सूर्या सरोज जी को उनके रूम में ले कर चला जाता है..सरोज जी को नींद आ जाती है और वो सो जाती है.. फिर सूर्या कमरे से बाहर आ कर शिवानी को फ़ोन लगाता है.. पर शिवानी का फ़ोन नहीं लगता है.. सूर्या बोलता मुझे आज तुम्हारी बहुत जरूरत है.. फ़ोन उठाओ शिवानी.. पर शिवानी का फ़ोन नहीं लग पाता है..

सूर्या अपने फ़ोन में शिवानी की फोटो देखते हुए बोलता है " मैं तुमसे और माँ से बहुत प्यार करता हुँ शिवानी..पर माँ को मैं अब तुम्हारे बारे में कुछ बता भी नहीं सकता..पर मैं सब ठीक कर दूंगा शिवानी..तुम जल्दी से आ जाओ "

सुबह हो चली.. सरोज जी को ऑपरेशन रूम में ले जाया जाता है.. माया, नैना जी केशव सूर्या सब ऑपरेशन रूम के बाहर खड़े होते है.. केशव सब के लिए कॉफ़ी ले कर आता है. तभी अशोक जी आते है और बोलते है " कैसी है सरोज जी "

केशव जी बोलते है " अभी ऑपरेशन चल रहा है "

सूर्या की नज़र ऑपरेशन रूम की तरफ थी.. तभी अशोक जी सूर्या के पास जाते है और सूर्या के कंधे पर हाथ रखते हुए बोलते है " बेटा.. सरोज दीदी को कुछ नहीं होगा "

सूर्या कुछ नहीं बोलता.. तभी डॉक्टर रमन बाहर आते है.. सूर्या जल्दी से डॉक्टर के पास जाता है और बोलता है " मेरी माँ कैसी है अब "

डॉक्टर रमन बोलते है " सूर्या ऑपरेशन सक्सेसफुल रहा..अब कुछ देर बाद उन्हें होश आ जायेगा.. "

फिर सूर्या बोलता है " मैं अपनी माँ से मिल सकता हुँ "

डॉक्टर रमन बोलते है " अभी नहीं.. ज़ब उन्हें होश आएगा तो तुम उनसे मिल लेना.. फिलाल मुझे तुमसे कुछ बात करना है"

सूर्या डॉक्टर रमन के केबिन में जाता है और कुर्सी पर बैठते हुए बोलता है.." क्या हुआ डॉक्टर?

डॉक्टर रमन ने कहा "सूर्या तुम्हारी माँ का ऑपरेशन तो हो गया पर उन्हें रिकवर होने में एक महीना लग जायेगा.. बस तुम ये ध्यान रखना की उन्हें किसी चीज़ की कोई तकलीफ ना हो.. उन्हें ख़ुश रखना अब तुम्हारी ज़िम्मेदारी है "

सूर्या बोलता है " जी डॉक्टर.. मैं अपनी माँ को हमेशा खुश रखूँगा "

डॉक्टर रमन ने कहा " अभी कुछ दिन सरोज जी को यही रहना होगा "

सूर्या बोलता है " माँ ठीक है ना अब "

डॉक्टर रमन ने कहा " ठीक है.. कुछ देर में उन्हें होश आ जायेगा."

सूर्या रूम से बाहर आता है और माया के पास जाता है.. और माया के सिर पर हाथ फेरते हुए बोलता है " माँ ठीक हो जाएगी.. माया सूर्या के गले लग कर रोने लगती है और बोलती है " मैं माँ को हमेशा ख़ुश रखूंगी.. उनकी हर बात सुनूंगी." "कुछ घंटो बाद सरोज जी को

होश आ जाता है..नर्स सिर्फ एक को ही अंदर जाने की इजाजत देती है " सूर्या जल्दी से अपनी माँ के पास जाता है और माँ का हाथ पकड़ कर बोलता है " कैसी हो माँ? "

सरोज जी धीमी आवाज़ में बोलती है " ठीक हुँ बेटा.."

सूर्या के दिल को अब जा कर तसल्ली मिली की माँ उसके पास है.. सूर्या सरोज जी के माथे को चूमते हुए बोलता है.. अब आप जल्दी ठीक हो जाइये.. फिर घर चलेंगे "

सरोज जी फिर धीमी आवाज़ में बोलती है " जीविका आई है "

सूर्या बोलता है " माँ अशोक अंकल आए है "

सूर्या बोलता है " माँ अब आप आराम कीजिए...ज्यादा मत बोलिए अभी.. "

सूर्या अपनी माँ के पास बैठ जाता है.. सरोज जी को नींद आ जाती है.. फिर सूर्या बाहर आता है.. केशव जी बोलते है " कैसी है दीदी? "सूर्या बोलता है " माँ ठीक है. आराम कर रही है "

अशोक जी बोलते है " अच्छा अब मैं चलता हुँ

"केशव जी बोलते है " चलिए मैं आपको बाहर छोड़ देता हुँ "

अशोक जी सूर्या को बोलते है " ठीक है बेटा.. अपना ख्याल रखना "सूर्या ना चाहते हुए भी अशोक जी के पैर छू कर आर्शीवाद लेता है.. अशोक जी सूर्या के इस व्यवहार से ख़ुश होते है.. और एक हल्की सी मुस्कुराहट लिए चले जाते है...

कुछ दिनों बाद.. "माया बेटा बस अब भूख नहीं है".. सरोज जी ने कहा..

माया ने एक निबाला और सरोज जी को खिलाते हुए बोलती है.." माँ आप सही से खायेगी नहीं तो ठीक कैसे होंगी "

तभी सूर्या आता है और बोलता है " बिलकुल सही बोल रही हो माया तुम."

सरोज जी कहती है " अरे! तुम दोनों तो बिलकुल मेरे पीछे ही पड़ गए हो "

तभी माया बोलती है " माँ आप जल्दी से ठीक होंगी तभी तो राधिका की शादी अटेंड कर पाएंगी "

तभी सूर्या हसते हुए बोलता है "अब सोच लीजिए माँ "

सरोज जी बोलती है " हाँ भाई राधिका की शादी ही नहीं मुझे तो अपनी बेटे की शादी भी अटेंड करनी है "

सरोज जी थोड़ा रुक कर बोलती है " बेटा जरा अशोक जी को फ़ोन लगा कर देना बहुत दिन हो गए बात नहीं हो पाई है "

सूर्या ने बेरुखी से कहा है " माँ मुझे ऑफिस के लिए देरी हो रही है.. मैं चलता हुँ "

ये बोल सूर्या वहाँ से चला जाता है.. सरोज जी अपने बेटे को जाते हुए ही देखती रहती है.. और बोलती है " माया अशोक जी ज़ब हॉस्पिटल आए थे तो सूर्या ने उनसे अच्छे से बात की थी ना "

माया खाने का निबाला सरोज जी को खिलाते हुए बोलती है " हाँ माँ अच्छे से बात की थी "

तभी सरोज जी बोलती है " माया बेटा जरा अशोक का फ़ोन लगा कर देना "

माया फ़ोन लगा कर देती है और बोलती है "माँ मैं चलती हुँ.. नर्स माँ को टाइम पर दवाई दे देना "

इतना बोल माया फिर कॉलेज के लिए चली जाती है.. सरोज जी अशोक जी से फ़ोन पर बात करती है... अशोक जी बोलते है "कैसी तबियत है दीदी "

सरोज " अब अच्छी हुँ "

अशोक जी ने कहा " सूर्या और माया बिटिया कैसी है "

सरोज जी बोलती है " दोनों ठीक है "

अशोक जी फिर चुप हो जाते है.. फिर सरोज जी बात को आगे बढ़ाते हुए बोली " अशोक मैं सोच रही थी की दोनों बच्चे एक दूसरे को देख ही चुके है तो अब सीधा दोनों की सगाई कर देते है "

अशोक जी हिचकिचाते हुए बोलते है " बहन जी अभी तो आसुतोस की शादी की तैयारी में ही लगे है "

सरोज जी बोलती है " तो आशुतोस की शादी के बाद दोनों बच्चों की सगाई कर देते है "

अशोक जी बोलते है " हाँ ये सही रहेगा "

फिर सरोज जी बोलती है " आपके घर वालो को और आप को सूर्या पसंद तो है ना? "

अशोक जी बोलते है " हाँ सूर्या घर में सब को पसंद है "

सरोज जी खुश होते हुए बोलती है.. " सगाई से पहले दोनों बच्चे एक दूसरे से बात कर ले तो अच्छा रहेगा..क्या कहते हो अशोक "

अशोक जी बोलते है " जी आप सही बोली.. दोनों बच्चे एक दूसरे से बात कर ले.. तो हमे भी तसल्ली होगी "

सरोज जी बोलती है " ठीक है.. सूर्या रविवार को ऑफिस नहीं जाता है उसी दिन दोनों मिल लेंगे

अशोक जी बोलते है " इस रविवार को "

सरोज जी बोलती है " हाँ इस रविवार को..जीविका उस दिन फ्री है ना "

अशोक जी बोलते है " हाँ जीविका फ्री होगी उस दिन "

सरोज जी बोलती है " ठीक है फिर.. मैं सूर्या को रविवार के लिए बोल देती हुँ "

सरोज जी फ़ोन रख देती है फिर शोभा जी सब्जी काटते हुए बोलती है " क्या बोल रही थी सरोज जी?.. कैसी तबियत है अब उनकी? "

अशोक जी बोलते है " वो अब ठीक है.. "

फिर गायत्री जी बोली " तो रिश्ते के बारे में कुछ बोली "

अशोक जी बोलते है " हाँ! बोली की इस रविवार को सूर्या और जीविका एक दूसरे से मिल कर बात कर ले और दोनों अगर सहमत हो इस रिश्ते के लिए तो आसुतोस की शादी के बाद दोनों की सगाई कर देंगे "

जीविका ये सब बातें सुन लेती है और बोलती है " पर पापा मुझे तो इस संडे शिमला जाना है "

तभी गायत्री जी बोलती है " बेटा बाद में चली जाना... अब सरोज जी को बोल चुके है.. ".

जीविका गायत्री जी के पास जाती है और बोलती है " दादी उसके बाद भईया की शादी में सब बिजी होंगे.."

शोभा जी हसते हुए बोलती है " फिर तू अपने सगाई के बाद चली जाना "

जीविका मुँह बनाते हुए बोलती है " माँ तब तक परी अपनी शादी मे बिजी रहेगी "

अशोक जी बोलते है " बेटा तुम शिमला जाना चाहती हो तो मैं मना कर देता हुँ.. तुम दोनों किसी और दिन मिल लेना "

शोभा जी बोलती है " अरे नहीं जी मना मत कीजिए.. वो लोग क्या सोचेंगे..जीविका बेटा तुम चाहती हो की हम मना कर दे "

जीविका हिचकिचाते हुए बोलती है " नहीं माँ! मैं नहीं जा रही शिमला "

इतना बोल जीविका कमरे में चली जाती है.. जीविका निशा और परी को बहुत मनाती है तभी परी गुस्से में बोलती है " तू मेरी सगाई में भी नहीं आई और अब शिमला का प्लान भी कैंसिल कर रही है.. जीविका इस ट्रिप को ले कर हम तीनो कितने एक्ससाइटेड थे "

जीविका बोलती है " सॉरी यार.. पर पापा आंटी को इस संडे मिलने के लिए हाँ कह दिए है "

तभी निशा बोलती है " क्या यार.. ये रिश्ता है या तूफान जो हमारे भी प्लान कैंसिल करवा रहा है.. मुझे तो शिमला की वादियों को वहा के बर्फ को देखना था.. सेल्फी भी लेनी थी.."

जीविका बोलती है " एक काम करो तुम दोनों चली जाओ "

परी बोलती है " तेरे बिना हम कही जाते है जो अब चले जाये"

निशा बोलती है " हाँ जीविका हम तीनो ज़ब साथ में जाते है तो अब तेरे बिना कैसे चले जाये"

परी बोलती है " चलो तो शिमला का प्लान कैंसिल "

निशा बोलती है " हम तुझ से नाराज़ है.. पर संडे को तेरी पहली डेट कैसी रही वो हमे बताना "

जीविका बोलती है "अच्छा जी तुम्हें मेरी खबर भी लेनी है और नराज़ भी होना है "

परी बोलती है " हमें सब कुछ जानना है की क्या हुआ "

फिर निशा हसते हुए बोलती है " और जीविका तू अपनी पहली डेट पर ना पिंक कलर की सूट पहन कर जाना.. हाय! सूर्या से तेरी पहली मुलाक़ात काश हम भी होते वहा "

जीविका बोलती है " अच्छा जी तुम दोनों मिलो फिर में बताती हुँ "

परी बोलती है " चलो में रखती हूँ फ़ोन.. बाय!"

निशा भी फ़ोन रख देती है.. जीविका सूर्या के बारे में सोचती है.. फिर आईने के सामने ख़डी हो जाती है और चेहरे पर हल्की हसी लिए बोलती है "

"जिसके बारे में सोचा ना था वो खुशी मिल रही है

ज़िन्दगी तेरे आने की दस्तक दे रही है "

अरे ये तो मैंने शायरी कह दी.. ये मुझे क्या हो रहा है...

सूर्या ऑफिस से घर आता है.. "माँ एक कप कॉफ़ी बना दो"

सूर्या ने ऑफिस का बेग रखते हुए कहा.. पर उसे याद आता है की माँ अभी पूरी तरह से ठीक नहीं हुई इसलिए खुद से कॉफ़ी बनाने लगता है..तभी कामवाली ने कहा " लाइए साहब मैं बना देती हुँ "

सूर्या बोलता है " नहीं रहने दो.. तुमने माँ के लिए सादा खाना बनाया है ना "

कामवाली ने कहा " जी साहब.. मैंने सब सादा खाना ही बनाया है.. और ये सूप अभी बनाया है "

सूर्या एक ट्रे में कॉफ़ी और सूप रखता हैऔर सीधे माँ के पास जाता है.. सरोज जी आराम कर रही थी.. तभी सूर्या के आने से उनकी आँखे खुल जाती है और बोलती है " तू आ गया बेटा "

सूर्या सरोज जी के पास बैठते हुए बोलता है " हाँ माँ आ भी गया और कॉफ़ी भी बना लिया और ये आपके लिए गरमा गर्म सुप.. "

सरोज जी उठ कर बैठ जाती है और बोलती है " बेटा मैं ये सादा खाना खा खा के थक गई हुँ.. "

सूर्या बोलता है " माँ पर यही सादा खाना आपके स्वस्थ के लिए अच्छा है.. अब चलिए जल्दी से इसे पी लीजिए "

सरोज जी सूप पीते हुए बोलती है " बेटा मैंने अशोक जी से आज बात की थी.. तू एक बार जीविका से इस संडे मिल ले "

सूर्या एक दम से गुस्सा होते हुए बोलता है " माँ! ये क्या है..रोज रोज एक ही चीज़....मुझे नहीं करनी शादी अभी "

सरोज जी सूर्या के गुस्से से सहम जाती है और कुछ नहीं बोलती.. फिर सूर्या अपनी माँ की तरफ देखता है सरोज जी अपना सिर झुकाये हुए थी... सूर्या माफ़ी मांगते हुए बोलता है " माँ! सॉरी सॉरी.. मैंने आप से ऊँची आवाज़ में बात की "

सरोज जी कुछ नहीं बोलती है तभी सूर्या बोलता है " अच्छा बताओ कब मिलना है? "

सरोज जी कुछ नहीं बोलती और सूप पी कर नर्स से बोलती है " मेरी दवाई दे दो "

सूर्या नर्स के पास जाता है और उसके हाथ से दवाई लेते हुए बोलता है " ये लीजिए माँ आप की दवाई "

सरोज जी दवाई खा कर फिर लेट जाती है.. तभी सूर्या बोलता है " माफ़ कर दो ना माँ.. मुझे काम को ले कर टेंशन था "

सरोज जी उठ कर बोलती है " कोई बात नहीं अगर तुझे काम की टेंशन है तो भगवान जल्दी से सब ठीक कर देंगे "

फिर सरोज जी बोलती है " बेटा मैंने जीविका को देख समझ कर ही तेरे लिए चुना है.. अगर मैं नहीं रही तो इतनी तो तसल्ली होगी की मेरे बाद कोई है जो तेरा ख्याल अच्छे से रखेगी.. फिर मुझे कुछ भी हो जाये कोई फ़िक्र नहीं होगी..

सूर्या गुस्साते हुए बोलता है " माँ आप ये क्या बोल रही है "

फिर सूर्या भावुक जो जाता है और माँ से गले मिल कर रोने लगता है.. सरोज जी बोलती है " क्यों रो रहा है पगले.."

सूर्या बोलता है " माँ आप ऐसी बातें मत बोला कीजिए.. मैं कल ही रमन अंकल को बुलाता हुँ. एक बार आप को देख लेंगे"

सरोज जी सूर्या को अपने पास बिठाती है और सूर्या के आसु पोछते हुए बोलती है " अरे मैं बिलकुल ठीक हुँ "

सूर्या बोलता है " नहीं ठीक है आप तभी ऐसी बातें बोल रही है.. अब मैं आप की बात माना हुँ तो आप भी मेरी बात मानेंगी.. पहले आप डॉक्टर से दिखाएंगी तभी में उस लड़की से मिलने जाऊंगा.. "

सरोज जी बोलती है " और उस लड़की का क्या होता....उस लड़की का नाम जीविका है.. बोलना है तो उसका नाम बोल "

सूर्या कुछ नहीं बोलता..सरोज जी बोलती है "" ठीक है बाबा तुझसे जीत नहीं पाऊँगी.."

फिर सूर्या बोलता है " चलिए अब आप आराम कीजिए मैं अभी आता हुँ "

सूर्या फिर कमरे से बाहर आ जाता है और अपने कमरे में जाता है.. फिर शिवानी को कॉल करता है " पर बात वही.. शिवानी का फोन नहीं लगता.. फिर सूर्या शिवानी के ऑफिस कॉल करता है तो पता चलता है की शिवानी ने जॉब छोड़ दिया है.. सूर्या को कुछ समझ नहीं आता की शिवानी आखिर है कहा.. फिर सूर्या ने उसके घर फ़ोन किया जहाँ वो रेंट पर रहती थी.. पर बात वही की वो वहाँ से भी खाली कर चुकी है.. फिर सूर्या ने फेसबुक पर मैसेज कर दिया..पर उसका कोई भी रिप्लाई नहीं आया.. सूर्या की आँखे नम थी वो शिवानी की फोटो देखता रहता है और बोलता है तुम कहा हो शिवानी.. जल्दी आ जाओ.. तुम आ जाओगी तो ये रिश्ता भी नहीं होगा "

सूर्या ने फिर बंगलौर में रह रहे अपने फ्रेंड मयंक को फ़ोन किया और उसे सारी बात बताई और शिवानी का पता लगाने को कहा.. मयंक ने दो दिन का टाइम माँगा "

सूर्या को समझ नहीं आ रहा था की क्या करे इतने सारे रिश्तो को सिर्फ शिवानी के लिए मना किया.. अब माँ की तबियत भी ठीक

नहीं तो कैसे मना करे इस रिश्ते के लिए ... और माँ ने पहले से ही इस रिश्ते के लिए बात कर ली "

रात भर सूर्या को नींद नहीं आता कभी माँ के बारे में सोचता तो कभी शिवानी के बारे में .. वो बिस्तर पर करवटे लेता रहा..

वही दूसरी तरफ जीविका सूर्या से मिलने के बारे में ही सोचती रहती है और मुस्कुराती रहती है..

सुबह हो चली डॉक्टर रमन आ कर सरोज जी को देखते है.. डॉक्टर रमन ने सब कुछ नार्मल ही बताया.. फिर डॉक्टर रमन ने कहा "सरोज जी आप सुबह सुबह मॉर्निंग वॉक के लिए जाइये और सादा ही खाना खाइये.. आप जल्दी ठीक हो जाएंगी.. चलिए अब मैं चलता हुँ .."

सूर्या डॉक्टर के साथ कमरे से बाहर आता है और बोलता है " अंकल कोई परेशानी तो नहीं है ना.. माँ बिलकुल ठीक है ना "

डॉक्टर रमन बोलते है " हाँ बिलकुल ठीक है.. पर उन्हें सुबह सुबह की ताजी हवा साथ ही सादा खाना.. और उनको ख़ुश रखना यही उनकी दवा है.."

फिर डॉक्टर रमन ने कहा " अब मैं चलता हुँ "

डॉक्टर रमन के जाने के बाद सूर्या कमरे में आता है.. सरोज जी बोलती है " अब तुझे तस्सली हुई की मैं ठीक हुँ "

सूर्या बोलता है " हम्म! "

सरोज जी ने थोड़ा रुक कर कहा "बेटा जीविका बहुत अच्छी लड़की है.. स्वभाव से सब कुछ से अच्छी है.. परसो रविवार है.. कोई बहाना मत बनाना..."

सूर्या अधूरे मन से कहता है " हाँ.. परसो मिलने जाना है मुझे पता है.. अब आप आराम करो ""

इतना बोल सूर्या कमरे से बाहर आ जाता है.. सरोज जी खुद से बोलती है " भगवान इस रिश्ते को किसी की नज़र ना लगे "

रविवार का दिन

सूर्या गहरी नींद में था.. तभी सरोज जी कॉफ़ी ले कर आती है.. और सूर्या के सिर पर हाथ फेरते हुए बोलती है " बेटा उठ जाओ.. आज जीविका से मिलने जाना है "

सरोज जी की आवाज़ सुन सूर्या जल्दी से उठ कर बैठ जाता है और बोलता है.. " माँ अभी आप ठीक नही हुई हो.. आपको कोई काम नही करना अभी "

सरोज जी ने कहा "मेरा मन किया..अपने हाथों से बेटे को कॉफ़ी बना के दूँ... और वैसे भी दिन भर तो बैठी रहती हूं "

सूर्या ने कॉफ़ी पीते हुए कहा " ठीक है.. पर अब मैं ज़ब कहूंगा तभी आप कोई काम करेगी. "

सरोज जी ने कहा " ठीक है बाबा.. अब ध्यान रखूंगी... तू जल्दी से तैयार हो जा "

इतना बोल कर सरोज जी चली जाती है... सूर्या मन में ही बोलता है " आज इस लड़की से मिल कर इस रिश्ते के लिए मना कर दूंगा "

कुछ देर बाद सूर्या तैयार हो कर आ जाता है.. माया सरोज जी के पास बैठी थी.. तभी माया बोलती है "बहुत अच्छे लग रहे हो भईया "

फिर सरोज जी बोलती है " अब जाओ जीविका से मिल लो "

सूर्या अधूरे मन से बोलता है " हाँ जाता हुँ "

सूर्या के जाने के बाद सरोज जी बोलती है " भगवान सब कुछ अच्छा करना "

सूर्या "सी पी " के रेस्टोरेंट में जीविका का इंतजार कर रहा था.. तभी जीविका आती है.. सूर्या को उसके आने से ज्यादा खुशी तो नहीं हुई पर फॉर्मेलिटी के लिए कुर्सी से उठ जाता है.. जीविका की दिल की धड़कन तेज़ होती जा रही थी.. वो सूर्या के पास आ कर बोलती है " हेलो "

सूर्या ने कहा " हेलो "

फिर सूर्या बैठ जाता है.. जीविका भी बैठ जाती है.. फिर सूर्या बेटर को बुला कर दो कॉफ़ी आर्डर करता है.. और फिर अपने फ़ोन में बिजी हो जाता है.. जीविका को सूर्या का ये बर्ताब अच्छा नहीं लगता.. तभी बैटर कॉफ़ी ले कर आता है और टेबल पर रख देता है.. सूर्या कॉफ़ी पीने लगता है तभी जीविका बोलती है " आपको मुझसे कुछ पूछना है तो पूछ सकते है "

सूर्या बेरुखी से बोलता है " आप की क्वालिफिकेशन क्या है? "

जीविका बोलती है "जी "

सूर्या फिर फ़ोन देखते हुए बोलता है " मैंने आप से आप की क्वालिफिकेशन पूछी है ? "

जीविका ने कहा " मैंने ग्रेजुएशन किया है "

फिर सूर्या अपना फोन साइड रखते हुए बोलता है "फिर उसके बाद क्या किया आपने ..."

जीविका हिचकिचाते हुए बोलती है " फिलहाल तो मैंने ग्रेजुएशन के बाद कुछ नही किया ....

सूर्या बोलता है " आप लाइफ में कुछ बनाना चाहती है की नहीं या सिर्फ शादी ही करना चाहती है "

जीविका का सूर्या का इस तरह से बोलना अच्छा नहीं लगा.. जीविका भी बेरुखी से बोलती है " देखिए....अगर आप बोलेंगे तो मैं जॉब भी कर सकती हूं....

सूर्या बोलता है " पर दो साल हो गए ग्रेजुएशन किए उसके बाद कुछ किया नही आपने तो आगे क्या करेंगी... मुझे ऐसी लड़कियां बिलकुल पसंद नही जो अपने स्टडी को ले कर सीरियस नही.."

जीविका बोलती है " देखिए सूर्या जी.. आंटी जी ये रिश्ता लाई थी.. अब मुझे नहीं पता की आप ये सब बेतुकी बातें क्यों पूछ रहे है.. "

तभी सरोज जी का फ़ोन सूर्या के फ़ोन पर आता है. " सूर्या जल्दी से फ़ोन उठाता है और बोलता है " माँ क्या हुआ आप ठीक है ना? "

जीविका भी घबरा जाती है.. फिर सरोज जी बोलती है "हाँ मैं ठीक हुँ मेरी चिंता छोड़.... जीविका से हो गई बात "

सूर्या बोलता है " हाँ माँ हो गई बात बस आ ही रहा हुँ "

इतना बोल कर सूर्या फ़ोन रख देता है फिर जीविका चिंता जाहिर करते हुए बोलती है " कैसी है आंटी?"

सूर्या जीविका की तरफ देखता है और बोलता है " ठीक है.. "

सूर्या बोलता है " अब चलते है.. काफी लेट हो गया है "

जीविका बोलती है " हम्म!चलते है "

जीविका और सूर्या रेस्टोरेंट से बाहर आते है.. तभी जीविका का पैर फिसल जाता है.. सूर्या गिरती हुई जीविका का हाथ पकड़ लेता है.. कुछ पल के लिए जीविका सूर्या में ही खो जाती है.. पर सूर्या बोल रहा था " आप ठीक है ना "

फिर सूर्या ने जीविका का हाथ छोड़ दिया.. जीविका का ध्यान सूर्या से हट जाता है.. फिर सूर्या बोलता है.. " आप ठीक है ना "

जीविका बोलती है " जी "

सूर्या जीविका के लिए टेक्सी रोक देता है.. जीविका बोलती है "भईया कार ले कर आये है."जीविका वहां से चली जाती है

जीविका के जाने के बाद सूर्या कार में बैठ घर की ओर चल देता है..आसुतोस जीविका से पूछता है " कैसा रहा सब कुछ... सूर्या कैसा लगा तुम्हें?? "

जीविका चेहरे पर हल्की हसीं लिए बोलती है "जी भईया..सूर्या अच्छे है "

तभी आसुतोस बोलता है " अगर कोई भी प्रॉब्लम आगे आती है.. सूर्या तुम्हें नही पसंद तो मुझे बता सकती हो... मैं घर वालो से बात कर लूंगा.. "

जीविका बोलती है "जी भईया "

जीविका को पुरे रास्ते बस सूर्या का उसका हाथ पकड़ना ही याद रहता है और वही बात सोच कर ख़ुश हो जाती है.. फिर बोलती है " खड़ूस है पर दिल का अच्छा है " और सूर्या का बेरुखी से बात करना भूल जाती है...

जीविका अपने घर पहुँचती है.. शोभा जी गायत्री जी के साथ बैठ कर टीवी देख रही थी.. जीविका को देख शोभा जी बोलती है " बेटा कैसा रहा सब कुछ और तुझे सूर्या पसंद आया "

जीविका अपने हाथ पकड़े हुए थी जिसे सूर्या ने छुआ था... जीविका हल्की सी मुस्कान लिए रहती है.. फिर शोभा जी बोलती है " क्या हुआ तुझे..सूर्या पसंद है ना तुझे ? "

जीविका शरमाते हुए शोभा जी के गले लग जाती है..और "बोलती है " हाँ माँ मुझे सूर्या पसंद है "

शोभा जी ख़ुश होते हुए बोलती है " ख़ुश रह मेरी बेटी "

तभी गायत्री जी बोलती है " अरे देखो तो कितना सरमा रही है "

जीविका ख़ुश होते हुए बोलती है " माँ मैं कमरे में जा रही हुँ "

शोभा जी ने कहा " अरे रुक तो सही हमें बता तो सही और क्या हुआ वहाँ "

जीविका अपने कमरे में चली जाती है..क्युकी बड़ो के सामने वो क्या बोले...फिर शोभा जी बोलती है " देखा माँ जी अपनी जीविका को कितनी ख़ुश है "

तभी गायत्री जी भगवान को हाथ जोड़ते हुए बोलती है " चलो अच्छा हुआ.. ये रिश्ता जुड़ने से पहले दोनों बच्चों की सहमति हो गई "

तभी अशोक जी आते है और सोफे पर बैठते हुए बोलते है " आप लोगो के बीच क्या बातें चल रही है ? "

शोभा जी अशोक जी को बोलती है " जीविका इस रिश्ते से ख़ुश है.. "अशोक जी ख़ुश होते हुए बोलते है " जीविका आ गई "

शोभा जी बोलती है " जी आ गई .. और इस रिश्ते से जीविका ख़ुश है "

अशोक जी बोलते है " चलो जो एक डर था मन में वो दूर हो गया.. बेटी की शादी अच्छे घर में हो और क्या चाहिए..अब सरोज जी क्या कहती है देखते है "

सूर्या का घर

"सूर्या आ गया बेटा". सरोज जी ने कहा

सूर्या सरोज जी के पास बैठते हुए बोलता है " दवाई ली आप "

सरोज जी ने कहा " हाँ दवाई ले ली.. और तू बता कैसा रहा तेरा जीविका के साथ आज का दिन..."

सूर्या फ़ोन देखते हुए बोलता है " अच्छा था माँ ".

फिर सरोज जी बोलती है " तो तुझे जीविका पसंद है "

सूर्या हसते हुए बोलता है " माँ आप जीविका से ही पूछ लीजियेगा.. वैसे तो मुझे पसंद है "

सरोज जी बोलती है " ठीक है.. मैं बात करती हुँ अशोक से "

सूर्या ख़ुश होते हुए बोलता है " माँ मैं फ्रेस हो कर आता हुँ "

सूर्या के आए चेहरे पर ये खुशी देख सरोज जी बहुत ख़ुश होती है और अशोक को फ़ोन लगाती है..

सूर्या कमरे से बाहर आता है और खुद से बोलता है " जो आज बर्ताब मैंने तुम्हारे साथ किया इससे तो तुम इस रिश्ते को मना ही करोगी "

जीविका कमरे में बेड पर लेटी हुई थी और सूर्या के बारे में सोच रही थी.... तभी निशा और परी का कॉल आता है.. दोनों ने सवालों के बौछार कर दिए..क्या पहन कर गई थी?सूर्या क्या पहना था?सूर्या ने क्या कहा? तुम दोनों ने क्या क्या बातें की? घर छोड़ने भी आया था क्या? "और ना जाने कितने सारे सवाल.. जिसका जवाब जीविका

नहीं दे पा रही थी..तभी निशा ने कहा " तू कुछ बोलती क्यों नहीं है.. चुप क्यों है? " "

जीविका ने कहा " अरे तुम दोनों चुप होगी तभी तो मैं कुछ कहूँगी ".

निशा और परी हसने लगते है और निशा बोलती है " ओ! हम तो तुझे बोलने ही नहीं दे रहे.. अब तू बोल.. हम सुन रहे है "

जीविका ने परी और निशा को सारी बात बताई.. तो परी बोलती है " यार तेरी बातों से तो ये खड़ूस लग रहा है "

फिर निशा बोलती है " ये सब छोड़.. पर लास्ट में सूर्या ने जीविका को गिरने से बचाया भी तो "

परी बोलती है " हाँ यार ये तो बात है "

फिर जीविका कहती है " मुझे तो सूर्या जी बहुत अच्छे लगे.. हाँ थोड़े खड़ूस है पर दिल के बहुत अच्छे है "

निशा बोलती है " ओहो! सूर्या जी.. अब समझ आया मुझे लडके का चक्कर.. जो तुम दोनों ने अपना दिल पहले ही बार में खो दिया ".

परी बोलती है " ओ! देखो तो सही कौन बोल रही है.. जिसने पहले ही बार में देव को देखते ही दिल दे दिया....वो हमसे बोल रही है "

जीविका और परी हसने लगते है ...फिर निशा बोलती है " वो तो चलता फिरता आशिक है पटना का.. जो गायब सा हो गया है.. फिर परी बोलती है.. झोका हवा सा था वो,, उरती पतंग सा था वो.. ".

निशा आगे की लाइन जोड़ते हुए बोलती है " कहाँ गया उसे ढूंढो "

तभी परी ने कहा " तू मेरी इंगेजमेंट में तो नही आई... पर मेरी शादी में सूर्या जी के साथ आना.. "

जीविका ने कहा " हाँ! हूं जरूर आएंगे... मैं तेरी इंगेजमेंट में नही आ सकी.. पर शादी में जरूर आउंगी.. "

निशा ने कहा "जीविका मैं और परी कल तेरे घर आ रहे है.. फिर बैठ कर बहुत सी बातें करेंगे.."

जीविका बोलती है " हाँ यार मुझे भी तुम लोगो से मिलने का मन कर रहा है "

परी बोलती है " ठीक है फिर कल मिलते है "

सूर्या का घर

माया सरोज जी के पास बैठी थी.. माया बार बार पूछ रही थी की " माँ क्या बात है जो आप अभी नहीं बता रही.. "

सरोज जी ख़ुश होते हुए बोली " सूर्या को आने तो दे तब बताती हुँ "सूर्या सरोज जी के पास आता है और बोलता है " क्या हुआ माँ.. आप बहुत ख़ुश नज़र आ रही है "

सरोज जी बोलती है " खुशी की ही बात है.. अशोक जी को फ़ोन किया मैंने तो उन्होंने बताया की जीविका ने इस रिश्ते के लिए हाँ कर दी है ".

सूर्या का सारा प्लान फ़ैल हो जाता है.. सरोज जी बेड पर से उठ कर अपने बेटे को गले लगाती है.. सूर्या कुछ नहीं बोलता.. फिर माया सूर्या को बधाई देती है.. सूर्या माँ को बोलता है " आप आराम कीजिए.. आप की तबियत पूरी तरह से ठीक नहीं हुई "

सरोज जी कहती है " अब ठीक हो गई हूं .. तुझे पता है..मैंने अशोक जी को बोल दिया की इंगेजमेंट रहने दे.. आसुतोस की शादी के बाद एक अच्छा मुहर्त देख कर तुम दोनों की सीधा शादी करवा दे.. और वो भी मान गए "

माया ख़ुश होते हुए बोलती है " वाओ!यानि राधिका दीदी के शादी के बाद सीधा भईया की शादी..मुझे तो हल्दी मेहंदी सब के लिए अलग अलग ड्रेस चाहिए "

सरोज जी बोलती है " हाँ ले लेना.....तुम्हें जो चाहिए वो मिल जायेगा . "

सूर्या बोलता है " माँ आप आराम कीजिए.. मैं आता हुँ "

सरोज जी बोलती है " बेटा अशोक जी ने कहा है की कल सोमवार है अच्छा दिन है.. तो रोका की रस्म कल कर लेते है.. उसके बाद सीधा शादी.. "

सूर्या चिढ़ते हुए बोलता है " माँ! मेरा कल ऑफिस है "

सरोज जी बोलती है " ये भी तो जरूरी है बेटा.. ये रस्म हो जाये तो जीविका हमारी हो जाएगी.. और तू अपने दोस्त शिवाय को बोल दे वो तेरा कल का काम देख लेगा "

सूर्या बेरुखी से बोलता है " माँ! ये रोके की रस्म रहने दीजिए.. शादी तो हो ही रही है ना "

सरोज जी ने कहा" बेटा ये भी तो जरूरी है "

फिर सरोज जी सूर्या को पास बुला कर बोलती है " बेटा तू ख़ुश है ना "

सूर्या को ये चांस मिल गया अपनी बात कहने का..और शिवानी के बारे में बताने का..सूर्या ने हिचकिचाते हुए बोला " माँ मैं इस रिश्ते से ख़ुश.. "

तभी नर्स कमरे में आते हुए बोलती है " आंटी जी आपकी दवाई का टाइम हो गया है "

सरोज जी बोलती है " हाँ लाओ बेटा.. दवाई खाना भी जरूरी है.. नहीं तो बेटे की शादी में डांस कैसे करूंगी "

नर्स हल्की हसी लिए हुए दवाई सरोज जी को देती है.. सरोज जी दवाई खा कर बोलती है " बेटा तू कुछ बोल रहा था ना? "

सूर्या थोड़ा रुखता है फिर बोलता है " नहीं माँ कुछ भी नहीं.. अब चलिए आप आराम कीजिए "

सरोज जी बोलती है " बेटा रोके के लिए मैंने नैना और केशव को बोल दिया है वो जीविका के घर चले जायेंगे.. जीविका के लिए शॉपिंग भी नैना ही कर लेगी. "

सूर्या बोलता है " माँ! आपको जो करना है कीजिए "

सूर्या कमरे से बाहर आता है और गुस्से में जीविका को बुरा बोलने लगता है और खुद में ही बोलने लगता है "तुम तो तैयार हो इस शादी के लिए.. पर मैं तुमसे शादी नहीं करूंगा.. तुम देखती जाओ तुम खुद मना करोगी इस रिश्ते के लिए.. मिस जीविका "

सुबह हो चली.. घर में जीविका की रोके की तैयारी चल रही थी.. शोभा जी ने फूल वाले को कहा " भईया ताज़े फूल लाये हो ना "

फूल वाला फूलो की टोकरी रखते हुए बोलता है " जी बहन जी "

तभी आसुतोस आता है.. शोभा जी आसुतोस को बोलती है " बेटा फूल आ गया है जरा तू सजावट देख ले.. "

तभी जीविका हॉल में आती है और बोलती है "माँ मैं क्या पहनू"

शोभा जी बोलती है " एक नई साड़ी ले कर आई हुँ.. वही तुम पहनना आज "

तभी गायत्री जी चाय ले कर आती है और शोभा को चाय पकड़ाते हुए बोलती है " लो बहु पहले चाय पी लो फिर कुछ करना "

शोभा जी बोलती है " माँ आपने तकलीफ क्यों की मैं बना रही थी ना "

गायत्री जी बोलती है " बहु सारा काम अकेले संभाल रखा है..और मैं तेरे लिए चाय नहीं बना सकती.. "

शोभा जी गायत्री जी के पास बैठ कर चाय पीने लगती है.. फिर शोभा जी ने कहा " सूर्या के यहाँ से कौन कौन आ रहे है? "

अशोक जी बोलते है " केशव और नैना जी और सरोज जी की बेटी माया "

शोभा जी चाय खत्म करते हुए बोलती है "माँ जी मैंने खाने में पनीर की सब्जी.. मटर मशरूम.. छोले.. दाल मखनी... बना दिया है और पूरी और जीरा राइस ज़ब आएंगे तभी बना दूंगी..इतना सही है की और भी कुछ बना दू.."

गायत्री जी बोलती है " इतना बहुत है.. बस मिठाई मंगवा लेना..अब जा! जा कर जीविका को तैयार कर दे वो लोग कभी भी आते होंगे.. और तू भी तैयार हो जा.. "

शोभा जी कमरे में जाने ही लगती है की निशा और परी आ जाती है.. घर की सजावट होते देख सोचने लगते है की क्या है आज.. तभी शोभा जी निशा और परी को देख कर बोलती है.. "अरे तुम दोनों.. सही वक़्त पर आई हो "

निशा और परी शोभा जी और गायत्री और अशोक के पैर छुती है तभी निशा बोलती है " आंटी इतनी सजावट.. आज कुछ है क्या? "

गायत्री जी ख़ुश होते हुए बोलती है " लो इन दोनों को पता ही नहीं की आज क्या है "

निशा गायत्री जी के पास जाती है और बोलती है " सच दादी हमें नहीं पता की आज क्या है "

तभी सोभा जी बोलती है " आज जीविका का रोका होने वाला है.. "

परी बोलती है " क्या?.. कल ही तो जीविका से बात हुई थी पर उसने कुछ बताया नहीं.. "

तभी जीविका आती है और परी निशा को देख बोलती है " तुम दोनों आ गए? "

निशा बोलती है " ये क्या जीविका तूने हमें बताया नहीं की आज तेरा रोका है.. "

जीविका बोलती है " मैं तुम लोगो से बात करने के बाद शाम को सो गई थी.. फिर रात को मम्मी ने बताया.. और तुम लोगो का फ़ोन नहीं लग रहा था.. सॉरी "

परी बोलती है " कोई बात नहीं जीविका..वैसे हम सही समय पर आए है.. क्यों निशा? "

निशा बोलती है " हाँ.. अगर हमारा प्लान नहीं बनता तो हम कहा आते "..

फिर सोभा जी बोलती है " सही हुआ की तुम दोनों आ गई.... तुम दोनों के आने से घर में रौनक और भी बढ़ गई है.."

निशा और परी खुश होते हुए बोलते है " आंटी कोई काम है तो बताइये"

शोभा जी बोलती है " बेटा तुम दोनों जीविका को तैयार कर दो.. वो लोग कभी भी आते होंगे "

निशा बोलती है " जी आंटी.. चल जीविका "

अशोक जी बोलते है " शोभा जी आप भी तैयार हो जाइये.. "

शोभा जी बोलती है " जी.. "

दोपहर हो गई थी केशव नैना और माया तीनो जीविका के घर पहुंचते है.. कार से उतरते ही माया बोलती है " तो ये है जीविका भाभी का घर..बहुत छोटा नहीं है "

नैना ने कहा " देखो माया बेटा अगर तुम यहाँ आई हो तो चुप रहना और किसी को कुछ उल्टा मत बोलना.. आज का कार्यक्रम सही से होने दो.. अगर तुम्हें इस छोटे घर में नहीं जाना तो तुम अभी अपने घर चली जाओ.. ड्राइवर तुम्हें छोड़ देगा."

माया बोलती है " मामा मैंने ऐसा तो नहीं कहा ना की घर चली जाऊ.. मैं अपने भाई के रोके में आई हुँ और मैं ही चली जाऊ "

फिर केशव ने बोला " ठीक है.. और अंदर जाते ही सबके पैर जरूर छूना "

माया मुँह बनाते हुए खुद में ही बड़बड़ाने लगती है " अब ये भी करना पड़ेगा "

फिर केशव ने ड्राइवर को कहा " ड्राइवर सब सामान अंदर सही से ले कर आओ... ड्राइवर जीविका के लिए आए सारे सामान को ले कर अंदर चला जाता है.. नैना जी माया से बोलती है "माया बेटा थोड़ी देर बाद दीदी को वीडियो कॉल करना वो भले ही यहाँ ना हो पर वो वीडियो पर ही सब कुछ देख लेंगी "

माया बोलती है " ठीक है मामी "

फिर सब अंदर जाते है अशोक जी उनका परिवार केशव जी के स्वागत में पहले से खड़े थे.. अशोक जी पुरे आदर के साथ सबका स्वागत करते है और सब को बैठने को कहते है.. फिर परी सबके लिए पानी ले कर आती है..पंडित जी भी आ चुके थे.. सब नीचे बिछे चादर पर बैठ जाते है..पंडित जी मंत्र पढ़ने लगते है.. परी और निशा जीविका को ले कर आती है.. माया सरोज जी को सब कुछ वीडियो कॉल करके दिखाती है..

सरोज जी की तरफ से भेजे गए सब सामान को जीविका को दिया जाता है...एक तरफ नैना जी शोभा जी से बात कर हस रही थी वही दूसरी तरफ निशा कुछ काम से उठती ही है की वो माया से टकरा जाती है.. माया का फ़ोन नीचे गिर जाता है और टूट जाता है..

माया चिल्लाते हुए बोलती है " दिखाई नहीं देता क्या? मेरा महंगा फ़ोन तोड़ दिया....तुमने तो ऐसा फ़ोन कभी देखा ही नहीं होगा."

पूजा में बैठे सब लोग माया की आवाज़ सुन पूजा से उठ जाते है.. शोभा जी निशा के पास जाती है..निशा गुस्से में आ कर जैसे ही बोलने लगती है की शोभा जी निशा का हाथ पकड़ लेती है.. तभी केशव जी ने निशा से कहा " बेटा कोई बात नहीं तुमने जानबूझ कर थोड़ी ना गिराया है.. "

केशव जी माया के इस व्यवहार के लिए सोभा जी से हाथ जोड़ कर माफ़ी मांगते है.. शोभा जी बोलती है " अरे! भाईसाहब क्यो शर्मिंदा कर रहे है.. कोई बात नहीं बच्ची है "

माया वहा से बाहर चली जाती है.. शोभा जी माया को बुलाने जाती है तभी नैना जी बोलती है " रहने दीजिये बहन जी वो आ जाएगी "

आप चलिए जीविका के पास बैठीए .. फिर नैना जी एक एक कर सब सामान जीविका को देते है...जीविका नैना जी के पैर छुती है तभी नैना जी ने जीविका को आर्शीवाद देते हुए कहा " खूब ख़ुश रहो... अब जल्दी से दुल्हन बन कर हमारे घर आ जाओ "

सब के चेहरे पर खुशी थी.. फिर पूजा का कार्यक्रम हो जाता है.. शोभा जी सब के लिए खाना लगाती है.. नैना बालकनी में ख़डी माया के पास जाती है और बोलती है " इतनी बड़ी हो गई हो लेकिन हरकते बच्चों वाली है.. अब चलो अंदर शोभा जी तुम्हें बुला रही है.. और निशा को सॉरी बोल देना "

माया नैना जी के चेहरे की तरफ देखती है और अंदर चली जाती है..सामने निशा ख़डी थी... माया निशा को सॉरी बोलती है...निशा एक हल्की सी हसी चेहरे पर लाते हुए बोलती है " अरे कोई बात नहीं मुझे सही से उठना चाहिए था.. मेरी वजह से तुम्हारा फ़ोन खराब हो गया.. "

तभी केशव जी बोलते है " अरे कोई बात नहीं बेटा "

शोभा जी बोलती है. " चलिए आप सब खाना खा लीजिए.. "

शोभा जी माया के पास जाती है और बालो पर हाथ फेरते हुए बोलती है " आओ बेटा "

सब डाइनिंग टेबल पर बैठे जाते है .. शोभा जी,परी सब को खाना परोस रही थी.. तभी केशव जी बोलते है " भाभीजी खाना बहुत अच्छा बना है.... "

"जी भाईसाहब और लीजिए "

तभी नैना जी हसते हुए बोलती है " शोभा जी हमारा आप से डबल रिश्ता बनता है.."

शोभा जी हसते हुए बोलती है " जी बहन जी "

तभी केशव जी खीर खाते हुए बोलते है " कुछ दिनों बाद हमारी बिटिया इस घर में आएगी और आपकी बिटिया हमारे घर आएगी.. ""

गायत्री जी केशव जी के थाली में मिठाई रखते हुए बोलती है " तो इस हिसाब से तूम डबल मिठाई खाओ "

फिर सब हसने लगते है..माया चुप चाप खाना खाती है और खुद में बोलती है " ओ! गॉड.. कब निकलूंगी यहाँ से "

सब हसी मज़ाक करते हुए खाना खाते है.. शाम हो गई थी केशव जी जाने की अनुमति मांगते है...जीविका और आसुतोस केशव और नैना जी के पैर छूते है नैना जी जीविका को बोलती है " बेटा अब उस दिन का इंतजार है ज़ब तुम हमारे घर आओगी.. नैना जी माया को पैर छूने का इशारा करती है.. पर नैना माया जी की बातो को इग्नोर कर बाहर चली जाती है . "नैना जी हसते हुए बोलती है " ठीक है भाई साहब अब हम चलते है.. अब शादी में ही मिलना होगा "

अशोक जी और उनका परिवार बाहर छोड़ने आते है.. माया कार में बैठी थी.. शोभाजी माया को सगुण का लिफाफा देती है माया लिफाफा लेने से इंकार कर देती है शोभा जी ने कहा "बेटा ये सगुण है.... इसके लिए मना नही करते .."

माया लिफाफा अपने पास रखती है और कार में बैठे बैठे सबको हाथ जोड़कर प्रणाम करती है.. केशव जी बोलते है " अच्छा अशोक तो हम चलते है..".

केशव जी कार में बैठते है.. नैना जी सोभा जी और गायत्री जी के गले मिलती है.. और हल्की से हसी लिए कार में बैठ जाती है.. कार गति से गली के बाहर आ जाती है.. केशव जी माया के

तरफ देखते है पर कुछ बोलते नहीं है..फिर नैना जी बोलती है सच में शोभा जी के बच्चे और जीविका की दोस्त सब कितने अच्छे है ना.. उनके परिवार में कुछ देर ही रुके.. कितना अपनापन लगा ना.."

केशव जी बोलते है " वो तो है.. हमारी बेटी राधिका भी ज़ब इस घर में आएगी.. तो उसे हमारी याद कभी नहीं आएगी.. "

नैना जी बोलती है " वो तो है शोभा जी का व्यवहार बहुत ही अच्छा है "

तभी माया ने कहा " मुझे नहीं पता था की माँ ऐसे घर से रिश्ता जोड़ रही है... जिनका कोई स्टैंडर्ड ही नही है.. "

नैना को माया की बातो से गुस्सा आ रहा था... फिर माया ने कहा " मामी आप ही बताइये... राधिका दीदी यहां कैसे रहेगी.. "

केशव जी ने थोड़ा तेज़ आवाज़ में कहा "" बेटा हमने अपने बच्चों को ऐसी परवरिश दी है की कही भी अर्जेस्ट हो जायेंगे... तुम राधिका की फ़िक्र मत करो ""

नैना जी ने माया को समझाते हुए कहा "बेटा तुमने वहां जो किया वो सही नही किया...तुमसे ये उम्मीद नही थी ""

केशव जी बोलते है "नैना जी आप सरोज दीदी को ये बात नही बोलियेगा.."

नैना जी ने कहा "जी.. "

केशव जी के जाने के बाद शोभा जी निशा से बोलती है " बेटा सॉरी.. वो माया की वजह से आज "

तभी निशा ने शोभा जी के बात को बीच में ही रोकते हुए बोलती है " आंटी आप क्यों सॉरी बोल रही है.. और आंटी आप मेरी माँ की तरह है.. इसलिए सॉरी मत बोलिए "

तभी जीविका निशा के पास जाती है और बोलती है "तुम दोनों मेरी दोस्त ही नहीं मेरी बहन की तरह हो..".

तभी परी ने कहा और बहनो का हक़ है अपने होने वाले जीजू की जेब ढीली करना "

निशा हसते हुए बोलती है " अरे हाँ जीविका तेरी शादी में हम सूर्या जीजू से पुरे पचास हज़ार लेंगे "

जीविका बोलती है " हाँ! जरूर लेना.. पर उससे पहले आने वाली भाभी का स्वागत तो करना है ना "

तभी गायत्री जी बोलती है " हाँ और तुम दोनों को शादी से पहले ही यहाँ आ कर रहना है.. "

तभी निशा ने कहा " जी दादी हम पहले ही आ जायेंगे "

अशोक जी बोलते है " चलिए में थोड़ा बाहर से आता हुँ "

निशा और परी बोलती है " ठीक है आंटी अब हम भी चलते है "

निशा और परी जीविका के गले मिलती है और शोभा जी और गायत्री जी के पैर छूती है और चली जाती है..

सूर्या का घर

सरोज जी बोलती है " नैना सब सही से हो गया ना "

नैना जी बोलती है "जी दीदी सब काम सही से हो गया.. और पता है दीदी अशोक जी और उनका परिवार बहुत ही अच्छा है.. मेरा तो मन कर रहा था की कुछ देर और रुक जाऊं.. बहुत अच्छे विचार है उन लोगो के..."

फिर केशव जी बोलते है " और शोभा जी के हाथों का खाना खा कर मजा ही आ गया "

सरोज जी ख़ुश होते हुए बोलती है " मैं तो अशोक को पहले से ही जानती हुँ.. बहुत ही अच्छे लोग है.."

सरोज जी फिर कहने लगी " जीविका कैसी है.? "

नैना जी ने कहा " अच्छी है दीदी.. रंग रूप और गुण तीनो है उसमे.. बहुत प्यारी है.... कुछ ही देर रही हुँ उसके पास पर उसके बारे में बहुत कुछ जान गई हुँ.. "

सरोज जी बोलती है " क्या... मैं समझी नहीं? "

नैना जी बोलती है " दीदी.. मैंने देखा की रोके की रस्म होते ही.. जीविका किचन में अपनी माँ की हेल्प करने लगती है.. सब को खाना खिलाती है.. सच कहु तो आप ने जीविका को सूर्या के लिए पसंद कर बहुत अच्छा किया.. वो इस घर को अच्छे से संभाल लेगी "

सरोज जी के चेहरे पर खुशियाँ झलक रही थी.. तभी केशव जी ने कहा " चलिए मैडम अब घर चलते है.. राधिका इंतज़ार कर रही होगी "

नैना जी बोलती है " अच्छा दीदी अब चलते है....कल से अब राधिका की शादी की तैयारी भी शुरु करनी है "

तभी सरोज जी बोलती है " केशव एक बात कहना था.. "

केशव ने कहा " हाँ दीदी बोलिए"

सरोज जी बोलती है " केशव मैं चाहती हुँ की राधिका की शादी यही से जो .. और होटल लेने से अच्छा यही से शादी हो..."

नैना जी बोलती है " हाँ ये सही रहेगा.. और दीदी भी सब रस्म में आराम से शामिल हो पायंगी. "

केशव जी बोलते है " ठीक है दीदी हम यही राधिका की शादी करेंगे.... और तब तक आपकी तबियत भी ठीक हो जाएगी..
अब चलते है.. आप अपना ख्याल रखियेगा.. "

सुबह हो चली.. सूर्या रोज़ की तरह ऑफिस के लिए निकलता है पर उससे पहले सरोज जी से मिलने जाता है.. सरोज जी सूर्या से कहती है "बेटा सुन एक बात कहना है.."

सूर्या सरोज जी के पास बैठते हुए कहता है " हाँ माँ बोलिए "

सरोज जी बोलती है " जानती हुँ ये सही टाइम नहीं है तुझसे बात करने का पर बात ही कुछ ऐसी है जो तुझे कहना था "

सूर्या अपनी माँ का हाथ पकड़ते हुए बोलता है " हाँ बोलिए ना माँ "

सरोज जी ने कहा " बेटा! तू ज़िन्दगी में चाहे कितना भी बिजी क्यों ना हो.. पर थोड़ा अपने लिए भी वक़्त निकाला कर... मुझे पता है की तेरे पापा के जाने के बाद सारी जिम्मेदारी तुझ पर आ गई..और तब से तू काम में ही बिजी रहा पर अब तू एक रिश्ते में बंधने जा रहा है.. तो अब उसके लिए भी अपना वक़्त निकाल.. "

" तुम और जीविका कुछ महीने में और भी एक दूसरे को जान लो.. घूमो फिरो.. एक दूसरे से बहुत सारी बातें करो.."

सूर्या बेरुखी से बोलता है " माँ! आप फिर से "

सरोज जी बोलती है " फिर से क्या.. तुझे समझा रही हुँ.. बेटा थोड़ा समय अपने इस रिश्ते के लिए भी निकाल और ये ले जीविका का नम्बर उससे बात कर लेना उसे भी अच्छा लगेगा "

सूर्या कुछ पल अपनी माँ की तरफ देखता है और फिर जीविका का नम्बर लेते हुए कहता है " अब चलता हुँ माँ नहीं तो ऑफिस के लिए देरी हो जाएगी.. "

सरोज बोलती है " ठीक है जा.. पर आज बात कर लेना "

जीविका का घर

जीविका के घर में आसुतोस की शादी की तैयारी चल रही थी.. और जीविका शादी में आने वालो के नाम लिख रही थी.. गायत्री जी बोलती है " और अपने गाँव के सब रिश्तेदारों के नाम लिख दिए "

" जी दादी सब के नाम लिख दिये" जीविका ने दादी को लिस्ट पकड़ाते हुए कहा

जीवीका फिर अपने कमरे में जाने लगती है.. तभी गायत्री जी ने कहा " रुक कहा जा रही है ... ये बता सूर्या का फ़ोन आया "

जीविका सरमाते हुए बोलती है " क्या दादी आप भी.. मैं जा रही हुँ मुझे काम है "

जीविका अपने कमरे में चली जाती है और अपने फ़ोन को हाथ में ले कर सूर्या के फ़ोन के आने का इंतजार करती है.. पर सुबह से दोपहर हो गई सूर्या का फ़ोन नहीं आता.. तभी परी का फ़ोन आता

है.. परी बोलती है " क्या मैडम! सूर्या से बातें तो शुरु हो गई होगी तेरी... मुझे भी बता ना क्या बातें हुई "

जीविका ने कहा " अभी तक तो उनका कॉल नहीं आया "

परी बोलती है " ओ! अरे कोई नहीं आ जायेगा.. और उसका कॉल नहीं आया तो तू ही कर ले.. मैं भी तो राजीव को कॉल करती हुँ ज़ब उसका कॉल नहीं आता है तब.. "

जीविका बोलती है " पर मैं चाहती हुँ की पहले सूर्या जी ही कॉल करे "

तभी परी बोलती है " अरे! क्या पता वो बिजी हो तू अगर कॉल करेगी तो उसे भी अच्छा लगेगा ".

जीविका कहती है "ठीक है.. मैं थोड़ी देर में कॉल करूंगी उन्हें..अब मैं रखती हुँ.. बाय "

परी से बात हो जाने के बाद जीविका सोच में पड़ जाती है की सूर्या को कॉल करना ठीक रहेगा या नही.. फिर जीविका घबराते हुए सूर्या को फ़ोन लगाती है..सूर्या फ़ोन उठाते हुए बोलता है " हैलो "

जीविका सूर्या की फ़ोन पर आवाज़ सुन खामोश हो जाती है.. सूर्या की आवाज़ में कुछ जादू था... जिसे सुन जीविका सूर्या से और भी ज्यादा अट्रैक्ट हो जाती है.. फिर सूर्या ने कहा " हैलो कौन?"

जीविका ने हिचकिचाते हुए कहा " जी! मैं जीविका "

सूर्या ने बेरुखी से कहा " जीविका जी...मैं अभी बिजी हुँ.. मैं आप से बाद में बात करता हुँ "

फिर सूर्या फ़ोन रख देता है..शिवाय वही बैठे सब सुन रहा था और बोलता है " सूर्या तुम बिजी कहा हो.. तुमने झूठ क्यों बोला "

सूर्या अपनी ऑफिस में बने खिड़की के पास खड़ा हो जाता है और बोलता है " मुझे वो लड़की पसंद नहीं है "

शिवाय बोलता है " ज़ब तुझे वो पसंद नहीं तो तू उस लड़की की ज़िन्दगी क्यों बर्बाद कर रहा है.. साफ साफ मना कर दे "

सूर्या बोलता है " पर मैं उसे मना नहीं कर सकता..क्युकी मेरी माँ को वो पसंद है.. वाकी शिवानी आ जाएगी तो ये रिश्ता खुद टूट जायेगा "

शिवाय सूर्या को समझाता है " देख सूर्या शिवानी को मैं अच्छी तरह से जनता हुँ...और शिवानी मुझे बिलकुल भी अच्छी नहीं लगती.. वो सिर्फ तुम्हारा इस्तेमाल कर रही है.. "

सूर्या शिवाय की बातो से गुस्सा हो जाता है और शिवाय का कॉलर पकड़ते हुए बोलता है " आज तो तुमने बोल दिया पर शिवानी के बारे में एक भी गलत शब्द नहीं सुनूंगा.. अब जाओ अपना काम करो "

शिवाय अपनी सर्ट ठीक करते हुए वहाँ से चला जाता है.. शिवाय के जाने के बाद सूर्या मयंक को फ़ोन करता है मयंक बोलता है " सूर्या

मैं तुम्हें शाम को ही फ़ोन करने वाला था.. पर थोड़ा बिजी था इसलिए फ़ोन नहीं कर सका "

सूर्या बोलता है " कोई बात नहीं.. शिवानी के बारे में क्या पता लगा? "मयंक बोलता है " सूर्या! शिवानी के मैं ऑफिस गया था.. वो वहा काम नहीं करती अब.. और उसके मकान के मालिक से पता चला की वो घर खाली कर चुकी है और कोई वजह नहीं बताई "

और मुझे इतना ही पता चला है... फिर सूर्या फ़ोन रख देता है और बोलता है " कहा हो शिवानी तुम.. मैं तुम्हें कहा ढूँढू "

रात जो चली.. जीविका परी और निशा से बात करते हुए कहती है.. " मैंने सूर्या को कॉल किया था.. पर उसने कहा की वो अभी बिजी है.. तुम दोनों बताओ क्या करू मैं..".

निशा बोलती है " उसे देख कर ही लगता है की वो अपने काम से ज्यादा प्यार करता है "

फिर परी ने कहा " पर फिर भी इतना भी क्या बिजी होना.. अब राजीव को ही देख लो दिन में हम कितनी बार बात कर लेते है.. "

फिर जीविका ने कहा " हाँ निशा तुम ठीक कहती हो..वैसे पापा बता रहे थे की सूर्या जी पर अपने पापा के जाने के बाद घर की सारी जिम्मेदारी आ गई थी.. और तब से वो अपने जिम्मेदारी को निभा रहे है..."

परी ने कहा "हाँ पर फिर भी तू इतनी ब्यूटीफुल है की कोई भी तुझसे बात करना ही चाहेगा.. तुझे याद है कॉलेज में कुछ लडके तेरे पीछे कैसे पड़े रहते थे.. पर तू सिर्फ पढ़ाई ही करती रहती थी "

निशा हसते हुए बोलती थी " इसे तो वैलेंटाइन डे वाले दिन फ्री में गिफ्ट मिल जाते थे.. और पता था की घर में सब पूछेंगे तो ये सारे गिफ्ट हम दोनों को दे देती थी.. "

फिर परी बोलती " और मेरी मम्मी तो बहुत ख़ुश होती थी ज़ब उन्हें पता चलता था की ये गिफ्ट मुझे बेस्ट स्टूडेंट के लिए मिला है.. "

फिर तीनो हसने लगते है.. फिर परी बोलती है " जीविका अब तू सो जा रात काफ़ी हो चुकी है.."

निशा बोलती है " हाँ यार मुझे भी नींद आ रही है.. चलो गुड़ नाईट "

जीविका फ़ोन रखती है और फ़ोन में सूर्या का नंबर देख सोचती है की एक बार फ़ोन कर ले पर फिर फ़ोन साइड रख कर लाइट बंद करती है और सोने चली जाती है...."

सुबह सुबह शोभा जी पूजा कर जीविका को उठाने जाती

और बोलती है " बेटा उठ जाओ जल्दी से मंदिर जाना है और पंडित जी से भी मिलना है.. "

जीविका नींद में बोलती है " उठ रही हुँ मम्मी "

शोभा जी सोती हुई जीविका के पास बैठ कर बालो को सहलाती है और माथे को चूमती हुई बोलती है.. "मेरी प्यारी गुड़िया कुछ दिनों बाद तू इस घर से विदा हो कर अपने ससुराल चली जाएगी.. फिर ये घर तो सुना हो जायेगा "

जीविका उठ कर बैठ जाती है और अपने बालो को बांधते हुए बोलती है " माँ! सुना कहा होगा.. राधिका भाभी भी तो आएगी इस घर में.. "

शोभा जी चादर ठीक करते हुए बोलती है " हाँ वो तो है.. एक बेटी आएगी और एक बेटी विदा होगी "

जीविका माँ के गले लग कर बोलती है " मेरी प्यारी माँ..आई लव यू माँ "

शोभा जी जीविका के माथे को चूमते हुए बोलती है " लव यू टू बेटा.. अब चल जल्दी उठ जा.. और तेरे पसंद का छोले भटूरे बना रही हुँ "जीविका बोलती है "छोले भटूरे मैं अभी नहा कर आती हुँ.."

जीविका उठ कर ब्रश करने लग जाती है.. शोभा जी जीविका के बिस्तर को ठीक करते हुए बोलती है " बेटा सूर्या से बात हुई तेरी? "

जीविका को समझ नहीं आ रहा था की क्या बोले इसलिए वो झूठ बोलती है और कहती है " हाँ माँ आया था उनका फ़ोन "

शोभा जी को तसल्ली हो जाती है की सूर्या और जीविका एक दूसरे को जानने लगे है..

जीविका की गलती बस इतनी सी थी की वो सूर्या को दिल से पसंद करने लगी थी उससे प्यार करने लगी थी.. इसलिए जीविका सच्चाई नहीं बता पाई और सूर्या को अच्छा दिखाने के लिए वो झूठ बोलने लगी..

शोभा जी जीविका और आसुतोस के साथ मंदिर जाती है.. जीविका और आसुतोस पंडित जी का आर्शीवाद लेते है... जीविका बोलती है " माँ मैं मंदिर का परिक्रमा करके आती हूँ .."

शोभा जी बोलती है " हाँ बेटा जाओ.. अच्छे से पूजा करना.. "

आसुतोस वही बैठ जाता है .. तभी शोभा जी पंडित जी को आसुतोस की शादी का कार्ड देती है और एक कार्ड भगवान के चरणों में अर्पण करती है.. फिर पंडित जी बोलते है " शोभा बेटी ! इस समय लगन बहुत है तो मैं कोशिश करूंगा आने की अगर नहीं आ पाया तो मेरा बेटा चला जायेगा"

शोभा जी बोलती है " जी पंडित जी..पर माँ जी चाहती है की आप ही तिलक में पूजा करवाय.. और आसुतोस को आर्शीवाद दे.. आप कोशिश कीजिएगा आने की "

पंडित जी बोलते है " ठीक है बेटा.. मैं ही आऊंगा. "

फिर शोभा जी बोलती है " और आप को जीविका की शादी मैं भी आना होगा "

पंडित जी ख़ुश होते हुए बोलते है " एक साथ दोनों बच्चों की शादी कर रही हो बिटिया "

शोभा जी बोलती है " हाँ! पर आसुतोस के शादी के बाद जीविका की शादी है...अब लड़के वालो को जीविका पसंद आ गई तो हमने भी हाँ कर दिया "

पंडित जी बोलते है "सही है.. जीविका ख़ुश रहे और क्या चाहिए "

शोभा जी बेग से आसुतोस और राधिका की कुंडली पंडित जी को देते हुए बोलती है " पंडित जी ये आसुतोस और मेरी होने वाली बहु राधिका की कुंडली है... माँ जी ने कहा था की आप को दिखा दूँ "

पंडित जी दोनों की कुंडली हाथ मे ले कर दोनों की कुंडली मिलाते हुए देखते है और कुछ देर बाद बोलते है " आसुतोस और राधिका की कुंडली बहुत शुभ है पुरे 31गुण मिल रहे है दोनों के "

शोभा जी ख़ुश होते हुए बोलती है "और ये मेरी बेटी जीविका और मेरे होने वाले दामाद सूर्या की कुंडली है.."

पंडित जी जीविका और सूर्या की कुंडली देखते है और कुछ देर तक देखते ही रहते है फिर पंडित जी के माथे पर चिंता की लकीर उभर आती है.. शोभा जी बोलती है क्या हुआ पंडित जी??"

पंडित जी बोलते है " बिटिया इन दोनों की कुंडली नहीं मिल रही है.. दोनों के गुण नहीं मिल रहे.. और कुंडली के हिसाब से इस शादी से जीविका को सिर्फ दुख के सिवा और कुछ नहीं मिलेगा "

पंडित जी के बात से शोभा जी डर जाती है.. तभी आसुतोस बोलता है "पंडित जी ज़ब हम एक दूसरे को जानने लगते है तभी तो गुण मिलते है.."

पंडित जी ने कहा " बेटा कुंडली में लिखी जन्म तिथि, ग्रह, ही तय करती है की आपका जीवन कैसा होगा? "

आशुतोस कहता है " चलिए माँ! आपको और भी जगह कार्ड देना है "

शोभा जी के मन में पंडित जी की बात घर कर जाती है वो बोलती है " पंडित जी मैं कुंडली के इन बातों को तो नहीं मानती पर आपने जो बातें कही उसका कोई उपाय हो तो बता दीजिए.. "

पंडित जी बोलते है "देखो बिटिया हम तो सत्य बताते है और अगर आप पूछ रही है इसका उपाय जीविका बेटी को बोलिए की अब से हर सोमवार को शिव जी की पूजा करे.. भोलेनाथ ने चाहा तो सब ठीक हो जायेगा "

तभी जीविका आ जाती है और पंडित जी के पैर छू कर आर्शीवाद लेती है.. शोभा जी अपनी बेटी की तरफ देखती है उनकी आँखे नम थी.. भले ही वो गायत्री जी के कहने पर कुंडली दिखाने आई थी और वो इन सब चीज़ो को नहीं मानती थी.. . पर पंडित जी की बात शोभा जी के मन में घर कर जाता है.. तभी जीविका बोलती है " क्या हुआ माँ..आपकी आँखों में आंसू "

शोभा जी मदिर से बाहर आते हुए बोलती है " कुछ नहीं बेटा.. बस ऐसे ही ..चल अब घर चलते है.. "

पुरे रास्ते शोभा जी के मन में पंडित जी की बातें गुंज रही थी.. तभी आसुतोस बोलता है " चलिए माँ बर्षा आंटी का घर आ गया है...कार्ड देने चलिए.. "

शोभा जी दुखी स्वर में कहती है " बेटा अभी घर ले चल.. बाद में आ जायेंगे "

शोभा जी का मन दुखी हो गया था.. अब वो क्या करे.. कही पंडित जी की बात सच हो गई तो.. मेरी बेटी ज़िन्दगी भर दुखी रहेगी..मुझे ये बात जीविका के पापा को कहना होगा....

शोभा जी घर पहुँचती है.. जीविका अपने कमरे में चली जाती है.. आसुतोस बोलता है " माँ आप क्यों इतना सोच रही है.. आप बैठिये मैं आप के लिए पानी ले कर आता हुँ "

गायत्री जी बोलती है " क्या हुआ बहु.. परेशान लग रही हो.. "

शोभा जी बोलती है " माँ जी मैंने पंडित जी को जीविका और सूर्या की कुंडली दिखाई तो उन्होंने जीविका के बारे में कहा की हमारी जीविका कभी खुश नहीं रहेगी "

शोभा जी के आँखों में आसु आ जाता है.. और वो रोते हुए बोलती है " मेरी बेटी कभी ख़ुश नहीं रहेगी.. माँ जी मैं ये शादी ही नहीं होने दूंगी.. "

तभी अशोक जी काम से आ जाते है और दरवाजे पर ही शोभा जी की बातें सुन लेते है.. और शोभा जी के पास आ कर बोलते है " ये

क्या कह रही है आप शोभा जी.. सरोज जी को हाँ बोल कर ये रिश्ता तोड़ रही है.. आखिर किस बजह से रिश्ता तोड़ रही है आप... "

तभी आसुतोस शोभा जी को पानी पकड़ाते हुए बोलता है " माँ पहले आप आराम से पानी पीजिए.. "

शोभा जी पानी पीती है तभी अशोक जी आसुतोस से पूछते है.. आसुतोस पंडित जी की कही सारी बातें अशोक जी को बताता है.. फिर गायत्री जी बोलती है " वो पंडित हमारे समय से है.. वो जो भी बताता है सच बताता है.. अगर ऐसी बात है तो मैं भी इस रिश्ते के लिए मना करूंगी "

अशोक जी बोलते है " माँ एक बार तो यही पंडित जी की भविष्यवाणी गलत साबित हुई थी.. ज़ब आप मेरी और शोभा जी की कुंडली मिलवाई थी तो पंडित जी ने कहा था की हम दोनों के गुण नहीं मिलते.. पर मैं आप के इस बात को नहीं माना और शोभा जी से ही शादी की.. अब कितने ख़ुश है हम "

गायत्री बोलती है " हाँ! ये तो बात है.. बहु तू ये सब मत सोच.."

शोभा जी को अशोक जी की बातों से थोड़ी सी तसल्ली मिलती है..वो अपने मन को शांत करती है और बोलती है

" हम्म! माँ जी मैं ये सब नहीं मानती पर पंडित जी ने बात ही ऐसी बोली की मुझे अपनी बेटी की चिंता होने लगी..आखिर माँ हुँ मैं उसकी "

शोभा जी फिर रोने लगती है.... गायत्री जी बोलती है " क्यों रो रही हो बहु.. अच्छा पंडित जी ने कुछ उपाय तो बताया होगा ना "

शोभा जी बोलती है " हाँ माँ जी पंडित जी बोले की जीविका को रोज सोमवार को शिव जी की पूजा करने के लिए "

गायत्री जी बोलती है " जीविका तो वैसे ही शिव जी की पूजा करती है.. देखो बहु अब चिंता मत करो "

कितना समझाने के बाद शोभा जी का मन शांत होता है.. फिर शोभा जी बोलती है " मुझे सूर्या से अकेले में बात करना है.. आप सरोज जी से बोल दीजिए की मैं कल सूर्या से मिलना चाहती हुँ.. और वैसे भी हम एक ही बार उससे मिले है "

अशोक जी बोलते है " बिलकुल सही बोल रही है आप..आप अपनी मन की तस्सली के लिए मिल लीजिए...मैं आज ही सरोज जी से बात करूंगा.."

फिर अशोक जी बोलते है " और हाँ आप सब जीविका को ये बात मत बताइयेगा.. नहीं तो वो परेशान हो जाएगी.. "

सुबह हो चली.. सरोज जी की तबियत भी ठीक होने लगी थी.. सरोज जी सूर्या के रूम में जाती है.. जहाँ सूर्या अभी ऑफिस के लिए तैयार हो चूका था और लेपटॉप पर कुछ काम कर रहा था.. सरोज जी बोलती है " तैयार हो गया बेटा "

सूर्या लेपटॉप को बंद कर सरोज जी के पास जाते हुए बोलता है " माँ आप यहाँ.. आप मुझे बुला लेती.. आइये अब बैठिये यहाँ.. "

सरोज जी बैठते हुए बोलती है " अब तबियत भी अच्छी लग रही है.. इसलिए तेरे पास आ गई "

सूर्या बोलता है " अच्छा किया.. "

फिर सरोज जी बोलती है " बेटा जीविका की माता जी तुमसे मिलना चाहती है.. उन्हें तुमसे कुछ बात करना है... "

सूर्या मन में सोचता है "शायद जीविका ने मुझसे शादी करने के लिए मना कर दिया होगा.. चलो मिल लेंगे आज उनसे भी "

तभी सरोज जी बोलती है " क्या सोच रहा है बेटा? "

सूर्या कहता है " कुछ नहीं माँ.. वैसे कितने बजे तक आयंगी "

सरोज जी बोलती है "वो अभी तुमसे शिव जी के मंदिर में मिलना चाहती है "

सूर्या बोलता है " ठीक है माँ मैं उनसे मिलते हुए ऑफिस चला जाऊंगा "

सरोज जी थोड़ी देर रुक कर बोलती है "बेटा! जीविका से तेरी बात हुई "

सूर्या झूठ बोलता है " हाँ माँ कल ही दोपहर में बात हुई थी.. "

सरोज जी को तस्सली हो जाती है.. पर फिर भी शोभा जी का सूर्या से मिलना उन्हें समझ नहीं आ रहा था.. सूर्या कहता है " माँ अब मैं चलता हुँ "

सूर्या मंदिर के लिए निकल जाता है..मंदिर में शोभा जी पहले से ही पूजा करके बैठी थी.. तभी सूर्या अपनी कार से उतरते हुए मंदिर के अंदर जाता है.. वो नज़र घुमा कर देखता है पर शोभा जी कही नहीं दिखी.. फिर वो शिव जी की पूजा कर मंदिर से बाहर आता है तो शोभा जी पूजा की थाल लिए ख़डी थी.. सूर्या शोभा जी के पास जाता है और पैर छू कर आर्शीवाद लेता है.. शोभा जी सूर्या को प्रसाद देते हुए बोलती है " कैसे हो बेटा? "

सूर्या बोलता है " ठीक हुँ आंटी.. आपने मुझे मिलने के लिए बुलाया सब ठीक है ना "

शोभा जी को सूर्या का इस तरीके से बात करना अच्छा लगता है फिर शोभा जी बोलती है " बेटा कुछ दिनों बाद जीविका की शादी तुमसे हो जाएगी.. वो तुम्हारी पत्नी बन जाएगी.. बेटा बस मुझे तुमसे इतना ही पूछना है की तुम इस रिश्ते से ख़ुश हो ना.. मेरा मतलब जीविका तुम्हें पसंद है ना "

अब सूर्या को समझ नहीं आता की क्या बोले वो मन में सोचता है " जीविका ने कुछ नहीं बताया.. ये लड़की और मेरी मुश्किले बढ़ा रही है.. " अगर मैंने इन्हे बता दिया की मैं जीविका को पसंद नहीं करता तो ये माँ को बता देंगी और माँ को तबियत फिर बिगड़ जाएगी "

फिर शोभा जी बोलती है " क्या सोच रहे हो बेटा....तुम अपनी दिल की बात बता सकते हो मुझे "

सूर्या चेहरे पर हल्की सी हसी लिए बोलता है " नहीं आंटी! ऐसा कुछ नहीं है.. मुझे जीविका पसंद है.. तभी तो मैंने हाँ बोला है.. आप चिंता मत कीजिए और शादी की तैयारी कीजिए "

शोभा जी ख़ुश होते हुए बोलती है " बेटा तुमने मेरी चिंता को ही दूर कर दिया.. बस बेटा इतना ही कहूँगी तुमसे की जीविका हमारे घर की जान है... हमने कभी भी उसकी आँखों में आसु नहीं आने दिए.. और अब मैं बस तुमसे इतना चाहती हुँ की मेरी बेटी को हमेशा खुश रखना.. "

सूर्या बोलता है " जी आंटी आप फ़िक्र मत कीजिए.. मैं जीविका को हमेशा ख़ुश रखूँगा "

शोभा जी सूर्या के बालो पर हाथ फेरते हुए बोलती है " ख़ुश रहो बेटा.. "

फिर शोभा जी बोलती है " ठीक है बेटा अब मैं चलती हुँ अपना ध्यान रखना "

सूर्या शोभा जी के जाने के बाद अपना गुस्सा दीवार पर उतारते हुए बोलता है " अब मैं क्या करूँ.. इस लड़की का "

एक तरफ शोभा जी सूर्या की बातों सी निश्चिन्त थी की उनकी बेटी को अच्छा जीवनसाथी मिला है... . वही दूसरी ओर सूर्या इस रिश्ते से पीछा छुड़ाने के लिए सोच रहा था..

शोभा जी घर आती है अशोक जी ऑफिस जाने की तैयारी कर रहे थे. और गायत्री जी टीवी देख रही थी.. शोभा जी बोलती है " अरे

आप ऑफिस के लिए तैयार हो गए.. मैं अभी आप के लिए लंच पैक करके लाती हुं "

अशोक जी ने कहा " आज रहने दीजिए.. आज बाहर लंच करूंगा.. आप ये बताइये सूर्या से क्या बात हुई? "

शोभा जी पूजा की थाल टेबल पर रखते हुए बोलती है " मुझे जो पूछना था मैंने पूछ लिया.. सूर्या से बात करने के बाद मेरी सारी चिंता दूर हो गई "

गायत्री जी बोलती है " चलो तुम्हारी चिंता तो दूर हुई.."

तभी आसुतोस आता है और बोलता है "माँ! सूर्या से क्या हुई बात? "

शोभा जी मुस्कुराते हुए बोलती है " बेटा सब ठीक है.. मैं ही कुछ ज्यादा परेशान हो गई थी "

आशुतोस बोलता है " चलो अब तो सब ठीक है.. माँ मैं ऑफिस के लिए चलता हुँ "

तभी शोभा जी अशोक जी से बोलती है "सुनिए! वो शादी का कार्ड तो सब जगह दे दिया गया है.. आप बस सब को फ़ोन कर के बोल दीजिएगा "

अशोक जी बोलते है " ठीक है! मैं बोल दूंगा.. "

शोभा जी चिंतित होते हुए बोलती है "कुछ दिनों बाद से सब रिश्तेदार आने शुरु हो जायेंगे... धर्मशाला में सब इंतेज़ाम सही है ना?"

अशोक जी हसते हुए बोलते है " आप चिंता मत कीजिए..मैंने हलवाई बाले को, सजावट वाले को सब को बोल दिया है.. अब मैं ऑफिस के लिए जाऊं नहीं तो देर हो जाएगी "

शोभा जी हसते हुए बोलती है " जी! आराम से जाइएगा "

अशोक जी ऑफिस के लिए चले जाते है.. तभी शोभा जी बोलती है " चलिए माँ! आप नाश्ता कर लीजिए "

"गायत्री जी बोलती है "सच में बहु हम इतने खुशनसीब है की हमारे घर लक्ष्मी के रूप में तुम आई... और पूरा घर संभाल ली "

शोभा जी गायत्री जी के हाथ पर हाथ रखते हुए बोलती है " और माँ जी मैं भी बहुत खुशनसीब हूं जो आप जैसी माँ मिली मुझे "

शोभा जी गायत्री जी के गले लग जाती है..

जीविका अपने कमरे में खिड़की के पास उदास ख़डी थी... वो कभी खिड़की से बाहर देखती तो कभी अपने फ़ोन को की कही सूर्या का फ़ोन तो नहीं आया.. पर सूर्या का फोन नहीं आता.. उदास जीविका के मन में कई तरह की सवाल उठ रही थी सूर्या को ले कर " मैं माँ से झूठ क्यों बोल रही हूँ की सूर्या जी से मेरी अच्छे से बात होती है..मैं माँ को सच क्यों नहीं बता रही हुँ और रेस्टोरेंट में भी उन्होंने मुझसे अजीब तरीके से बात की..

फिर जीविका बोलती है लेकिन उसने मुझे गिरने से भी तो बचाया था.. पर एक रिश्ता ज़ब जुड़ता है तो लड़का लड़की दोनों एक दूसरे से ढेरो बातें करते है.. जैसे परी और राजीव और मेरे भईया और

राधिका भाभी...ये लोग कितना बातें करते है फ़ोन पर.. पर सूर्या जी मुझसे बात क्यों नहीं करते.. मैं सूर्या जी से ही पूछ लेती हुँ "

जीविका अपना फ़ोन उठा कर जैसे ही सूर्या को नंबर मिलाती है की उधर से सरोज जी का फ़ोन आ जाता है.. सरोज जी ने मीठी आवाज़ में कहा

" कैसी हो जीविका? "

जीविका के चेहरे पर खुशी आ जाती है की ससुराल वालो की तरफ से कॉल आया.. जीविका मुस्कुराते हुए न्रमता से बोलती है

" जी आंटी मैं ठीक हुँ.. आप कैसी है और आपकी तबियत कैसी है? "

सरोज जी ने कहा " हाँ बेटा मैं ठीक हुँ अब.. "

फिर जीविका चुप हो जाती.. फिर सरोज जी बात को आगे बढ़ाते हुए बोलती है " मुझे तो तुम्हारे इस घर में आने का कब से इंतजार है.. ज़ब तुम दुल्हन बन कर आओगी.. तो मैं तुम्हारा बहुत अच्छे से स्वागत करूंगी.. "

जीविका ख़ुश होते हुए बोलती है " जी "

सरोज जी थोड़ा हिचकिचाते हुए बोलती है " बेटा सूर्या तुमसे ठीक से तो बात करता है ना "

जीविका कुछ पल के लिए चुप रहती है फिर बोलती है " जी आंटी "फिर सरोज जी ने कहा " तुम्हें पता है जीविका.. मेरा बेटा सूर्या वैसे

तो थोड़ा गुस्सैल टाइप का है.. पर बेटा वो दिल का बहुत अच्छा है.. वो हमेशा ऑफिस के ही काम में बिजी रहता है..ज़ब तुम आओगी तो उसे अपने रंग में रंग देना... "

जीविक बोलती है " जी!"

सरोज जी बोलती है " चलो बेटा अब मैं फ़ोन रखती हुँ.."

जीविका आदर के साथ सरोज जी को प्रणाम करती है.. सरोज जी ने कहा " ख़ुश रहो बेटा..अपना ख्याल रखना "

सरोज जी से बात करने के बाद जीविका की परेशानी कुछ कम होती है..

जीविका अंदर अंदर ही हस रही थी.. तभी परी और निशा आ कर पीछे से डराती है.. जीविका की दिल की धड़कन थम जाती है.. परी और निशा जीविका को डरा हुआ देख हसने लगती है.. जीविका अपने दिल पर हाथ रखते हुए कहती है " तुम दोनों ने तो मुझे डरा ही दिया "

निशा थोड़ा सा जीविका के करीब आ कर बोलती है " किससे बात हो रही थी.. बोलो? "

और परी जीविका के कंधे पर हाथ रख कर कहती है " और ये तेरे चेहरे पर ये हसी कैसी "

जीविका सरमाने लगती है.. फिर निशा बोलती है " परी लगता है.. हम गलत टाइम पर आए है.. यहाँ तो कोई किसी से बातें कर रह था "

परी बोलती है " जीविका ने क्या बात की होगी सूर्या से "

निशा हसते हुए बोलती है " यही की कैसे है आप, आप ने खाना खाया..चलिए अब आई लव यू बोलिए"

जीविका बोलती है " तू रुक निशा की बच्ची.. अभी बताती हुँ तुझे "

निशा जल्दी से कमरे से बाहर भाग जाती है.. जीविका भी निशा का पीछा करती है.. तभी निशा शोभा जी के पीछे ख़डी हो जाती है.. जीविका बोलती है " तुम्हें तो मैं छोड़ूंगी नहीं.."

गायत्री जी, शोभा जी हसने लगते है.. तभी निशा हसते हुए बोलती है " जीविका देख सूर्या जीजू "

जीविका दरवाजे की तरफ देखती है और निशा अंदर कमरे में भाग जाती है

तभी गायत्री जी हसते हुए बोलती है " सच ज़ब ये तीनो साथ होती है तो घर में रौनक आ जाती है "

शोभा जी मुस्कुराते हुए बोलती है " माँ जी जीविका के चेहरे की हसी बता रही है की वो कितनी ख़ुश है "

निशा कमरे में जाती है और बेड पर लेट जाती और हसने लगती है.. फिर निशा उठ कर पानी पीते हुए बोलती है " अच्छा माफ़ कर.. मेरी तो सांसे ही चढ़ गई.."

परी बोलती है " तुम दोनो भी ना बच्चों की तरह करते हो "

जीविका हसते हुए बोलती है " कभी कभी बच्चा बनना भी अच्छा लगता है.. "

रात हो चुकी थी.. सब खाना खा के सो चुके थे.. निशा परी और जीविका तीनों कमरे में हसी मज़ाक कर रहे थे.... निशा बोलती है "रात के एक बज गए.. चलो अब मैं तो चली सोने..गुड़ नाईट "

परी राजीव को फ़ोन मिलाती है..परी राजीव से बात करते करते बालकनी में चली जाती है.. परी की धीमी आवाज़ में बात कर रही थी.. पर जीविका को नींद नहीं आती है..जीविका बार बार अपना फ़ोन देखती है की कही सूर्या का फ़ोन तो नहीं आया.. पर ऐसा कुछ नहीं था..जीविका फिर छत पर जाने लगती है.. तभी आसुतोस के कमरे से बात करने की आवाज़ आती है .. जीविका कमरे के अंदर जैसे ही जाती है की आसुतोस राधिका को कहता है " आई लव यू राधिका "

जीविका के चेहरे पर एक हल्की सी मुस्कुराहट आ जाती है..

..जीविका छत पर आती है.. आज चाँद की रौशनी इतनी तेज़ थी की जैसे चाँद को उसकी चांदनी मिल गई हो..जीविका वही पास रखे कुर्सी पर बैठ जाती है और आसमान की तरफ देखने लगती है... जीविका ने सोचा की क्यों ना सूर्या को मैं ही फ़ोन कर लू. पर इतनी रात हो गई है..पर एक बार कर ही लेती हुँ फ़ोन "फिर जीविका ने डरते हुए सूर्या का नंबर मिलाया.. फ़ोन की घंटी बजते ही जीविका के दिल की धड़कन तेज़ हो जाती है..सूर्या जो इस वक़्त गहरी नींद में था.. सूर्या ने अपने फ़ोन में जीविका का नंबर सेव नहीं किया था..

इसलिए सूर्या जीविका को पहचान नहीं पाता.. सूर्या फ़ोन उठाते हुए बोलता है " हैलो "

जीविका ने धीमी आवाज़ में कहा " हेलो "

सूर्या बोलता है " आप कौन? "

जीविका ने कहा . " आप मज़ाक अच्छा कर लेते है.. वैसे मैं बता दूँ की मैं जीविका हुँ "

सूर्या उठ कर बैठ जाता है और गुस्से से बोलता है " तुम्हें नींद नहीं आती क्या.. इतनी रात को कौन फ़ोन करता है..रखो फ़ोन कल बात करना "

सूर्या फिर फ़ोन रख देता है..सूर्या की बातों से जीविका की आँखे नम हो जाती है..जीविका के मन में कई सवाल उठ रहे थे " क्या मैं अपनी पूरी ज़िन्दगी ऐसे इंसान के साथ काट सकती हुँ जिसे बोलने की तमीज़ नहीं ..या फिर मैं इस रिश्ते के लिए मना कर दू.."उदास जीविका अपने कमरे की ओर चली जाती है.. आसुतोस अब भी राधिका से बात कर रहा था और परी राजीव से.. जीविका चुप चाप जा कर सो जाती है..पर जीविका की आंखे नम थी " फिर सूर्या की बातें सोचते हुए देर जीविका को नींद आ जाती है...

सुबह सब शादी की तैयारी में लग जाते है.. सोभा जी सब के लिए चाय बना कर लाती है.. जीविका कमरे से बाहर एक प्यारी सी हसी ले कर आती है जैसे रात को कुछ हुआ ना हो.. और आ कर सब के साथ हसी मज़ाक करने लगती है.. तभी अशोक जी के फ़ोन पर

संजीव का फ़ोन आता है.. संजीव जी अशोक जी के गाँव के रहने वाले थे..और उनके परोसी भी थे..पर बहुत सालो से अपने परिवार के साथ मुंबई में रहते थे.. अशोक जी संजीव की आवाज़ सुन बहुत ख़ुश होते है.. अशोक ने कहा की "कहो दोस्त कैसे याद किया इतने सालो बाद "

संजीव कहता है "बात ही कुछ ऐसी है की मैं तुमसे मिल कर करना चाहता था पर फ़ोन पर ही पहले तुमसे पूछना चाहता हुँ..

अशोक जी बोलते है " हाँ पूछो "

संजीव जी कहते है " अशोक मेरे पास सब कुछ है.. भगवान की दया से मेरा बिज़नेस आज बहुत ऊचाई पर है.. और ये सब मेरे बेटे रंजीत के कारण हुआ है... और मैं तुमसे कुछ मांगना चाहता हुँ.."

अशोक जी बोलते है " हाँ बोलो "

जीविका और घर के सभी सदस्य बैठ कर हसी मज़ाक भी कर रहे थे और अशोक जी की बात भी सुन रहे थे..फिर संजीव जी ने कहा " अशोक मैं अपने बेटे रंजीत के लिए तुम्हारी बेटी जीविका का हाथ मांगना चाहता हुँ... और रंजीत को जीविका बहुत पसंद है "

अशोक जी बोलते है " तुम्हारे पास जीविका की कोई फोटो नहीं फिर रंजीत को जीविका कैसे पसंद आ गई "

संजीव जी कहते है.. "पिछले साल तुम और तुम्हारा परिवार गाँव आए हुए थे कुल देवता की पूजा के लिए तो उस वक़्त रंजीत भी आया हुआ था गाँव.. तभी उसने जीविका को देखा था.. फिर वो

अपने ऑफिस के काम से थाईलैंड चला गया था ..और अब आया है तो उसने अपनी दिल की बात बताई.. और अगर तुम इस रिश्ते के लिए मंजूरी दो तो हम खुद दिल्ली आप सब से मिलने आ जायेंगे "

अशोक जी हिचकिचते हुए बोलते है " पर संजीव.. अगले महीने तो जीविका की शादी है.. "

संजीव जी बोलते है " अच्छा फिर तो हम देर हो गये.. चलिए कोई बात नहीं...और आपको बहुत बहुत बधाई "

अशोक जी बोलते है " संजीव मैं चाहता हुँ की तुम अपने परिवार के साथ जीविका की शादी में आओ.. "

संजीव जी कहते है " ठीक है! कोशिश करेंगे आने की.. चलिए अब मैं फ़ोन रखता हुँ.. "

संजीव जी फ़ोन रखते हुए कामिनी जी से कहते है " जीविका की शादी अगले महीने है.. रंजीत पहले बताता जीविका के बारे में तो हम पहले ही अशोक से बात करते.. अब आप रंजीत को समझाइये की जीविका को भूल जाये..

कामिनी जी बोलती है " जी मैं रंजीत को समझा दूंगी.. अब रिश्ता हो चूका है लड़की का तो उसके पीछे क्या भागना "

इधर सोभा जी अशोक जी से पूछती है.. अशोक जी संजीव से फ़ोन पर हुई सारी बात बता देते है..निशा कहती है " वाओ जीविका तेरे लिए तो रिश्ते पर रिश्ते आ रहे है.. "

जीविका बिना कुछ बोले अंदर चली जाती है.. निशा और परी भी उसके पीछे चल देती है.. शोभा जी बोलती है "रंजीत से तो मैं भी मिली थी..बहुत संस्कारी लड़का है.."

गायत्री जी बोलती है " खैर! जीविका की किस्मत में सूर्या का नाम लिखा है.. तो अब किसी और रिश्ते को क्या देखना "

अशोक जी बोलते है " हाँ माँ.. अब संजीव पहले बताता तो हम भी कुछ सोचते "

जीविका चेहरे पर हसी लिए पर अंदर से बिलकुल टूट चुकी थी.. सूर्या की बातों ने उसके दिल को ठेस पहुंचाई थी.. निशा जल्दी से रंजीत की प्रोफाइल चेक करती है.. रंजीत को देख निशा बोलती है " वाओ यार! जीविका ये तो सूर्या से भी हैंडसम है.. क्या पर्सनालिटी है बंदे की.. और ये तो थाईलैंड, कनाडा, और अमेरिका भी जा चूका है "

परी बोलती है " ला दिखा तो मुझे "

परी रंजीत को देखने के बाद बोलती है " सूर्या से अच्छा ये आता पहले तेरी ज़िन्दगी में.. पर कोई नहीं तेरी किस्मत में सूर्या ही था "

परी के फ़ोन पर राजीव का कॉल आता है.. वो राजीव से बात करने के लिए चली जाती है..शोभा जी निशा को कुछ काम से आवाज़ लगाती है.. निशा बोलती है " आई ऑन्टी.. जीविका मैं अभी आती हुँ "

निशा के जाने के बाद जीविका की नजर लेपटॉप पर दिख रहे रंजीत की फोटो की तरफ जाती है और देख जीविका रोने लगती है.. तभी परी आती है और जीविका को रोते हुए देख लेती है.. और बोलती है " क्या हुआ तुझे रो क्यों रही है? "

जीविका परी से कुछ छिपा नहीं पाई और सारी सच्चाई बता देती है.. फिर परी बोलती है " जीविका ये बात तू आंटी को बता दे.."

जीविका बोलती है " मैं बता दूंगी पर अभी नहीं.. सही वक़्त आने पर सब कुछ बता दूंगी "

परी बोलती है " कौन सा सही वक़्त.. ये तेरी ज़िन्दगी का सवाल है और तू सूर्या की मम्मी के बारे में क्यों सोच रही है.. ज़ब सूर्या को चिंता नहीं तो तू क्यों चिंता कर रही है.. तू अभी चल और बता सब कुछ "

तभी जीविका के फ़ोन पर सूर्या का फ़ोन आता है...परी बोलती है " उठा फ़ोन और स्पीकर पर रखना फ़ोन.. मैं भी सुनु की ये क्या कह रहा है "

जीविका ने बिलकुल वैसा ही किया... सूर्या बोलता है " कैसी हो जीविका? "

जीविका को समझ नहीं आता की सूर्या इतने प्यार से क्यों बात कर रहा है.. परी उसे इशारे से बोलती है बात करने के लिए.. तभी जीविका बोलती है " मैं अच्छी हुँ.. "

फिर सूर्या बोलता है " मैं इतना बिजी रहता हुँ की बात ही नहीं कर पाता.. इसके लिए सॉरी "

जीविका कुछ नहीं बोलती.. तभी जीविका बोलती है "मैं आपसे थोड़ी देर में बात करती हुँ "

इतना बोल कर जीविका फ़ोन रख देती है.. परी बोलती है " ये तो सही से बोल रहा है.. जीविका फिर भी तू आंटी को सब बात बता दे..मैं तो यही कहूँगी "

सूर्या फ़ोन रखता है.. सरोज जी बोलती है...देख बेटा रिश्ते में प्यार भी जरूरी है.. अब काम के साथ साथ जीविका पर भी ध्यान दो.. सूर्या अपने मन में ही सोचता है " मैं ऐसा तो नहीं था..ये क्या हो गया है मुझे..और मैंने उसे सच में बहुत उल्टा बोल दिया..

सूर्या ऑफिस पहुँचता है..और कैबिन में कुर्सी पर बैठ आंखे बंद किये गहरी सोच में डूबा था.. शिवाय कैबिन में आता है और तभी सूर्या की आंखे खुल जाती है.. शिवाय बिना कुछ बोले टेबल पर फाइल रख कर जैसे ही जाने लगता है वैसे ही सूर्या शिवाय को गले लगा लेता है.. शिवाय बोलता है " क्या हुआ सूर्या सब ठीक है ना? " शिवाय सूर्या की तरफ से की गई बेज़्ज़ती को भूल कर बोलता है " ये तुम्हारे आँखों में आसु.. क्या हुआ बताओगे "

सूर्या बोलता है "मुझे कुछ नहीं समझ में आ रहा है.. मैं खुद को बहुत अकेला महसूस कर रहा हु शिवाय .. मैं क्या करू.. शिवानी भी पता नहीं कहा है "

शिवाय बोलता है " सूर्या तुम्हें बुरा लगे या भला मैं तुम्हें एक ही बात बोलूंगा की.. जिस लड़की को तुम्हारी फ़िक्र ही नहीं और गई भी तो तुम्हें बताया भी नहीं उसके पीछे तुम भाग रहे हो.. .. पर सच कहूँ जीविका जैसी लड़की हर किसी के नसीब में नहीं होती.. तुम्हें बार बार फ़ोन करती है क्युकी तुम्हारी फ़िक्र है उसे..और मुझे तो लगता है की वो तुमसे प्यार करती है.. तुम्हारा और उसका मॉल में मिलना कोई इत्तेफाक नहीं था.."

सूर्या बोलता है " पर शिवाय मैंने कल उसे बहुत उल्टा बोल दिया था "

शिवाय बोलता है " ज़ब हम किसी रिश्ते में होते है तो उसे वक़्त देना पड़ता है.... या तो तुम शिवानी का इंतजार करो या फिर जीविका से शादी करो ये तुम्हारी मर्ज़ी... और आंटी का तुम जानते ही हो.. उन्होंने जीविका को चुना तो कुछ सोच समझ कर ही चुना होगा "

सूर्या बोलता है " पर शिवानी से मैं बहुत प्यार करता हुँ "

शिवाय गुस्से में बोलता है " फिर तुम इस रिश्ते के लिए मना करो और शिवानी का इंतजार करते रहो... और क्या पता वो भी कही शादी कर ख़ुश होगी... और तुम उसके पीछे पड़ कर सिर्फ इंतजार करो.. मुझे माफ़ करो मुझे बहुत काम है "

सूर्या बोलता है " तुम भी मुझे नहीं समझ रहे "

शिवाय बोलता है " मैं तुम्हें अच्छे से समझता हूँ इसलिए सही गलत बता रहा हुँ.. हो सके तो जीविका को सॉरी बोल देना "

फिर शिवाय रुक कर बोलता है " अगर कोई तुम्हारी बहन माया के साथ ऐसा करे तो.. सोच कर देखो तुम्हें खुद जबाब मिल जायेगा..

शिवाय फिर चला जाता है.. सूर्या दिन भर यही सोचता रहता है फिर उसे शिवाय की बात सही लगी.. सूर्या ने जीविका को तुरंत फ़ोन लगाया..पर फ़ोन नही लगता.

परी जीविका के पास बैठते हुए बोलती है "भगवान करे सूर्या से तेरा रिश्ता टूट जाये.. और तेरी ज़िन्दगी में रंजीत आ जाय...ऐसे इंसान से शादी करने का क्या फायदा..जिसे बोलने की तमीज़ नहीं..."

जीविका बोलती है " तू सही बोल रही है.. सूर्या के साथ में नहीं रह सकती.. थोड़ी देर के लिए मैं आंटी जी के बारे में सोचने लगी थी.. तू तो जानती है ना की मैं किसी को दुखी नहीं कर सकती... जब ये रिश्ता टूटेगा तो आंटी को कितना दुख होगा "

परी बोलती है " हाँ मैं जानती हुँ... पर किसी के लिए अपनी ज़िन्दगी क्यों बर्बाद करना "

जीविका बोलती है " मम्मी पापा को बहुत दुख होगा ये जान कर.."

परी बोलती है " हाँ दुख तो होगा.. और तुझे टाइम भी तो नहीं मिला.. ना तेरी इंगेजमेंट हुई .. सिर्फ रोका और फिर सीधा शादी हो रही है.. सूर्या की मम्मी को ले कर ये शादी जल्दी हो रही है.. पर अब तो वो ठीक है.. इसलिए तू किसी की भी टेंशन ना ले "

फिर परी जीविका के कंधे पर हाथ रखते हुए बोलती है "देख जीविका कल से सब रिश्तेदार आने वाले है.. इससे पहले तू आंटी को सब

कुछ बता दे.. और भगवान करे रंजीत तेरी ज़िन्दगी में आ जाये...मुझे तो लगता है की सूर्या डबल गेम खेल रहा है.. तू अभी चल मेरे साथ..तभी सोभा जी आ जाती है और बोलती है " कौन डबल गेम खेल रहा है.., "

परी बोलती है " आंटी जीविका कुछ कहना चाहती है आपसे "

सोभा जी बोलती है " हाँ बोलो बेटा क्या बोलना है "

जीविका हिचकिचाते हुए बोलती है " माँ मुझे सूर्या के बारे में कुछ बोलना है "

शोभा जी बोलती है " हाँ बोलो बेटा.. तुम दोनों में सब ठीक है ना..?"

तभी जीविका के फोन पर सूर्या का फ़ोन आता है.. शोभा और परी दोनों देख लेते है.. शोभा जी हसते हुए बोलती है "पहले तुम सूर्या से बात कर लो फिर मुझसे बात करना.. "

जीविका सूर्या का फ़ोन काटते हुए कहती है, " नहीं माँ मुझे अभी आपसे बात करना है "

जीविका फिर से बात करती ही है की..फिर सूर्या का फ़ोन आता है.. शोभा जी बोलती है " पहले तुम बात कर लो बेटा.. मैं थोड़ी देर में आती हुँ"

शोभा जी कमरे से बाहर चली जाती है..सूर्या फिर फ़ोन लगाता है और सोचने लगता है " ये उठा क्यों नहीं रही फ़ोन "

जीविका परी से बोलती है "मैं क्या करू अब "

परी बोलती है " तू अभी फ़ोन मत उठा.. देखते है उसका गुस्सा.. और मैं तुझे बता देती हुँ.. तू कुछ भी बात हो मुझसे छिपाना मत.. समझी.. और जो बात करना मेरे सामने करना "

फिर जीविका बोलती है " माँ को क्या कहु "

तभी सूर्या एक मैसेज भेजता है और जिसमे लिखा था " आई ऍम सॉरी.. जीविका... मै माँ की तबियत को ले कर बहुत परेशान हुँ इसलिए मैंने तुम्हें गुस्से में बोल दिया.. "

जीविका को रात की बात याद कर सूर्या पर बहुत गुस्सा आ रहा था.. जीविका फ़ोन को स्विच ऑफ कर बेड पर रख देती है..परी बोलती है" बिलकुल सही किया तूने उसका फोन उठा ही मत.. तू जिसको जीतना भाव देगी वो उतना ही तुझे नीचा गिराएगा"

जीविका बोलती है " तू सही कहती है.. उन्हें भी पता चलना चाहिए की रिश्ता एक तरफ से नहीं निभाया जाता.."

परी बोलती है "चल अब अपना मूड ठीक कर.. क्यों ना हम बाहर चले थोड़ा घूम कर आते है....

तभी निशा आती है और परी बोलती है " चल निशा बाहर से घूम कर आते है "

निशा बोलती है " नहीं यार मैं दादी के साथ बाहर गई थी.. अब थक गई हुँ.. तुम दोनों जाओ "

परी हसते हुए बोलती है.. " अभी से थक गई.. भईया की शादी में डांस कैसे करोगी.. "

जीविका हसने लगती है.. परी बोलती है " चल जीविका चलते है "

परी और जीविका बाहर जाने लगते है तभी शोभा जी बोलती है " कहा जा रही हो तुम दोनों "

परी बोलती है " आंटी कुछ सामान लेना था इसलिए.. ".

शोभा जी बोलती है " जीविका तुम्हें मुझसे कुछ कहना था ना "

जीविका बोलती है " कुछ नहीं माँ... वो बाहर जाने के लिए पूछ रही थी मैं .. "

शोभा जी बोलती है " ठीक है.. जाओ पर जल्दी आ जाना ".

परी बोलती है " जी आंटी "

इधर सूर्या जीविका से बात करने के लिए बेचैन था .. पर जीविका का फ़ोन स्विच ऑफ जा रहा था.. सूर्या का काम में मन नहीं लगता.... सूर्या ऑफिस का काम छोड़ जल्दी घर के लिए चला जाता है...

जीविका और परी सी. पी. पहुंचते है.. परी गोलगप्पे वाले को देख कर बोलती है "चल गोलगप्पे खाते है "

जीविका हसते हुए बोलती है.." हाँ! और देखते है.. कौन जीतता है "परी बोलती है " ठीक है "

परी गोलगप्पे वाले को बोलती है " भईया गोलगप्पे थोड़ा तीखा बनाना "

जीविका बोलती है " भईया आप मेरे लिए मीठा बनाना "

गोलगप्पे वाला जल्दी जल्दी गोलगप्पे बना कर दोनों की प्लेट में देता है.. दोनों एक दूसरे को हारने में लगे थे.. तभी सूर्या की कार रेड लाइट पर रूकती है.. सूर्या की नज़र जीविका पर पडती है.. सूर्या ड्राइवर को कार साइड में लगाने को कहता है और कार से उतर कर जीविका के पास जाता है.. जीविका और परी दोनों गोलगप्पे खाने में बिजी थे.. तभी परी बोलती है " मैं तो हार गई बाबा तू जीत गई "

जीविका खुशी से बोलती है " हाँ! मैं जीत गई "

तभी सूर्या जीविका के सामने आ जाता है और बोलता है " जीविका.. आई ऍम सॉरी "

जीविका गोलगप्पे वाले को पैसे देती है और परी को बोलती है " चल यहाँ से "

सूर्या फिर बोलता है " जीविका मुझे तुमसे कुछ बात करना है "

जीविका और परी रुक जाती है.. जीविका बोलती है " हाँ! बोलिये क्या बात करना है ".

सूर्या परी की तरफ देखते हुए बोलता है " मुझे आपसे अकेले में बात करना है "

जीविका बोलती है " आप परी के सामने भी बात कर सकते है.. क्युकी परी को मैंने आपके बारे में सब कुछ बता दिया है "

सूर्या परी की तरफ देखता है फिर जीविका से बोलता है " मैं कल रात के लिए माफ़ी मांगना चाहता हुँ..वो माँ की तबियत को ले कर थोड़ा परेशान था इसलिए आपसे गुस्से में बोल दिया "

जीविका कुछ नहीं बोलती.. फिर परी बोलती है " देखो सूर्या वजह कुछ भी हो लेकिन तुम्हें इस तरह से बात नहीं करनी चाहिए.. अभी तो तुम दोनों का रिश्ता शुरु ही हुआ है.. अभी तो तुम दोनों एक दूसरे को अच्छे से जानो.. बात करो.. तभी तुम दोनों इस रिश्ते को मजबूत बना पाओगे.. "

फिर परी ने कहा " और सूर्या आंटी जी ये रिश्ता ले कर आई थी.. और अशोक अंकल तो बस सरोज आंटी को जानते है.. इसलिए ये रिश्ता जोड़ रहे है...अगर तुम इस रिश्ते से ख़ुश नहीं हो तो तोड़ सकते हो..

सूर्या बोलता है " नहीं में ये रिश्ता तोडना नहीं चाहता हुँ "

फिर परी ने कहा "देखो सूर्या वजह अगर तुम्हें अपनी माँ को ले कर है तो मैं समझ सकती हुँ..लेकिन बजह अगर तुम दोनों की बीच की दुरी के लिए कोई लड़की है तो अभी बता दो... हम दोनों परिवार मिल कर इसका सलूशन निकालेंगे.."

जीविका चुप चाप बस बातें सुन रही थी..सूर्या अपने मन में सोचता है " मैं सब कुछ जीविका को बता देता हुँ की मैं शिवानी से प्यार करता हुँ.. फिर सूर्या का दूसरा मन कहता है पर शिवानी तो बिन बताये मुझे छोड़ कर चली गई.. मैं क्या करू.. समझ नहीं आ रहा "

परी सूर्या के चेहरे के तरफ देख कर बोलती है " क्या सोच रहे हो.. बोलो कुछ.. "

सूर्या भावुक हो कर बोलता है " ऐसा कुछ नहीं है... मैं सच में अपनी माँ की तबियत को ले कर परेशान हूँ.. मुझे उनकी चिंता लगी रहती है... मैं अपने पिता को तो खो चूका हुँ... पर अपनी माँ को नहीं खोना चाहता हुँ "

फिर जीविका सूर्या को चिंतित देख बोलती है " आप चिंता मत कीजिय.. आंटी जी को कुछ नहीं होगा "

परी के फ़ोन पर शोभा जी का फ़ोन आता है.. शोभा जी जीविका से बात करना चाहती थी इसलिए परी जीविका को फ़ोन दे देती है.. जीविका शोभा जी से बात करने चली जाती है..

फिर परी ने सूर्या को कहा "पता है सूर्या जीविका के लिए आज ही तुमसे भी बहुत अच्छा रिश्ता आया..वो भी मुंबई के जाने माने बिजनेसमैन है... उनका बेटा रंजीत जीविका को पसंद करता है और जीविका चाहती तो तुमसे रिश्ता तोड़ सकती थी.. वो घर में तुम्हारे बारे में सबको बता सकती थी पर उसने ऐसा कुछ नहीं किया..पता है क्यों.. क्युकी वो जिस रिश्ते से जुड़ जाती है उसे अच्छे से निभाना भी जानती है..और सबसे बड़ी बात वो तुम्हारी माँ की वजह से चुप है.."

सूर्या ख़ामोशी से परी की बातें सुनता रहता है..परी भी चुप हो जाती है...तभी जीविका आती है परी बोलती है " चलो जीविका अब चलते है "

जीविका परी से बोलती है " माँ ने कहा है की आते वक़्त मालिनी बुआ जी को भी लेते आए.. "

परी हसते हुए बोलती है " चल तूफान को लेने चलते है.. "

फिर जीविका ने सूर्या को कहा " अच्छा अब हम चलते है.. आप टेंशन मत लीजिए आंटी जी ठीक हो जाएगी "

जीविका और परी चली जाती है.. सूर्या के मन में जीविका के लिए भावनाएं जागने लगी थी..उसका मन शिवानी को भूलने लगा था.. सूर्या कार में बैठता है ..कार तेज़ गति लिए सी. पी. से होते हुए सूर्या के घर की ओर चल देती है.. सूर्या रास्ते भर सोचता रहा " फिर सूर्या फ़ोन में शिवानी की फोटो देखता है.. और शिवानी को ले कर उसके मन में कई सवाल थे

"तुम कहा हो? " या फिर शिवाय ने जो बोला क्या वो सच है.. क्या तुमने सिर्फ मुझसे पैसो के लिए प्यार किया था.. जाने से पहले एक बार तो बताया होता... "

फिर सूर्या जीविका को ले कर सोचता है " कुछ दिनों बाद हम दोनों की शादी हो जाएगी.. क्या मैं इस रिश्ते को निभा पाउँगा...ये रिश्ता जुड़ तो जायेगा.. पर क्या में जीविका को ख़ुश रख पाउँगा..

सूर्या के मन में परी की बात याद आती है " जीविका के लिए रंजीत का रिश्ता आया था और उसने तुम्हारे लिए मना कर दिया.. "

सूर्या जल्दी से लेपटॉप ऑन करता है..सूर्या लेपटॉप में रंजीत की प्रोफाइल को चेक करता है..और समझ जाता है की जीविका की ज़िन्दगी में मेरी (सूर्या) की कितनी एहमियत है..जीविका ने मेरे लिए

इतने अरबपति लडके के रिश्ते के लिए मना कर दिया.."सूर्या के चेहरे पर एक सुकून था.. की कोई उससे इतना प्यार कर सकता है..

सूर्या घर पहुँचता है तो माया घबराई हुई आती है और सूर्या को बोलती है " भईया देखो ना माँ को क्या हो गया.. "

सूर्या अपना बेग बाहर सोफे पर छोड़ सोरोज जी के कमरे में तेज़ी से जाता है.. और सरोज जी से बोलता है " माँ क्या हुआ आप को... डॉक्टर क्या हुआ माँ को"

डॉक्टर रमन कहते है " आप की माता जी खाना सही से नहीं खा रही है जिसकी वजह से उन्हें चककर आ गया.."

नर्स सूर्या से बोलती है " सर मैं टाइम पर आंटी जी को खाना और दवा देती हुँ.."

डॉक्टर रमन फिर सरोज जी को कहते है " बहन जी आप टाइम पर खाना खाइये, टाइम पर दवाई लीजिये, सुबह सुबह बाहर गार्डन में टहलने जाइये... और आपको किस चीज़ का टेंशन है.. अब तो बहु भी आ रही है आपकी.. "

सरोज जी बोलती है" डॉक्टर रोज़ रोज़ कड़वी दवाई मुझसे खाई नहीं जाती..इसलिए मैंने उसे डस्टबिन में फेक दिया था.. "

डॉक्टर रमन हसते हुए बोलते है " पर आप को स्वस्थ होने के लिए दवाई तो खानी ही पड़ेगी.."

सूर्या अपनी माँ के हाथों को चूमते हुए बोलता है " माँ प्लीज.. प्रॉमिस कीजिये की आप दवाई टाइम पर लेंगी.. और दवाई को फेकेंगी नहीं.. माँ माया को देखिए वो कितनी घबरा गई है "

माया सरोज जी को गले लगते हुए बोलती है " माँ भईया सही कह रहे है.. आप दवाई टाइम पर लीजिए "

सरोज जी बोलती है " ठीक है.. मैं आगे से टाइम पर ही दवाई लुंगी "डॉक्टर रमन कहते है " ठीक है! अब मैं चलता हूँ "

सरोज जी बोलती है " बेटा मैं ठीक हुँ अब.. तुम दोनों परेशान मत हो..माया तुमने राधिका की शादी में पहनने के लिए लेहंगा ले लिया जो तुमने बोला था..

माया के के चेहरे पर सरोज जी को ले कर थोड़ी उदासी थी.. फिर भी माया चेहरे पर हल्की हसी ला कर कहती है " हाँ माँ! ले लिया "

सूर्या बोलता है " माँ! आप माया से बात कीजिए मैं अभी आता हुँ "

घर में शादी की तैयारी शुरु हो गई थी... सारे रिश्तेदार आ गए थे.....हल्दी की रस्म शुरु हो चुकी थी..एक तरफ गीत गाने वाली गीत गा रही थी...दूसरी ओर औरते हल्दी कूटते हुए हसी मज़ाक कर रही थी.. शोभा जी अशोक जी के साथ पूजा में बैठी हुई थी.. तभी शोभा जी ज्योति को बोलती है " बेटा जीविका दीदी को बुला कर लाना.."

अंदर कमरे में जीविका तैयार हो रही थी..जीविका ने पीले रंग का लेहंगा पहने आईने के सामने खड़ी हो जाती है और बोलती है तुम

लोग तैयार हुए की नहीं.. परी और निशा ने भी पीला रंग का लेहंगा पहना हुआ था.. और परी और निशा भी शीशे के सामने ख़डी हो जाती है.. निशा ने कहा " वाओ! हम तीनो आज कितने सुंदर लग रहे है ना.. "

तभी जीविका ने कहा " किसी की नज़र ना लगे हमें.. "

फिर परी बोलती है " एक सेल्फी हो जाये"

तभी कमरे में ज्योति आती है और बोलती है " दीदी आपको.. मामी बुला रही है "

जीविका बोलती है " चलो चलते है बाहर "

जीविका और परी निशा तीनो बाहर आती है.. आसुतोस को एक तरफ हल्दी लगाया जा रहा था..दूसरे तरफ औरते एक दूसरे को हल्दी लगा कर हस रही थी...तभी जीविका की चाची ने कहा " जीविका कुछ दिन बाद तुम्हें भी ऐसे ही हल्दी लगेगी. "

जीविका मुस्कुराने लगती है..तभी मालिनी बुआ जीविका परी निशा के पास आती है " और हल्की सी हल्दी लगाते हुए बोलती है "बुरा मत मानो.. आज हल्दी है "

निशा ने कहा " सच जीविका कितना मजा आ रहा है ना शादी में "

तभी जीविका के फ़ोन पर सूर्या का कॉल आता है.. वो बात करने के लिए अंदर चली जाती है..सूर्या ने कहा " कैसी हो जीविका? "

जीविका बेड पर बैठते हुए बोलती है " जी मैं ठीक हुँ "

फिर सूर्या ने कहा " जीविका माँ तुमसे बात करना चाहती है "

सरोज जी फ़ोन लेते हुए बोलती है " कैसी हो जीविका और घर में हल्दी की रस्म चल रही होगी अभी "

जीविका ख़ुश होते हुए बोलती है " जी आंटी.. अभी भाई को हल्दी लग गई हैं "

सरोज जी बोलती है " यहाँ भी तुम्हारी होने वाली भाभी को हल्दी लग गई है.. "

फिर सरोज जी ने कहा " बेटा चलो तुम एन्जॉय करो.. मैं फ़ोन रखती हुँ "

सूर्या ओर सरोज जी से बात करने के बाद जीविका के चेहरे पर अलग ही खुशी थी.. वो बाहर आती है.. परी और निशा बाहर गा रही औरतों के गीत पर ही नाचने लगती है.. जीविका भी उसमे शामिल हो जाती है..

रात काफ़ी हो गई थी.. सब रिश्तेदार सो जाते है... लेकिन जीविका परी और निशा अब भी जगे हुए थे..और हसी मजाक कर रहे थे.. तभी निशा बोलती है " क्या बात हुई थी सूर्या से.. हमको भी बताओ "जीविका बोलती है " कुछ नहीं बात हुई थी.. अब सो जाओ रात काफी हो गई है "

तभी गायत्री जी आती है और बोलती है " तुम तीनो अभी तक उठी हो.. रात के तीन बज गए है.. सो जाओ अब.. "

फिर जीविका बोलती है " जी दादी हम सोने ही जा रहे थे "

इधर सरोज जी के घर में राधिका की हल्दी की रस्म हो चुकी थी..रात के तीन बज गए थे.. सूर्या और शिवाय ऑफिस का काम कर रहे थे.. तभी शिवाय बोलता है " अब सो जाओ सूर्या बाकी का काम हम बाद में कर लेंगे "

सूर्या बोलता है " हम्म! अभी थोड़ी देर में सोता हुँ.. तुम जा कर सो जाओ "

शिवाय बोलता है " मुझे तो बहुत नींद आ रही है..शिवाय बेड पर सोते हुए बोलता है "वैसे सूर्या कुछ दिन बाद तुम्हारी भी शादी है.. तो तुम जीविका को शादी के बाद कहा ले कर जाओगे.."

सूर्या बोलता है " अभी फिलहाल कही नहीं..माँ की तबियत सही हो जाये फिर देखते है.. वैसे मैं तुमसे कुछ नहीं छुपाना चाहता हुँ.. मैं जीविका से शादी सिर्फ अपनी माँ के लिए कर रहा हुँ..वो मेरी माँ के पास रहे तो मेरी माँ भी जल्दी ठीक हो जाएगी "

शिवाय बोलता है " मतलब तुम जीविका को प्यार? "

तभी सूर्या शिवाय की बात बीच में ही रोकते हुए बोलता है " सो जाओ सुबह उठना भी है "

सूर्या लेपटॉप बंद कर बाहर चला जाता है..

जीविका का घर

मेहंदी की रस्म चल रही थी...मेहंदी लगाने वाली सबको मेहंदी लगा रही थी.. जीविका भी मेहंदी लगवाने बैठ जाती है..तभी शोभा जी की बुआ सास बोलती है.. " शोभा कुछ दिनों बाद जीविका की

शादी है कम से कम चार महीने बाद करती.. इतनी जल्दी भी क्या थी "

तभी शोभा जी बोलती है " बुआ जी ऐसा कुछ नहीं है. वो सूर्या की माँ की तबियत ठीक नहीं है इसलिए वो चाहती है की जीविका और सूर्या की शादी जल्दी हो जाये.. "

जीविका की चाची ने जीविका को छेड़ते हुए कहा " क्यों जीविका कैसे दिखते है तुम्हारे सूर्या जी "

जीविका अपनी चाची के पास बैठ कर बोलती है " चाची शादी में जा ही रही है तब देख लीजियेगा "

तभी रवि आ जाता है.. शोभा जी रवि को देख बहुत ख़ुश होती है.. रवि सब के पैर छू कर आर्शीवाद लेता है.. और जीविका के पास बैठ जाता है और मेहंदी वाली को बोलता है " आप इस पर सूर्या जीजू का नाम लिख दीजिए.. क्यों दीदी? "

जीविका बोलती है " तू आते ही मुझे तंग करने लग गया "

रवि बोलता है " वैसे दीदी आज आप मेरे कान नहीं खींच सकती क्युकी आपके हाथ में मेहंदी लगी है "

जीविका बोलती है " बच गया तू आज "

तभी सोभा जी बोलती है " जा बेटा! फ्रेश हो जा.. मैं तेरे लिए कुछ खाने को भिजवाती हुँ "

सूर्या का घर

सरोज जी सोफे पर बैठी हुई थी तभी केशव जी बोलते है " दीदी आप थोड़ा आराम कर लीजिये "

नैना जी बोलती है " हाँ चलिए दीदी आप चल कर थोड़ा आराम कर लीजिए..बहुत देर से बैठी हुई है आप? "

सरोज जी बोलती है "कोई बात नहीं..अभी बैठने दे.. यहाँ सब के साथ मुझे अच्छा लग रहा है.."

नैना जी कहती है " ठीक है दीदी! "

सरोज जी मन में बोलती है " बस जीविका आ जाये उसके बाद आराम ही आराम है "

शादी का दिन

नैना जी बोलती है " बरात निकली की नहीं जरा फ़ोन कर के पूछिए तो "

केशव जी बोलते है " मेरी अशोक जी से बात हुई थी .. बारात कब की निकल गई है "

नैना जी बोलती है " मैं राधिका के पास जाती हुँ.. "

राधिका अपने कमरे में दुल्हन बनी बैठी थी तभी नैना जी आती है और अपनी बेटी को देख बोलती है " बहुत प्यारी लग रही हो बेटा.. किसी को नज़र ना लगे "

सूर्या राधिका के कमरे में आता है.. राधिका सूर्या को देख बोलता है " बहुत प्यारी लग रही हो राधिका "

राधिका सूर्या का धन्यवाद करती है...तभी नैना जी कहती है " वैसे सूर्या तुम और राधिका तुम्हारी बहन भी हुई और भाभी भी "

बाहर बरात आ जाती है ...माया सूर्या को बुलाने आती है और बोलती है " भईया बरात आ गई है.. मामा जी आपको बुला रहे है "

सूर्या वहा से चला जाता है... फिर नैना जी भी बारात के स्वागत के लिए चली जाती है..

सूर्या बाहर सबके स्वागत के लिए जाने से पहले सरोज जी के पास जाता है. सरोज जी बेड पर आराम कर रही थी.. सूर्या सरोज जी के पास जाता है और कहता है " माँ आप ठीक है ना? "

सरोज जी बोलती है " हाँ बेटा मैं ठीक हुँ.. बस थोड़ा आराम करना चाहती हुँ.. तू जा.. मैं थोड़ी देर में आती हुँ "

सूर्या नर्स से कहता है " माँ ने दवाई खाई है ना....

नर्स ने कहा " जी सर मैंने दवाई दे दी है "

सूर्या बोलता है " ठीक है तुम माँ के पास रहो.. मैं अभी आता हुँ "

सूर्या सरोज जी के हाथ को पकड़ कर बोलता है " माँ मैं अभी आता हुँ "

केशव जी माला पहनाते हुए अशोक जी का स्वागत करते है... नैना जी दरवाजे पर आसुतोस की आरती उतारती है और कुछ रस्म थी उसे पूरा करती है और शोभा जो के गले मिलती है.. गले मिलने के बाद शोभा जी बोलती है " सरोज जी कहा है "

नैना जी बोलती है " अभी दीदी आराम कर रही है.. थोड़ी देर में आ जाएंगी "

केशव जी सब को आदर के साथ अंदर ले कर आते है..सब बाराती अंदर कुर्सी पर बैठ जाते है.. सूर्या जीविका के परिवार वालो के पैर छू कर आर्शीवाद लेता है.. तभी शोभा जी की बुआ सास शोभा से पूछती है " ये कौन है शोभा? "

शोभा जी ने कहा " जी.. यही है होने वाले दामाद "

बुआ सास कहती है " शोभा दामाद तो बहुत अच्छा चुनी हो "

जीविका हल्की सी हसी लिए सूर्या को देखती है.. तभी सोभा जी ख़ुश होते हुए बोलती है" जी "

शोभा जी सूर्या से कहती है " बेटा सरोज जी कहा है "

सूर्या बोलता है " माँ अंदर है..अभी आती होंगी.. "

फिर सूर्या वहा से चला जाता है...कुछ देर बाद स्टेज पर वरमाला की रस्म चल रही थी.. सूर्या शिवाय को बोलता है " शिवाय मैं माँ के पास जाता हुँ.. तुम यहाँ देख लेना "

सूर्या अंदर जाने लगता है की सरोज जी आ जाती है..और शोभा जी को देख उनके पास जाती है.. शोभा जी सरोज जी के गले मिलती है शोभा जी बोलती है " कैसी है आप? "

सरोज जी हल्की सी मुस्कुराहट चेहरे पर ला कर कहती है " अच्छी हुँ "

सूर्या अपनी माँ के पास आता है और कुर्सी पर बिठाते हुए कहता है " माँ आपको कुछ चाहिए "

सरोज जी मुस्कुराते हुए बोलती है " नही बेटा "

सूर्या बोलता है " ठीक है माँ आप को किसी चीज़ की जरूरत हो तो बता दीजियेगा "

फिर सूर्या इतना कह कर चला जाता है..शोभा जी बोलती है "सूर्या आपका कितना ध्यान रखता है.. मैं बहुत ख़ुश हुँ की मुझे सूर्या जैसा दामाद मिला "

सरोज जी जीविका को देख कर बोलती है " और मैं भी बहुत ख़ुश हुँ की मुझे जीविका जैसी बहु मिली.. "

तभी अशोक जी आते है और सरोज जी का आर्शीवाद लेते हुए उनका हाल चाल पूछ सरोज जी के पास बैठ जाते है और हसी मज़ाक करने लग जाते है..

थोड़ी देर बाद कन्यादान और फेरे की रस्म शुरु हो जाती है...पंडित जी मंत्र पढ़ना शुरु कर देते है... फिर पंडित जी सात फेरे के सात वचन का मतलब बताते है.. जीविका उन सारी वचनों को ध्यान से सुनती है.... सूर्या भी वही बैठा शिवाय से बात कर रहा था.. जीविका सूर्या को देखती है.. फिर मन में कहती है " कुछ दिन बाद हम दोनों भी शादी के बंधन में बंध जायेंगे.. " तभी सूर्या की नज़र जीविका की तरफ जाती है जो अभी सूर्या को ही देख रही थी.. सूर्या के देखते ही जीविका नज़रे झुका लेती है...लगभग फेरे, सिंदूर सब रस्म हो गई

थी.. और सुबह भी हो जाती है.. विदाई का वक़्त आ जाता है..सब की आंखे नम थी.. राधिका केशव जी और नैना जी के गले मिल कर रोने लगती है....सूर्या राधिका को कार में बिठाता है.. फिर केशव जी नम आँखों से अशोक जी के सामने हाथ जोड़े हुए बोलते है " अच्छा अशोक कोई भूल चूक हुई हो तो माफ़ करना ".

अशोक जी केशव जी के गले लग जाते है और जाने की अनुमति मांगते है.. कार में बैठी जीविका एक झलक सूर्या को देखती है.. फिर कार अपनी गति से जीविका के घर चल देती है.."

जीविका का घर

बहु के आने की खुशी में शोभा जी और उनका पूरा परिवार स्वागत के लिए खड़ा था.. शोभा जी राधिका और आसुतोस की आरती उतारती है और जीविका चावल के कलश लिए और निशा अलता की थाल ला कर रख देती है... शोभा जी बोलती है " बेटा इस कलश को पैर से गिरा कर अंदर आ जाओ.."

राधिका पैर से कलश को गिरा कर अलते की थाल में पैर रख अपने पैरो की छाप छोड़ते हुए अंदर आ जाती है.. शोभा जी घर के मंदिर में राधिका को ले जाती है.. राधिका भगवान का आर्शीवाद ले घर के सब बड़ो के पैर छुती है... शोभा जी बोलती है " बेटा तुम दोनों थक गए होंगे.. अपने कमरे में जा कर आराम करो.."

जीविका परी और निशा पहले से ही दरवाजे पर ख़डी होती है जीविका बोलती है " ऐसे कैसे अंदर जाने दे भईया.. पहले जेब तो ढीली कीजिए "

आसुतोस अपनी जेब से दस रूपये निकालता है और जीविका को पकड़ाते हुए बोलता है " तुम तीनो आपस में बाँट लेना "

निशा मजाक करते हुए बोलती है " भईया ये दस रुपय है और इसमें हम तीनो बाँट ले.. इस हिसाब से मेरे तीन रूपए.. परी के तीन रुपय और जीविका के चार रुपय..जीविका तू ख़ुश हो जा तुझे हमसे एक रुपय ज्यादा मिले है... "

फिर सब हसने लगते है.. जीविका बोलती है " भईया ये क्या है..आप हमें दस हज़ार दीजिए.. नहीं तो हम अंदर नहीं आने देंगे "

तभी आसुतोस बोलता है " अच्छा ठीक है ये लो पुरे दस हज़ार अब खुश.. "

रवि बोलता है " आप लोगो के ही मजे है बार बार पैसे ही मिलते रहते है..

तभी सोभा जी बोलती है " अब भईया और भाभी को अंदर जाने दो.."

जीविका कमरे के दरवाजे से हटते हुए बोलती है.." आइये भाभी जी "दिन भर की थकी राधिका बेड पर बैठ जाती है तभी जीविका बोलती है " भाभी आप थक गई है ना.. चलिए आप आराम कीजिए हम बाद में आते है "

बाहर हॉल में सब बैठे हसी मज़ाक कर रहे थे...जीविका परी निशा अपने कमरे में आराम कर रही थी.. तभी परी बोलती है " कल हम

भी अपने घर चले जायेंगे.. जीविका तू मेरे साथ ही चल दस दिन मेरे घर पर रहना.. मेरी शादी अटेंड कर फिर आ जाना.."

जीविका बोलती है " नहीं यार.. मैं शादी के तीन दिन पहले ही आऊंगी.. और भाभी आज ही आई है तो इसलिए अभी नहीं आ सकती "

परी बोलती है " काश तू रहती मेरे साथ.. क्युकी फिर मैं भी बंगलौर चली जाऊंगी.. फिर कहा मिलना होगा "

जीविका बोलती है " ठीक है... मैं आज मम्मी से पूछूंगी "

अगले दिन राधिका की पहली रसोई थी.. राधिका सब के लिए खीर बंनाने लगती है.. तभी जीविका आती है और बोलती है " भाभी आपको कुछ चाहिए तो मुझसे पूछ लीजिएगा "

राधिका बोलती है " जीविका जी मुझे खीर के लिए.. चीनी, चावल, ड्राई फ्रूट्स चाहिए "

जीविका सब सामान निकाल कर राधिका को पकड़ाते हुए बोलती है " लीजिये भाभी जी.. और कुछ चाहिए तो बता दीजिएगा "

राधिका बोलती है " जी!"

राधिका जल्दी से सब के लिए खीर बनाने लगती है... खीर बन जाने के बाद राधिका सब रिश्तेदारों को अपने हाथ की बनी खीर खिलाती है.. सब राधिका की खूब तारीफ करते है..और राधिका को सगुण के पैसे भी देते है.. "

शाम होते ही सब रिश्तेदार विदा हो जाते है.. फिर परी और निशा भी बाहर आती है और परी बोलती है " ठीक है आंटी अब हम चलते.. आप सब शादी में जरूर आइयेगा "

शोभा जी बोलती है " हाँ बेटा हम जरूर आएंगे और बेटा मुझे जीविका ने बताया की तुम जीविका को दस दिन के लिए बुला रही हो.. पर अभी अभी राधिका आई है.. इसलिए मैं अभी नहीं भेज सकती..पर हल्दी की रश्म से जीविका तुम्हारे पास रहेगी "

परी बोलती है "कोई बात नही आंटी.. अब हम चलते है "

जीविका भी अपने कमरे में चली जाती है.. शोभा जी बोलती है "माँ जी अब जीविका की शादी में भी एक महीना रह गया है.. अब जीविका की शादी की भी तैयारी करनी होगी..कैसे होगा सब कुछ एक महीने के अंदर "

अशोक जी बोलते है " सब हो जायेगा...फिलहाल एक कप चाय बना दीजिये.."

शोभा जी बोलती है " अभी लाती हुँ "

गायत्री जी बोलती है " मैं भी चलती हुँ.. थोड़ा आराम कर लेती हुँ.."

सुबह हो चली.. राधिका जल्दी से नहा कर फ्रेश हो जाती है और पूजा कर सब के लिए चाय चढ़ा देती है... शोभा जी मंदिर में पूजा करने जाती है.. तो मंदिर का दीपक जलता देख सोचने लगी.. राधिका इतनी जल्दी उठ गई.. शोभा जी पूजा कर.. किचन में जाती है.. राधिका सब के लिए चाय बना देती है.. शोभा जी राधिका के

सिर पर हाथ फेरते हुए बोलती है " बेटा तुम ये सब क्यों कर रही हो.. मैं हुँ ना मैं कर लुंगी "

राधिका बोलती है " मम्मी जी थोड़ा बहुत तो हेल्प कर सकती हुँ ना आपकी.. "

शोभा जी बोलती है " बेटा बिलकुल तुम मेरी हेल्प करना..लेकिन अभी अभी तो तुम्हारी शादी हुई है.. अभी तुम ये सब मत करो. मैं हुँ ना मैं कर लुंगी "

राधिका शोभा जी के गले लग जाती है.. सोभा जी बोलती है " क्या हुआ बेटा "

राधिका बोलती है "कुछ नहीं बस आप को देख मुझे मेरी माँ की याद आ गई "

शोभा जी बोलती है " अच्छा मैं समझ सकती हुँ ! लेकिन एक बात याद रखना जैसे जीविका है.. वैसे ही मेरे लिए तुम हो..इसलिए तुम्हें ज़ब भी घर जाने का मन कर चली जाना "

राधिका चाय कप में डालती है तभी शोभा जी बोलती है " चलो आज सुबह सुबह की चाय सब तुम्हारे हाथ का पिएंगे "

राधिका चेहरे पर हल्की सी हसी लिए हॉल में आती है और गायत्री जी और अशोक जी को चाय पकड़ाती है.. तभी शोभा जी बोलती है " आज की चाय राधिका ने बनाई है "

अशोक जी बोलते है " अरे वाह! आज तो हम अपनी बिटिया की हाथ की चाय पिएंगे "

अशोक जी चाय की एक चुस्की लेते हुए बोलते है " वाह! बेटा जैसे खीर बनाई थी.. वैसे ही चाय भी बहुत अच्छा बनाई हो "

शोभा जी बोलती है "बेटा हमारे साथ तुम भी बैठ कर चाय पीयो "

राधिका सोभा जी के पास बैठ जाती है.. अशोक जी बोलते है " बेटा ये तुम्हारा अपना ही घर है जैसे रहना है तुम रहो.. तुम्हें जॉब करना तो जॉब करो.. हम किसी चीज़ के लिए तुम्हें मना नहीं करेंगे "

शोभा जी बोलती है " मैंने भी यही कहा जैसे जीविका मेरी बेटी है वैसे तुम भी मेरी बेटी हो "

गायत्री जी बोलती है " बेटा शोभा जैसी सास के होते हुए तुम्हें अपनी माँ की कमी कभी महसूस नहीं होगी "

अशोक जी बोलते है " शोभा जी मैं थोड़ा बाहर से आता हुँ "

राधिका कप उठाने लगती है.. तभी सोभा जी बोलती है " बेटा ये सब मैं कर लुंगी.. तुम आसुतोस के पास जाओ.. "

राधिका के जाने के बाद गायत्री जी बोलती है " बहु तुम्हें याद है.. ज़ब तुम भी बहु बन कर आई थी तो मैंने भी तुम्हें यही कहा था "

शोभा जी बोलती है " हाँ माँ जी याद है और आप उस समय बिलकुल मेरी माँ की तरह थी.. मुझे मेरी माँ की कमी महसूस ही नहीं होने दी.. वैसे ही मैं भी राधिका की सास नहीं बल्कि माँ बन कर रहूंगी "

सूर्या का घर

सूर्या ज़ब घर आता है तो किचन में कॉफ़ी बनाने जाता है.. किचन में सरोज जी पहले से ही कॉफ़ी बना चुकी थी "

सूर्या सरोज जी को देख बोलता है " माँ आप ये सब क्यों कर रही है. आप अभी पूरी तरह से ठीक नहीं हुई है "

सरोज जी बोलती है " बेटा अब मैं ठीक हुँ .. और थोड़ा थोड़ा काम भी करती रहूंगी तो मन लगा रहेगा "

फिर सरोज जी सूर्या को कॉफ़ी पकड़ाते हुए बोलती है " बहुत चिंता करता है तू मेरी "

सूर्या बोलता है " चिंता तो होगी ना माँ क्युकी आप मेरे लिए बहुत कीमती हो "

फिर सूर्या ने कहा" आप ठीक हो रही है. जानता हुँ . पर अपनी दवाई टाइम पर लेते रहिएगा "

सरोज जी बोलती है " हाँ ले लुंगी.. तेरी कड़वी दवाई.. क्युकी तेरी शादी कि तैयारी जो करनी है "

सूर्या हसते हुए बोलता है " शादी की तैयारी कीजियेगा पर साथ में अपना ख्याल भी रखियेगा "

सरोज जी बोलती है "सच बहुत ख़ुश हुँ मैं...कुछ दिनों बाद इस घर में भी खुशियाँ आएँगी.. मैं उस दिन का बेसब्री से इंतजार कर रही हुँ.. "

सूर्या बोलता है " पर उससे पहले आप ये सूप पीजिए.. नहीं तो ठंडी हो जाएगी.. "

फिर दोनों हसने लगते है.. सरोज जी बोलती है " जीता रह बेटा.. तू हमेशा इसी तरह हसता रहे "

जीविका का घर

शोभा जी रोज की तरह किचन में खाना बना रही थी.. राधिका किचन में आती है और कहती है " सॉरी मम्मी जी आज पता नहीं कैसे आंख नहीं खुली "

शोभा जी चेहरे पर हल्की हसी लिए बोलती है " बेटा कोई बात नहीं.. तुम इतना क्यों सोच रही हो.. अब जीविका को ही देख लो....वो भी तो सोइ है ना "

तभी जीविका आती है और शोभा जी को गले लगा कर बोलती है " मम्मी चाय बना दो"

फिर राधिका ने कहा "मैं बना दू चाय "

शोभा जी बोलती है " ठीक है बेटा बना दो.. "

राधिका चाय बनाने लगती है.. तभी शोभा जी रोटी बनाते हुए बोलती है " बेटा चाय बनाने के बाद तुम अपना और आसुतोस के कपड़े पैक कर लेना "

राधिका चाय बनाते हुए बोलती है " क्यों मम्मी जी.. "

जीविका हसते हुए बोलती है "अरे भाभी .. भईया आप को शिमला ले कर जा रहे है..हनीमून के लिए..तैयार हो जाइये..शिमला घूमने के लिए "

फिर जीविका हसने लगती है.. राधिका नज़रे झुका लेती है राधिका के चेहरे पर हल्की हसी थी.... फिर शोभा जी बोलती है " बेटा तुम दोनों अभी घूम आओ.. फिर जीविका की शादी में तैयारी भी करना है "

तभी आसुतोस आता है और राधिका को एक नज़र देखता है..और बोलता है " माँ मैं कुछ देर के लिए ऑफिस जा रहा हुँ.. जल्दी आ जाऊंगा "

शोभा जी बोलती है " पर तुम दोनों को तो आज जाना है ना? "

आसुतोस बोलता है " हाँ माँ वो तो हमें दोपहर को जाना है.. आज मेरी एक मीटिंग है.. मैं एक दो घंटे में आ जाऊंगा.. "

तभी जीविका ने कहा " वैसे भईया मीटिंग में मन लगेगा आपका.. नहीं मेरा मतलब भाभी यहाँ और आप वहाँ "

आसुतोस जीविका को बोलता है "बहुत बोलती है ये लड़की "

आसुतोस फिर एक नज़र राधिका को देखता है.. और चला जाता है.. राधिका चाय छान कर जीविका को देती है.. " ये लीजिए आपकी चाय "

जीविका चाय लेते हुए बोलती है " थैंक यू भाभी "

फिर शोभा जी ने कहा " जाओ बेटा तुम पैकिंग कर लो."""""

" जी मम्मी जी "

राधिका वहाँ से चली जाती है.. फिर शोभा जी बोलती है " चलो इधर खाना भी बन गया..."

जीविका चाय पीने लगती है.. तभी सोभा जी बोलती है.. बेटा शाम को मेरे साथ मार्किट चलना....परी को शादी में देने के लिए गिफ्ट लेना है..

जीविका बोलती है " ठीक है! वैसे मम्मी आप मेरी पेकिंग में हेल्प कर दीजिए... मुझे तो समझ ही नहीं आ रहा की कौन सी ड्रेस ले जाऊं.. "

शोभा जी बोलती है " ठीक है! थोड़ी देर में आती हुँ तू जा कर फ्रेस हो जा "

दोपहर हो जाती है राधिका और आसुतोस सब का आर्शीवाद ले कर शिमला के लिए निकल जाते है.. और शोभा जी जीविका के साथ मार्किट चली जाती है... जीविका परी की पसंद की साड़ी ढूंढ रही थी.. शादी में देने के लिए ...परी को जैसी साड़ी पसंद थी वो जीविका को मिल जाती है.. शॉप से बाहर आते हुए जीविका ने कहा "मम्मी परी तो ये साड़ी देख कर ख़ुश हो जाएगी.."

शोभा जी मुस्कुराते हुए बोलती है " अच्छा अब चल सोनार की दुकान पर..परी के लिए अंगूठी पसंद कर लेना.. "

जीविका ने कहा " जी माँ!चलिए "

सारी शॉपिंग हो जाने के बाद शोभा जी बोलती है.. " चलो ये काम तो हो गया... अब जल्दी घर चलते है "

जीविका और शोभा जी ऑटो कर घर के लिए जाते है तभी रेड लाइट पर गाड़ी रूकती है.. शोभा जी की नज़र बाहर पार्क में बैठे एक लड़की पर जाती है तभी शोभा जी बोलती है.. "जीविका ये माया है ना?"

जीविका बाहर देखती है " हाँ माँ! पर इनके साथ ये लड़का कौन है? "माया और उस लडके की हरकतें देख शोभा जी नज़र घुमा लेती है.. "

जीविका बोलती है " माँ मैं सूर्या से इस बारे में बात करूंगी "

शोभा जी बोलती है " नहीं बेटा! तुम बताओगी अभी तो उन लोगो को अच्छा नहीं लगेगा..इसलिए तुम कुछ मत बोलना.."

सुबह सुबह जीविका जल्दी से तैयार हो जाती है.. शोभा जी बोलती है.. " गौरी जी को मेरा नमस्ते कहना "

जीविका बोलती है " ठीक है माँ "

फिर सोभा जी रवि को बुलाती है.. रवि कमरे से बाहर आता है... जीविका बोलती है " रवि तू भी मेरे साथ वही रुक जाना.. यहाँ रह कर क्या करेगा.. "

शोभा जी बोलती है " हाँ बेटा तू भी रह जाना.. "

रवि बोलता है " अरे! नहीं मम्मी..मैं वहाँ जा कर क्या करूंगा.. बोर हो जाऊंगा.. और ये तीनो अपनी बातों से ही मुझे पका देंगी.. इसलिए नहीं जाऊंगा "

फिर जीविका रवि को धीरे से बोलती है "वैसे मिस पूजा भी आ रही है.."

रवि बोलता है " ठीक है मम्मी .. आप इतना बोल रही है तो चला जाता हुँ "

जीविका बोलती है " ऐसे ही जायेगा.. अपने कपड़े तो रख ले "

थोड़ी देर बाद रवि अपना बेग ले कर आता है...जीविका बोलती है "चलते है मम्मी "

शोभा जी बोलती है " ठीक से जाना और पहुंचते ही फ़ोन करना "

रवि और जीविका परी के घर पहुंचते है...परी जीविका को देख बहुत ख़ुश होती है.. परी को मम्मी गोरी जीविका को गले लगा कर बोलती है "कैसी हो बेटा ?"

जीविका मुस्कुराते हुए बोलती है " अच्छी हुँ आंटी "

गौरी फिर रवि को देख बोलती है " ओ रवि बेटा कैसी चल रही है तुम्हारी पढ़ाई..

रवि ने कहा " जी आंटी अच्छी चल रही है.. "

तभी गौरी जी को किसी ने आवाज़ दी गौरी जी बोलती है " परी जीविका और रवि को कमरा दिखा दो.. "

ये बोल गौरी चली जाती है.. फिर रवि इधर उधर देखने लगता है.. तभी निशा ने कहा " वैसे मिस पूजा ऊपर रूम में है "

रवि ने कहा " आप लोग बातें कीजिए मैं आता हुँ "

निशा परी और जीविका तीनो हसने लगते है और बोलते है " ये तो सिर्फ पूजा से मिलने आया है "

शादी के माहौल में जीविका बहुत खुश थी.. क्युकी पहली बार वो अपने दोस्त के घर रहने आई थी....हल्दी और मेहंदी की रस्म शुरु हो जाती है.. जीविका परी और निशा मेहंदी लगा कर छत पर बैठे होते है.. निशा ने कहा " यार मैं तो बहुत थक गई डांस करते करते.. "जीविका ने कहा "सच मैं भी बहुत थक गई हुँ "

तभी सूर्या का फ़ोन जीविका के फ़ोन पर आता है....निशा बोलती है " ओ! हो! मिस्टर सूर्या जी का फ़ोन आया है

जीविका मुस्कुराते हुए फ़ोन उठाती है और कुर्सी पर से उठ कर बातें करने लगती है...सूर्या से बात हो जाने के बाद जीविका ने कहा "आंटी जी कैसी है?"

सूर्या ने कहा " वो भी ठीक है.. चलो अब मैं रखता हूँ."

सूर्या से बात होने के बाद निशा बोलती है " ऐसी क्या बात हुई हमें भी बता दो "

जीविका थोड़ा सोच में पड़ जाती है.. तभी परी ने पूछा " क्या हुआ जीविका? क्या सोच रही हो? "

जीविका ने माया के बारे में सब निशा और परी को बता देती है.. निशा बोलती है " वैसे तेरी ये माया ना कुछ ज्यादा ही स्मार्ट बनती है "

परी ने कहा " देख जीविका.. अगर तू सूर्या को ये बात बताएगी तो सूर्या तुझ पर ही गुस्सा करेगा... इसलिए तू इन सब से दूर रह और माया को तो जानती है तू.. इसलिए इन सब बातों को भूल जा.. वो माया का मैटर है वो समझे "

जीविका को भो चुप रहना सही लगता है..

शादी का दिन परी तैयार हो कर बैठी थी..जीविका और निशा भी तैयार हो कर परी से बोलती है "चलो एक सेल्फी हो जाये.."

सेल्फी लेने के बाद परी इमोशनल हो जाती है और बोलती है.."ज़ब मैं बंगलौर चली जाऊंगी तो मुझे तुम लोगो की बहुत याद आएगी "

परी को इमोशनल होता देख जीविका और निशा भी इमोशनल हो जाते है... तभी सोभा जी गौरी के साथ आती है.. शोभा जी परी को बोलती है " बहुत प्यारी लग रही हो बेटा '"

बाहर बारात आ जाती है.. जीविका और परी खिड़की से राजीव को देखते है.. गौरी जी बोलती है " बेटा कुछ देर बाद तुम दोनों परी को ले कर आ जाना "

फिर गौरी जी शोभा जी के साथ चली जाती है.. वरमाला को वक़्त हो जाता है जीविका और निशा वरमाला के लिए परी को ले कर आती है..वरमाला हो जाने के बाद निशा बोलती है " चल कुछ खाने

चलते है " निशा गोलगप्पे खाते हुए बोलती है जीविका वो देख रवि को पूजा के ही पीछे पड़ा है.. "

जीविका हसने लगती है.. फिर एक लड़की आती है और कहती है " परी मासी आपको बुला रही है.. "

जीविका बोलती है " चल चलते है.. "

निशा बोलती है " अरे पहले खा लेते है फिर चलते है "

जीविका निशा को बोलती है " बाद में खाना अब चलो "

जीविका और निशा स्टेज पर जाती है.. परी बोलती है " इधर मैं अकेले बैठी हुँ और तुम दोनों मजे से खा रही हो "

निशा मज़ाक करते हुए कहती है " शादी तेरी है हमारी थोड़ी है.. अब तू ही तो राजीव जीजू के साथ बैठेगी की हम "

राजीव निशा को देखता है.. और एक हल्की से स्माइल पास करता है.. निशा बोलती है "हैलो! हम दोनों परी की फ्रेंड है "

राजीव बोलता है " आप दोनों के बारे में परी ने बताया है.."

थोड़ी देर बाद शादी का कार्यक्रम शुरु होता है..पंडित जी मंत्र पढ़ते है.. एक तरफ कुछ लोग सोने चले जाते है तो कुछ लोग हसी मज़ाक कर रहे थे.. शोभा जी अशोक जी से बोलती है "कुछ दिन बाद हम भी ऐसे ही कन्यादान कर रहे होंगे "

अशोक जी बोलते है " आप रो रही है "

शोभा जी आसु पोछते हुए बोलती है " कुछ दिन बाद जीविका भी अपने ससुराल चली जाएगी.. फिर उसके बिना घर भी सुना हो जायेगा.. "

अशोक जी बोलते है " वो तो है.. पर एक बेटी और भी है जो हमारे साथ हमेशा रहेगी..उसका नाम तो जानती ही है आप "

शोभा जी बोलती है " हाँ जी ! जानती हुँ और राधिका को मैं अपनी बेटी की तरह प्यार दूंगी..

सुबह हो चली.. .विदाई का वक़्त हो जाता है.. परी की विदाई हो जाने के बाद.. अशोक जी अपने परिवार सहित घर चले जाते है "

जीविका इतनी थक जाती है की वो सोने चली जाती है.. फिर सोभा जी भी फ्रेश हो कर चाय बना कर अशोक जी और गायत्री जी को देती है.. गायत्री जी बोलती है " आसुतोस कब तक आएगा... फिर शादी की तैयारी भी शुरु करनी है "

शोभा जी बोलती है " बोल तो रहा था की आज आने वाला है.. तभी आसुतोस और राधिका अंदर आते हुए सब के पैर छूते है फिर आसुतोस बोलता है " कैसे है आप सब? "

अशोक जी बोलते है " हम सब तो ठीक है.. तुम अपना बताओ कैसी रही ट्रिप "

आसुतोस बोलता है " ट्रिप तो बहुत अच्छा था.. और मैं शिमला से सबके लिए गिफ्ट भी लाया हुँ... वैसे ये जीविका कहाँ है "

गायत्री जी बोलती है " अभी तो परी की शादी से आई है.. आराम कर रही है "

शोभा जी राधिका को अपने पास बिठाते हुए बोलती है " कैसी हो बेटा? "

राधिका ने कहा " ठीक हुँ मम्मी जी "

आसुतोस बोलता है " पापा जीविका की शादी के लिए मैंने बहुत ही अच्छा होटल देखा है..."

अशोक जी बोलते है " चलो एक काम तो हो गया..कार्ड भी छप कर कुछ दिनों बाद आ जायेगा.. बाकी शॉपिंग का काम आप सब मिल कर देख ही लीजिएगा.. "

शोभा जी बोलती है " जी ये तो हमपे छोड़ दीजिए क्यों राधिका "

राधिका बोलती है " जी मम्मी जी.."

आसुतोस बोलता है " मैं अपनी बहन की शादी मैं किसी चीज़ की कमी नहीं होने दूंगा.. हर चीज़ परफेक्ट होगी .. की लोग देखते रह जायेंगे "

जीविका की शादी

घर में जीविका की शादी की तैयारी शुरु हो जाती है..रविवार होने के कारण आज आसुतोस और अशोक जी भी घर पर थे.. हॉल में गायत्री जी आसुतोस को सब रिश्तेदारों के नाम लिखवाती है .. तभी सोभा जी बोलती है " बेटा पटना में रहने वाली सुमित्रा दादी का भी

नाम लिख देना.. तुम्हारी शादी में उन्हें तो हम बुलाना ही भूल ही गए "

गायत्री जी बोलती है " हाँ बहु तुमने सही याद दिलाया..उनके आने से शादी में रौनक और बढ़ जाएगी.. "

शोभा जी बोलती है " हाँ वो तो है.. ज़ब हम गाँव गए थे रमा की शादी में तो कैसे उन्होंने अपने गाँव के गीत से सबका दिल जीत लिया था

गायत्री जी बोलती है " हाँ और मेरी कुछ यादें भी है जो सुमित्रा के आने से ताज़ा हो जाएगी "

तभी अशोक जी बोलते है "सच माँ सुमित्रा काकी के आने से हमें भी बहुत खुशी होगी "

तभी राधिका आती है और बोलती है " मम्मी जी जीविका की आधी शॉपिंग तो हो गई.. बस थोड़ा बहुत ही शॉपिंग करना वाकी रह गया है "

तभी सरोज जी का फ़ोन आता है सरोज जी ने कहा " अशोक कैसी चल रही है शादी की तैयारी? "

अशोक जी ख़ुश होते हुए बोलते है " जी दीदी! अच्छी चल रही है "

सरोज जी बोलती है " अब कुछ ही दिन रह गए है... अब आप बरातियों के स्वागत के लिए तैयार हो जाइये ".

अशोक जी बोलते है " जी दीदी "

फिर सरोज जी ने कहा" अच्छा चलो अब मैं फ़ोन रखती हूँ "

सरोज जी फ़ोन रख देती है... फिर नैना जी जीविका के लिए लिए गए सारे सामान को देखते हुए बोलती है " वाह! दीदी... आप ने तो किसी चीज की कोई कमी नहीं छोड़ी.. जीविका को देने के लिए सब सामान है इसमें "

सरोज जी ने कहा " ये सिर्फ जीविका के लिए सगुण का सामान ही नहीं बल्कि जीविका के लिए मेरा प्यार भी है "

सूर्या ऑफिस में लेपटॉप पर कुछ काम कर रहा था.. तभी शिवाय आता है और बोलता है " सूर्या क्या तुम भी दिन भर लेपटॉप पर ही लगे रहते हो.. "

सूर्या काम करते हुए बोलता है " वो कुछ काम बाकी रह गया था उसे ही पूरा कर रहा हुँ.."

शिवाय सूर्या का लेपटॉप झट से बंद कर देता है और बोलता है " चलो मेरे साथ "

सूर्या कहता है " पर मेरा काम अभी बाकी है "

शिवाय ने कहा " कल कर लेना.. तुम अभी चलो मेरे साथ "

सूर्या बोलता है " ठीक है.. चलो फिर "

शिवाय कार में बैठते हुए बोलता है " आज ड्राइव मैं करूंगा "

सूर्या कार में बैठते हुए बोलता है " ठीक है.. वैसे जा कहाँ रहे है? "

शिवाय बोलता है " अभी पता चल जायेगा "

शिवाय कार चलाते हुए बोलता है " दिन भर काम कभी हमें भी टाइम दिया करो..."

कुछ देर बाद कार मॉल के आगे आ कर रूकती है..सूर्या कहता है " तुम मुझे यहाँ क्यों लाये हो? "

शिवाय बोलता है " मुझे आज घूमने का मन था इसलिए लाया हुँ...चलो अब "

सूर्या और शिवाय दोनों मॉल के अंदर जाते है.. सूर्या कहता है " अब क्या करे यहाँ "

शिवाय कुर्सी पर सूर्या को बिठाता है और बोलता है " इंतजार "

सूर्या बोलता है " इंतजार पर किसका "

तभी निशा जीविका को ले कर आती है..जीविका ने आज रेड कलर की कुर्ती पहनी थी जो सूर्या का फेवरेट कलर था.. उसने अपने बालो को खुला छोड़ रखा था... सूर्या जीविका को देखता ही रह जाता है और मन में ही कहता है

" इतनी अलग सी तुम लग रही हो..

तुममें आज कुछ तो खास है

तुम खिल रही हो ऐसे

जैसे चाँद भी तुम्हारे पास है

कुछ पल को मैं भटक रहा हुँ

तुमसे पल भर की मोहब्बत करने चला हुँ "

शिवाय कहता है "कहाँ खो गए तुम "

सूर्या का ध्यान जीविका से हटाता है.. शिवाय कहता है " हैलो जीविका"

जीविका मीठी आवाज में बोलती है " हैलो "

फिर शिवाय ने कहा " आज हम सूर्या से आपको मिलबा दिए "

निशा कहती है " लीजिए! सूर्या जीजू हम तो ले आए आपकी जीविका को.. अब हम चलते है..और आप दोनों आराम से बैठ कर जितनी मर्ज़ी हो उतनी बाते कीजिए..कोई डिस्टर्ब नहीं करेगा "

जीविका निशा का हाथ पकड़ चुप रहने का इशारा करती है..

शिवाय कहता है " तो हम चलते है.. तुम दोनों बातें करो "

शिवाय निशा के साथ बाहर चला जाता है.. सूर्या को कुछ समझ नहीं आता की वो क्या बोले..फिर सूर्या ने कहा " शिवाय ने मुझे बताया नहीं की वो मुझे आप से मिलवाने ला रहा है "

जीविका ने कहा " जी मुझे भी नहीं पता था "

फिर सूर्या कॉफ़ी आर्डर करता है..दोनों चुप थे की क्या बात करे... बैटर कॉफ़ी टेबल पर रख कर चला जाता है..जीविका बोलती है " तीन दिन के बाद से शादी की सारी रश्मे शुरु हो जाएंगी.. "

फिर सूर्या ने कहा " जी! शादी भी बहुत अजीब चीज़.. दो लोगो मिलाने के लिए इतनी सारी रसमें निभानी पड़ती है "

फिर जीविका और सूर्या में बातें शुरु जो जाती है.. तभी जीविका ने कहा "आपको याद है.. ज़ब मैं आपसे पहली बार मिली थी तो इसी मॉल में मिली थी और आप शिवाय जी के साथ किसी से मिलने आए थे "

सूर्या को शिवानी का चेहरा याद आ जाता है.. सूर्या कुर्सी पर से उठता है और पैसे टेबल पर रख जाने लगता है...जीविका बोलती है " क्या हुआ.. आप कहाँ जा रहे है "

सूर्या ने कहा" मुझे कुछ काम है..आप को मैं घर छोड़ देता हुँ "

जीविका को सूर्या से कुछ पूछने की हिम्मत नहीं हुई.. उसे चुप रहना ठीक लगा.. तभी तेज़ बारिश होने लगती है.. सूर्या भीगता हुआ कार में बैठ जाता है.. जीविका भी कार में आ कर बैठ जाती है "

सूर्या पुरे रास्ते चुप रहता है.. जीविका को समझ नहीं आता की आखिर हुआ क्या है.. जीविका का घर आ जाता है..सूर्या जीविका को घर छोड़ अपने घर जाने लगता है.. सूर्या को शिवानी के साथ बिताये कॉलेज से ले कर सारी यादें ताज़ा हो जाती है "

सुबह हो चली.. सूर्या ऑफिस में लेपटॉप पर कुछ काम कर रहा था.. तभी शिवाय आता है और कुर्सी पर बैठते हुए बोलता है " तो कैसी रही तुम्हारी जीविका के साथ डेट "

सूर्या शिवाय को एक नज़र देखता है.... और लेपटॉप बंद कर केबिन से बाहर चला जाता है.... शिवाय को समझ नहीं आता की इसे हुआ क्या है.. शिवाय भी सूर्या के पीछे जाता है.. बाहर सूर्या को देख ऑफिस के एम्प्लॉय गुड़ मॉर्निंग कहते है.. पर सूर्या का ध्यान कही और ही था...सूर्या ऑफिस से बाहर आ जाता है.. तभी शिवाय बोलता है... " आखिर हुआ क्या है बताओगे "

सूर्या ने रूखे स्वर में कहा " मैं ये शादी नहीं कर सकता "

शिवाय सिर पर हाथ रखते हुए बोलता है " तुम पागल हो क्या... शादी को चार दिन रह गए है और तुम मना कर रहे हो.. आखिर हुआ क्या है.. "

सूर्या शिवाय को कहता है " मैं शिवानी को नहीं भुला सकता.. "

शिवाय ने गुस्से से कहा " तो इतना ड्रामा क्यों किया तुमने.. तुम उसी दिन सबको मना कर देते.... अब शादी के दिन नज़दीक है तो तुम मना कर रहे हो.. और वो भी उस लड़की के लिए जो है ही नहीं "

सूर्या की आंखे नम हो जाती है.. फिर शिवाय ने कहा " देखो सूर्या मैं तुम्हें पहले भी कह चूका हूँ और अब भी बोल रहा हुँ.... शिवानी सिर्फ तुम्हारे पैसो से प्यार करती थी... उसे तुमसे प्यार ही नहीं था..

सूर्या ने कहा " शिवानी भी मुझसे प्यार करती थी.. ये मैं कैसे भूल सकता हुँ "

शिवाय ने कहा " अच्छा! तो बता कर क्यों नहीं गई और मैंने तुम्हें एक बात नहीं बताई जो मुझे पता चला है "

सूर्या कहता है " कौन सी बात?"

शिवाय ने कहा "मुझे मयंक से पता चला की वो जिस घर में रहती थी.. वहाँ एक लड़का आता जाता था.. और आस पास के लोगो ने कहा की वो उस लडके के साथ हस हस कर बात करती थी... फिर अचानक से शिवानी ने घर खाली कर दिया "

सूर्या को शिवाय की बातों से दुख तो हुआ पर वो अपने मन को नहीं समझा पाँ रहा था... फिर शिवाय ने कहा "इसलिए मैंने तुमसे ये बात छुपाई थी की तुम्हें दुख ना हो "

सूर्या चुप रहता है.. फिर शिवाय ने सूर्या के कंधे पर हाथ रखते हुए कहा " सूर्या क्यों तुम इतना टेंशन ले रहे हो... जो चल रहा है उसे चलने दो.. जो बीत गया उसे भूल जाओ और जो आने वाली खुशी है उसका स्वागत करो "

शाम हो गई थी... और सूर्या के साथ सिर्फ ख़ामोशी थी...

जीविका का घर

धीरे धीरे रिश्तेदारों का आना शुरु हो गया था.रिश्तेदारों के ठहरने के लिए अशोक जी के पड़ोसी का घर खाली था तो सब रिश्तेदार वही रुके थे .. जीविका की शादी की तैयारी धूम धाम से चल रही थी.. परी और निशा भी आ जाती है..परी को देख शोभा जी बोलती है " कितनी प्यारी लग रही हो बेटा.. "

तभी निशा ने कहा " आंटी राजीव जीजू का रंग जो चढ़ गया है "

शोभा जी हसते हुए बोलती है " राजीव नहीं आए "

परी ने कहा " जी वो शादी में आएंगे "

शोभा जी ने कहा " जाओ बेटा..जीविका अंदर है मिल लो.. "

शोभा जी बोलती है " माँ जी शादी के बाद लड़कियां कितनी निखर जाती है "

गायत्री जी बोलती है " हाँ वो तो है,, मांग में सिंदूर और गले में मंगल सूत्र ही एक लड़की की खूबसूरती को बढ़ा देती है "

जीविका अपने कमरे में खिड़की के पास ख़डी कुछ सोच रही थी.. तभी परी आती है और जीविका को पीछे से गले लगाते हुए बोलती है " जीविका कैसी हो? "

तभी जीविका का ध्यान बाहर से हट कर परी की तरफ जाता है.. परी को देख जीविका देखती रह जाती है.. लाल रंग की साड़ी, हाथों में चूड़िया, गले में मंगल सूत्र., मांग में सिंदूर.. जीविका परी को बोलती है " वाओ! कितनी सुन्दर लग रही हो. " तभी निशा अपना बेग रखती है और परी के पास आ कर बोलती है " ये सुंदरता, ये निखरा हुआ चेहरा, ये तेरा ब्लश करना.. कुछ तो बात है.. हम्म! बता हमें.. क्या राज है "

परी ब्लश करने लगती है..और बेड पर बैठते हुए कहती है " कुछ भी बात नहीं है "

जीविका हसने लगती है... फिर निशा ने कहा "अब सच सच बता राजीव जी के साथ कैसी रही तेरी फर्स्ट नाईट "

परी बोलती है " तुझे तो मैं अभी बताती हुँ "

तभी राजीव का फ़ोन परी के फ़ोन पर आता है.. फिर निशा ने कहा " ओहो! जीजू तो तेरे बिना एक पल भी नहीं रह सकते है... "

परी बोलती है " अभी आती हुँ फिर तुझे बताती हुँ.. मोटी "

निशा बोलती है " ये तो गई..तू बता सूर्या के साथ तेरी डेट कैसी रही"

जीविका बोलती है "तू भी न..तेरी भी शादी होगी तो हम भी तुझे ऐसे ही तंग करेंगे.."

तभी राधिका कमरे में आती है और जीविका को बोलती है " जीविका जी ये आपके ब्लाउज आ गए है.. पहन कर देख लीजिए "

फिर राधिका निशा को कहती है " निशा आपको मम्मी जी बुला रही है.. "

निशा राधिका के साथ बाहर चली जाती है...अशोक जी जीतू के साथ बैठे शादी के लिए कुछ जरूरी समान की लिस्ट बना रहे थे.. गायत्री जी ने कहा.. पूजा में पंडित जी और पंडिताइन को देने के लिए अच्छा सा धोती कुर्ता और साड़ी भी ले लेना "

अशोक जी बोलते है " माँ पंडित और पंडितताईन को देने के लिए कपड़े सोभा जी ले चुकी है "

तभी बाहर से हलवाई आता है और बोलता है " शाम का खाना क्या बनाना है '

गायत्री जी बोलती है " मैं थोड़ी देर में आती हुँ तो बताती हुँ "

आसुतोस बाहर कुछ काम से जा रहा था तभी अशोक जी ने कहा " बेटा! जा रहे हो तो पंडित जी से मिलते हुए जाना और उन्हें बोलना की कल तिलक के लिए आना है.. वो कही और पूजा में ना चले जाये "

आसुतोस बोलता है " जी पापा मैं बोल दूंगा "

तिलक का दिन

सुमित्रा जी पटना से आ गई थी... शोभा जी प्रणाम करते हुए बोलती है " हमें बहुत खुशी हुई की माता जी आप आई "

सुमित्रा जी बोलती है " खुशी तो मुझे भी है की इतने सालो बाद मैं तुम लोगो से मिल रही हुँ.. कैसे हो तुम लोग ? "

शोभा जी बोलती है " जी हम सब ठीक है "

अशोक जी सुमित्रा जी के पैर छूते है और बोलते है " आने में कोई दिक्क़त तो नहीं हुई ना काकी "

सुमित्रा जी बोलती है " नहीं दिक्कत तो कोई नहीं हुई "

गायत्री जी बोलती है " कैसी हो सुमित्रा बहन! "

सुमित्रा गायत्री जी के पास बैठते हुए बोलती है " हम तो ठीक है.. तुम अपना बताओ "

गायत्री जी बोलती है " मैं भी ठीक हुं पर तुम्हारे आने से आज बहुत खुश हुं.. पुराने दिन याद आ गए "

सुमित्रा जी ने कहा "सच वो दिन भी क्या दिन थे "

गायत्री जी ने कहा " रमा की शादी के बाद अब तुम से मिल रही हुँ "सुमित्रा जी गायत्री जी की बहुत करीबी थी.. सुमित्रा के हस्बैंड और गायत्री के हसबैंड में गहरी दोस्ती थी.. सुमित्रा जी बहुत अच्छी गायिका थी.. जो शादी में अपनी आवाज से सबको मोहित कर देती थी.. और साथ में उनके चार लड़कियो की मंडली थी जो बहुत अच्छा गाती थी.. "

जीविका के ससुराल वालो के यहाँ से केशव जी उनके बड़े भाई और नैना जी सगुण का सामान ले कर आ जाती है.. अशोक जी और उनका परिवार जीविका के ससुराल वालो की अच्छे से खातिरदारी करते है...सबसे मिलने जुलने के बाद केशव जी बोलते है "अच्छा भाईसहाब अब हम चलते है "

राधिका अपनी मम्मी और पापा के गले मिलती है.. जीविका भी सबका आर्शीवाद लेती है.. नैना जी आर्शीवाद देते हुए बोलती है " ख़ुश रहो "

शोभा जी नैना जी के गले मिलती है... नैना जी ने कहा " ठीक है बहन जी अब हम चलते है "

जीविका के ससुराल वाले चले जाते है... जीविका कमरे में हल्दी के लिए तैयार हो रही थी... शोभा जी पूजा में बैठी राधिका को बोलती है.. " बेटा देखो जीविका तैयार हुई की नहीं "

अंदर कमरे में जीविका तैयार हो कर बैठी थी..परी और निशा भी तैयार हो कर बैठे थे.. तभी राधिका आती है और जीविका को बोलती है " तैयार हो गई जीविका जी आप? "

जीविका ने कहा " हाँ! भाभी "

राधिका जीविका के पास जाती है और बोलती है " बहुत प्यारी लग रही है आप.. चलिए अब बाहर सब आपका इंतज़ार कर रहे है "

जीविका बाहर पूजा में जा कर बैठ जाती है.... पूजा समाप्त होने के बाद हल्दी कूटने की रस्म आती है.. सुमित्रा जी अपनी मंडली के साथ हल्दी के गीत गाने की तैयारी कर लेती है..शोभा जी की आस पड़ोस की औरते, सारे रिश्तेदार सब आराम से बैठ जाते है.. जीविका को हल्दी लगाने की रश्म शुरु होती है.. एक तरफ गीत शुरु होता है.. सुमित्रा जी मधुर स्वर में माइक पर गाना शुरु करती है...

हल्दी लगाओ रे, तेल चढ़ाओ रे,,बन्नी का गोरा बदन दमकाओ रे

हल्दी लगाओ रे, तेल चढ़ाओ रे, बन्नी का गोरा बदन दमकाओ रे

बन्नी हमारी चंदा का टुकड़ा,,चंदा का टुकड़ा, चंदा का टुकड़ा

बन्नी हमारी चंदा का टुकड़ा,,फूलों जैसा है बन्नी का मुखड़ा

बन्नी का मुखड़ा, बन्नी का मुखड़ा,,मुखड़ा सजाओ रे, कंचन बनाओ रे,, बन्नी का गोरा बदन दमकाओ रे

निशा परी से बोलती है " ये गाना तो मुझे समझ नहीं आ रहा पर सुन कर मजा बहुत आ रहा... आंटी की आवाज़ कितनी अच्छी है ना.. "

मालिनी बुआ जी डांस करने को उठती है.. और परी और निशा को भी डांस करने के लिए हाथ पकड़ कर ले जाती है..परी और निशा

खूब मस्ती करते है.. तभी गीत भी खत्म हो जाता है.. तभी किसी ने कहा " वाह! सुमित्रा बहन क्या गाती है आप.. बिहार की याद दिला दी "

शोभा जी की बुआ सास कहती है " शोभा तूने सही किया की सुमित्रा को बुला ली.. रमा की शादी में इन्होने सब को अपनी आवाज़ से मोहित कर लिया था "

जीविका को हल्दी लगभग लग चुकी थी…..तभी आसुतोस आता है और अपनी बहन को हल्दी हल्का सा लगाते हुए इमोशनल हो जाता है.. जीविका भी रोने लगती है..सोभा जी की भी आंखे भर आती है..शोभा जी जीविका को चुप कराती है…. गायत्री जी की भी आँखे भर आती है..

निशा परी भी इमोशनल जो जाती है.. तभी रवि जीविका के पास आता है और बोलता है " दीदी आप रो मत.. आप रोती हुई बिलकुल भूतनी की तरह लग रही हो.. सूर्या जीजू भी डर जायेंगे "

जीविका और रोने लग जाती है.. शोभा जी बोलती है " रुला दिया ना उसे और "

रवि फिर जीविका को गले लगा कर कहता है " दीदी मैं तो मज़ाक कर रहा था.. आप बहुत प्यारी लग रही हो "

जीविका फिर रवि के कान पकड़ लेती है और बोलती है " मैं तो चली जाऊंगी फिर किससे मज़ाक करेगा "

रवि फिर रोने लगता है.. निशा जीविका के आसु पोछते हुए बोलती है " तुम दोनों भी ना अब रोना बंद करो "

परी शोभा जी को चुप कराती है.और कहती है " आंटी ये पूजा को आप जानती है "

जीविका और निशा को हसी आ जाती है.. शोभा जी बोलती है " नहीं बेटा मैं नहीं जानती... कौन है ये पूजा "

परी बोलती है " मेरी मासी की बेटी है..और रवि उससे "

रवि परी की बात को बीच में ही रोकते हुए बोलता है " दीदी आप दोनो ने जीविका की शादी के लिए डांस की तैयारी की थी ना ..मैं अभी गाना लगाता हुँ.. "

रवि वहाँ से चला जाता है... निशा, जीविका और परी हसने लगते है.. .सुमित्रा जी कहती है.." ये दोनों कौन है गायत्री "

गायत्री जी बोलती है " ये दोनों जीविका की दोस्त है.."

सुमित्रा जी बोलती है " अच्छा! बहुत प्यारी है दोनों.."

परी और निशा डांस करना शुरु कर देती है

ओ जीजी,,,,क्या कह के उनको बुलाओगी दूल्हा बन के जो आयेंगे.

तभी परी और निशा जीविका को डांस करने के लिए उठाती है.

ए-जी, ओ-जी हम न कहेंगे,,,,हम तो इशारों में बातें करेंगे

सब जैसे अपने उनको बुलाते हैं,,,,,,वैसे हम न बुलायेंगे

ओ छोटी,,

सुमित्रा जी बोलती है "बहुत अच्छा डांस करती है तीनो "

सूर्या का घर

इधर सूर्या को भी हल्दी लग रही थी...तभी राधिका वीडियो कॉल कर नैना जी को बोलती है "माँ भईया को हल्दी लग गई "

नैना जी बोलती है " हाँ बेटा "

सरोज जी बोलती है " वहाँ जीविका को हल्दी लग गई क्या "

राधिका बोलती है " हाँ बुआ लग गई हल्दी.. और यहाँ तो खूब मजा आ रहा है.. रुको मैं आपको अभी दिखाती हुँ "

सरोज जी जीविका को डांस करता देख बहुत ख़ुश होती है..सूर्या भी एक नज़र उठा कर जीविका को देखता है "

"शादी है दिल्ली का लड्डू, लड्डू ये हर मन में फूटे,,,इसका लगे हर दाना भला,,,जो खाये पछताए, जो ना खाये वो पछताना तो खाकर ही पछताना भला,,,ये लड्डू तुझको भी इक दिन खिलायेंगे,,,,तेरे साजन जब आयेंगे,,,ओ छोटी"

नैना बोलती है " कितनी मस्ती कर रहे है ये लोग... मन करता है मैं भी वहां चली जाऊं"

नैना बोलती है " वैसे सूर्या जीविका तो डांस भी बहुत अच्छा करती है "

रात हो चली सब रिश्तेदार खाना कहा कर सो चुके थे... जीविका परी और निशा अपने कमरे में बातें कर रही थी.. निशा बोलती है " कितना मजा आया ना आज "

परी बोलती है " सच बहुत मजा आया आज.. इतना तो मैंने अपनी शादी में भी मस्ती नहीं की.. जीतना यहाँ कर रही हुँ "

जीविका बोलती है " हाँ मस्ती तो की.. पर एक दुख भी है घर से दूर जाने का.. मम्मी पापा भाई दादी और तुम दोनों को छोड़ कर मैं चली जाऊंगी.. "

जीविका की आंखे नम थी..फिर परी बोलती है " हाँ यार घर छूटने का दुख तो होता ही है.. अब तेरी शादी के बाद मैं भी बंगलौर चली जाऊंगी "

निशा की भी आंखे नम थी " तुम दोनों तो चली जाओगी.. और मैं तुम दोनों के बिना अकेली पर जाऊंगी.. "

फिर जीविका निशा को अपने गले से लगा कर बोलती है.. हम तीनो चाहे कितने भी दूर हो पर एक दूसरे से फ़ोन पर जरूर बात करेंगे "

परी भी जीविका के गले लग जाती है....

मेहंदी का दिन

"दीदी आज आप जीविका के हाथ पर सूर्या जी का नाम अच्छे से लिखना.. ताकि सूर्या जीजू भी ढूंढ ना पाए " निशा ने हसते हुए कहा.

जीविका हल्की सी मुस्कुराहट लिए बैठी थी.. घर की सारी लेडीज मेहंदी लगवा रही थी.. तभी सोभा जी की बुआ सास कहती है.. " अरे सुमित्रा आज भी कोई गाना सुना दे "

सुमित्रा कहती है " जी दीदी..पर मैं आज जीविका के पसंद का गाना गाउंगी "

सुमित्रा जी बोलती है " बोलो बिटिया कौन सा गाना सुनोगी?.. "

जीविका बोलती है " दादी आप कोई सा भी गाना सुना दीजिए "

सुमित्रा जी बोलती है " चलो आज तुम लोगो के हिसाब से गाना गाती हुँ...सुमित्रा जी अपनी मंडली के साथ गाना गाना शुरु करती है..

मेहंदी राचण लागी हाथा में,,बनड़े रे नाम री,

आई शुभ घडी देखो,म्हारे आँगन आज री,

बाजे बाजे रे शहनाई,ढोला थारे नाम री,

आई शुभ घड़ी देखो,म्हारे आँगन आज री,

परी और निशा,,सोनी बुआ जी और घर की औरते इस गाने पर नाचना शुरु कर देती है..

मेहंदी रचेगी गहरी,प्यार गहरा होगा,

लाल खुशहाल रंग,सब तेरे होगा,

मेहंदी राचणी सुरंगी,ढोला थारे नाम री,

आई शुभ घड़ी देखो,म्हारे आँगन आज री,

शोभा जी अपनी बेटी के पास जा कर जीविका के माथे को चूमती है और वही जीविका के पास बैठ जाती है..

मेहंदी पे नाम हमने,किसका लिखा है,

पढ़ के बताओ जी,किसका लिखा हैं,

गौरे हाथों में सजी है,प्रीत थारे नाम री,

आई शुभ घड़ी देखो,म्हारे आँगन आज री,

घर की और भी औरते उत्साहित हो कर डांस करने लगती है.. जीविका की शादी बहुत ही अलग लग रही थी..

मेहंदी राचण लागी हाथा में,,बनड़े रे नाम री,

आई शुभ घडी देखो,म्हारे आँगन आज री,

आई शुभ घड़ी देखो,म्हारे आँगन आज री,

गाना खत्म होता है.. सब बहुत ख़ुश थे..सुमित्रा जी की सब तारीफ कर रहे थे... तभी शोभा जी की दूर की रिश्तेदार ने कहा " शोभा इतनी अच्छे शादी के इंतेज़ाम किये है.. दिल ख़ुश हो गया "

घर की लगभग सब औरते के हाथों में मेहंदी लग जाती है..रात हो चली सब औरते सो चुकी थी.. जीविका भी इतनी थक चुकी थी की उसे नींद आ जाती है..

शादी का दिन

शादी का दिन जहाँ एक तरफ लड्डू के,, फलो के, ड्राई फ्रूट्स के टोकरी पैक किये जा रहे थे.. वही दूसरी ओर जीविका के कमरे में उसके कपड़े पैक किये जा रहे थे.. आसुतोस होटल में सारी तैयारी को देख रहा था... शोभा जी और जीविका कुछ रस्मे थी उसे पंडित जी के कहे अनुसार कर रही थी.... शाम हो चली..सारी औरते लगभग तैयार हो कर होटल पहुँचती है.. जीविका को तैयार करने के लिए पार्लर वाली घर पर ही आती है..जीविका भी लगभग तैयार हो चुकी थी.. जीविका ने लाल रंग का राजस्थानी लेहंगा पहना था..और गुलाबी रंग का दुप्पटा लिया हुआ था.. बालो को जुड़ा बनाया हुआ था उस पर मोंगरे का गजरा और लाल गुलाब लगाया था.. और लाइट मेकअप किये हुए.. कुल मिला कर जीविका आज चाँद से भी बेहद खूबसूरत नज़र आ रही थी... राधिका.. निशा और परी तीनो जीविका को देखते है.. तभी निशा ने कहा " सच जीविका इतनी खूबसूरत लग रही हो आज... कही किसी की नज़र ना लग जाये तुम्हें... तभी सोभा जी कमरे में आते हुए बोलती है " राधिका जीविका तैयार हुई की नहीं.. "

जीविका को तैयार देख सोभा जी की आंखे नम हो जाती है और जीविका की नज़र उतार कान के पीछे एक काला टीका लगा कर बोलती है " बेटा बहुत प्यारी लग रही हो "

जीविका ने कहा " माँ पर आप रो क्यों रही है "

सोभा जी बोलती है " बेटा ये तो खुशी के आसु है.."

तभी अशोक जी आते है और जीविका को तैयार देख जीविका के सिर पर हाथ फेरते हुए बोलते है " मेरी छोटी सी गुड़िया आज दुल्हन के लिबाज में बहुत प्यारी लग रही है.. "

जीविका अशोक जी के गले से लग जाती है.. जीविका की भी आंखे नम हो आती है.. अशोक जी कहते है " बस बेटा भगवान से बस यही मांगूंगा की भगवान तुम्हें सदा ख़ुश रखे "

शोभा जी की आंखे भर आती है और बोलती है " बेटा एक बात और कहेँगे..कभी भी कोई भी दिक्क़त आए तो हमसे छुपाना मत "

जीविका रोने लगती है.. शोभा जी की भी आंखे भर आती है.. परी और निशा जीविका को चुप कराती है..फिर अशोक जी अपनी बेटी को बाहर ले कर आते है.. जीविका बाहर से एक नज़र घर को देखती है और कहती है

जिस घर मेरा बचपन गुज़रा

वो बचपन छूट रहा है

जिस आंचल की छाव में रही

ज़माने की तपती धुप से बचती रही

उस माँ की ममता का साथ छूट रहा है

जिस गुड़िया के इंतजार में घंटो

दरवाजे पर राह तकती रही

उस पिता का साथ छूट रहा है

लड़ाई झगड़े जिससे बेसुमार किये

उस भाई का साथ छूट रहा है

राजकुमारी के किस्से सुन बड़े हुए

उस ठीठुरती हाथों का साथ छूट रहा है

जिसके संग मस्ती मज़ाक किये

उन दोस्तों का हाथ छूट रहा है

मेरा बचपन छूट रहा है..

अशोक जी अपनी बिटिया के कंधे पर हाथ रखते है और कार में बिठाते है.. सब की आंखे नम थी... निशा परी सब खामोश थे क्युकी छूट कुछ ऐसा रहा था जो बहुत ही कीमती था...

कार होटल पहुँचती है.. जीविका को होटल के कमरे में ले जाया जाता है.. सब रिस्तेदार भी लगभग आ गए थे..बारात भी दरवाजे पर आ चुकी थी. अशोक जी बाहर दरवाजे पर माला ले कर केशव जी और उनके रिश्तेदारों का स्वागत करते है... शोभा जी सरोज जी और नैना जी से हाथ जोड़कर गले मिलती है..

शोभा जी आसुतोस की आरती उतारती है और रवि और आसुतोस सूर्या को कंधे पर बिठा कर रस्म के अनुसार स्टेज पर ले जाता है..सूर्या को वेडिंग चेयर पर बिठा देते है.. शिवाय और माया सूर्या के साथ ही रहते है..

सब रिश्तेदार सोफे पर आराम से बैठ जाते है.. नैना जी सरोज जी से कहती है " दीदी आज फाइनली सूर्या की शादी हो रही है.. और कल आप जीविका का स्वागत कर रही होंगी "

सरोज जी ख़ुश होते हुए कहती है " हाँ आज मैं सच में बहुत ख़ुश हुँ "तभी गायत्री जी आती है.. अपने कुछ रिश्तेदारों को सरोज जी और नैना जी से मिलबाती है..

वरमाला का समय आ जाता है..परी, निशा और राधिका जीविका को ले कर आती है.. आज सबकी नज़र जीविका पर ही थी.. जीविका को देख सरोज जी के रिश्तेदार भी कहती.. सरोज बहु तो बिलकुल चाँद का टुकड़ा है..जीविका सब को आदर के साथ हाथ जोड़ आगे बढ़ती है....

सूर्या जीविका का हाथ पकड़ स्टेज पर लाता है..जीविका सूर्या को एक नज़र देखती है.. और सूर्या भी जीविका को एक नज़र देखता है.. फिर परी और निशा वरमाला ले कर आती है..वरमाला की रश्म शुरु हो जाती है.. जीविका और सूर्या एक दूसरे को वरमाला पहनाते है...स्टेज पर सब रिश्तेदार आ कर सूर्या और जीविका आर्शीवाद देते है.. शिवाय जीविका से बोलता है " "जीविका भाभी मैं आपका देवर हुँ और ये मेरा दोस्त सूर्या प्यार के मामले में थोड़ा कच्चा है..तो आप ही अब से इसे प्यार की भाषा सिखाइयेगा.."

जीविका शिवाय की बात पर हल्का सा मुस्कुरा देती है.. सूर्या शिवाय को बोलता है " तुम यहाँ भी शुरु हो गए "

शिवाय हसते हुए बोलता है "भाभी से मज़ाक कर ही सकता हुँ ना "

तभी निशा और परी स्टेज पर आती है..निशा सूर्या को बोलती है " जीजू देखिए तो आपके जूते पर कुछ लग गया है.. लाइए में साफ कर देती हुँ "

सूर्या अपने जूते को देखता है और कहता है " ये तो साफ है "

परी बोलती है " नहीं साफ है.. अभी दीजिए हम साफ कर देते है "

जीविका हसने लगती है.. सूर्या अपने जूते उतारने लगता है.. तभी शिवाय बोलता है " एक मिनट रुको सूर्या....मिस निशा हम तुम्हें इतना बेबकुफ़ लगते है जो जूते दे देंगे "

निशा बोलती है " ये तो रस्म है. अगर हम जूते ले लेंगे तो आपका क्या जायेगा.. "

शिवाय कहता है " तो जूते चुरा कर लीजिए..ऐसे नहीं "

निशा कहती है " ठीक है.. ये जूते तो हम ले कर ही रहेंगे "

फिर निशा और परी वहाँ से चली जाती है.. शिवाय सूर्या को कहता है " कुछ भी हो जाये तुम जूते मत उतरना "

शादी की रश्म शुरु हो जाती है... सूर्या जूता उतार मंडप में बैठ जाता है.. शिवाय वही खड़ा रहता है और निशा की नज़र जूते पर थी.. शिवाय निशा को देख हसने लगता है.. निशा भी एक बनावटी हसी चेहरे पर ले आती है..

परी ने कहा " अब जूते कैसे ले? "

निशा हसते हुए बोलती है " तू मेरे साथ चल "

निशा शिवाय के पास जा कर ख़डी हो जाती है.. शिवाय बोलता है " कोशिश अच्छी है"

निशा ने कहा " मैं तो यहाँ आपको बताने आ गई की आप आज बहुत हैंडसम लग रहे है.. "

शिवाय हसने लगता है और बोलता है "और कुछ "

निशा ने कहा " नहीं और कुछ तो नहीं कहना "

निशा जान बुझ कर आगे बढ़ती है और गिरने का नाटक करती है.. वैसे ही शिवाय निशा को पकड़ लेता है.. शिवाय निशा को ही देखता रहता है.. तभी परी आ कर जूता ले जाती है.. निशा हसने लगती है और बोलती है " मिल गए जूते हमें.. अब हम चलते है जीजू के भाई "

निशा वहाँ से हसते हुए चली जाती है.. शिवाय कहता है " ये लड़कियां भी ना अपनी अदा से किसी भी लड़के का ध्यान भटकाने में एक्सपर्ट होती है.. "

तभी माया आती है और हसते हुए बोलती है " क्या हुआ भईया.. आप तो ऐसे बोल रहे थे की जूते आज इनके हाथ लगेंगे नहीं.. अब क्या हुआ."

शिवाय बोलता है. " अरे! मैंने तो जान बुझ कर दे दिया.. ये उनका हक़ है.. "

माया ने हसते हुए कहा ""ओ!जान बुझ कर दिया आपने.. हम वहां से देख रहे थे... आप भी आशिक ही है किसी जमाने के "

इधर पंडित जी मंत्र पढ रहे थे .. फिर जीविका को मंडप में लाया जाता है.. जीविका को सूर्या के पास बिठा दिया जाता है...राधिका दोनों का गठबंधन करती है . पंडित जी पूजा शुरु कर देते है.. फिर शोभा जी और अशोक जी जीविका का कन्यादान करते है.. जीविका की आंखे भर आती है...फिर फेरे का वक़्त आ जाता है.. पंडित जी जीविका और सूर्या को कहते है " बेटा हर फेरे का एक वचन होता है, जिसे पति-पत्नी जीवन भर साथ निभाने का वादा करते हैं। वधू विवाह के बाद वर के वाम अंग अर्थात बाई ओर में बैठने से पहले उससे 7 वचन लेती है। समझे आप दोनों.. अब आप दोनों फेरो के लिए खड़े हो जाइये.."

तभी गायत्री जी सुमित्रा से बोलती है.. "सुमित्रा जो फेरे के वक़्त रमा की शादी में गाया था गीत वो आज हमें सुना दो"

गायत्री जी सरोज जी से बोलती है "सरोज ये हमारी सुमित्रा एक बहुत अच्छी गायिका है.. शादी ब्यहा में गाती है.."

सरोज जी बोलती है " तो हम भी आपके गीत सुनना चाहेंगे.. "

सुमित्रा बोलती है " जी जरूर ""

सुमित्रा जी अपनी मंडली के साथ गाना शुरु करती है..जीविका और सूर्या फेरो के लिए खड़े हो जाते है.. पंडित जी मंत्र का उच्चारण करने लगते है.. निशा और परी भी.. और बाकी औरते भी सुमित्रा जी के गीत सुनने को उत्साहित थी

सुनो सुनो वर्जी म्हारी एक अर्जी

सुनो सुनो वर्जी म्हारी एक अर्जी

एक फेरे महरी लाडो घर जाए तेंरे

सुनो सुनो वर्जी म्हारी एक अर्जी

सुनो सुनो वर्जी म्हारी एक अर्जी

पहले फेरे दादा घर छुटे,, दूजे फेरे बाबा घर छुटे,,तीजे फेरे लाडा वचन से तुम्हारी

चौथे फेरे की बात है निराली

एक एक फेरे महरी लाडो घर जाए तेंरे

सुनो सुनो वर्जी म्हारी एक अर्जी

सुनो एक वरजी म्हारी एक अर्जी

मेंरे पंचव फेरा कुल घर छोडे,,अगला फेरा भाग बनी तेरी

सातवे फेरे की बात है निराली,,,देखिये लाडो तेरी बनाली

इस फेरे से तुम हो गए लाडो की वरजी,,सुनो ...

सात फेरे हो जाने के बाद..सरोज जी कहती है " आप बहुत अच्छा गाती है.. "

सुमित्रा जी मुस्कुराते हुए कहती है " जी धन्यवाद "

फेरे हो जाने के बाद दोनों बैठ जाते है फिर पंडित जी कहते है " बेटी अब तुम्हे अपने होने वाले जीवन साथी से वचन लेना है.." अब आप

दोनों हाथ जोड़ लीजिए " जीविका और सूर्या हाथ जोड़ लेते है और मंत्र को ध्यान से सुनते है..

पंडित जी मंत्र पढते है

प्रथम वचन

तीर्थव्रतोद्यापन यज्ञकर्म मया सहैव प्रियवयं कुर्या:,

वामांगमायामि तदा त्वदीयं ब्रवीति वाक्यं प्रथमं कुमारी !!

यदि आप कभी तीर्थयात्रा करने जाएं तो मुझे भी अपने संग लेकर जाइएगा. यदि आप कोई व्रत-उपवास अथवा अन्य धार्मिक कार्य करें तो आज की भांति ही मुझे अपने वाम भाग (बांई ओर) में बिठाएं. यदि आप इसे स्वीकार करते हैं तो मैं आपके वामांग में आना स्वीकार करती हूँ.

जीविका ने पंडित जी के अनुसार पहला वचन सूर्या से लेती है

सूर्या ने कहा " स्वीकार है "

द्वितीय वचन

पुज्यौ यथा स्वौ पितरौ ममापि तथेशभक्तो निजकर्म कुर्या:,

वामांगमायामि तदा त्वदीयं ब्रवीति कन्या वचनं द्वितीयम !!

जिस प्रकार आप अपने माता-पिता का सम्मान करते हैं, उसी प्रकार मेरे माता-पिता का भी सम्मान करें तथा परिवार की मर्यादा के अनुसार धर्मानुष्ठान करते हुए ईश्वर भक्त बने रहें. यदि आप इसे स्वीकार करते हैं तो मैं आपके वामांग में आना स्वीकार करती हूँ.

सूर्या ने कहा " स्वीकार है "

तृतीय वचन

जीवनम अवस्थात्रये मम पालनां कुर्यात,

वामांगंयामि तदा त्वदीयं ब्रवीति कन्या वचनं तूतीयं !!

आप मुझे ये वचन दें कि आप जीवन की तीनों अवस्थाओं (युवावस्था, प्रौढ़ावस्था, वृद्धावस्था) में मेरा पालन करते रहेंगे. यदि आप इसे स्वीकार करते हैं तो मैं आपके वामांग में आना स्वीकार करती हूँ.

सूर्या ने कहा " स्वीकार है "

चतुर्थ वचन

कुटुम्बसंपालनसर्वकार्य कर्तु प्रतिज्ञां यदि कातं कुर्या:,

वामांगमायामि तदा त्वदीयं ब्रवीति कन्या वचनं चतुर्थं !!

अब जबकि आप विवाह बंधन में बँधने जा रहे हैं तो भविष्य में परिवार की समस्त आवश्यकताओं की पूर्ति का दायित्व आपके कंधों पर है. यदि आप इस भार को वहन करने की प्रतिज्ञा करें तो मैं आपके वामांग में आना स्वीकार करती हूँ.

सूर्या ने कहा " स्वीकार है "

पंचम वचन

स्वसद्यकार्ये व्यवहारकर्मण्ये व्यये मामापि मन्त्रयेथा,

वामांगमायामि तदा त्वदीयं ब्रूते वच: पंचमत्र कन्या !!

अपने घर के कार्यों में, विवाह आदि, लेन-देन अथवा अन्य किसी हेतु खर्च करते समय यदि आप मेरी भी राय लिया करें तो मैं आपके वामांग में आना स्वीकार करती हूँ.

सूर्या ने कहा " स्वीकार है "

षष्ठम वचन

न मेपमानमं सविधे सखीनां द्यूतं न वा दुर्व्यसनं भंजश्चेत,

वामाम्गमायामि तदा त्वदीयं ब्रवीति कन्या वचनं च षष्ठम !!

यदि मैं कभी अपनी सहेलियों या अन्य महिलाओं के साथ बैठी रहूँ तो आप सामने किसी भी कारण से मेरा अपमान नहीं करेंगे. इसी प्रकार यदि आप जुआ अथवा अन्य किसी भी प्रकार की बुराइयों अपने आप को दूर रखें तो ही मैं आपके वामांग में आना स्वीकार करती हूँ.

सूर्या ने कहा " स्वीकार है "

सप्तम वचन

परस्त्रियं मातृसमां समीक्ष्य स्नेहं सदा चेन्मयि कान्त कुर्या,

वामांगमायामि तदा त्वदीयं ब्रूते वच: सप्तममत्र कन्या !!

आप पराई स्त्रियों को मां समान समझेंगें और पति-पत्नि के आपसी प्रेम के मध्य अन्य किसी को भागीदार न बनाएंगें. यदि आप यह वचन मुझे दें तो ही मैं आपके वामांग में आना स्वीकार करती हूँ.

सूर्या थोड़ा रुक जाता है और कहता है " स्वीकार है "

फिर सिंदूरदान का समय आता है.. पंडित जी मंत्र पढ़ने लगते है.. और सूर्या जीविका के मांग में सिंदूर भर देता है.."

फिर पंडित जी मंगलसूत्र पहनाने को बोलते है.. सूर्या जीविका को मंगलसूत्र पहनाता है.. "

पंडित जी कहते है.. "अब आज से आप दोनों पति पत्नी हुए.."

सूर्या और जीविका घर के सभी बड़ो का आर्शीवाद लेते है..सूर्या अपने जूते ढूंढता है.. शोभा जी कहती है " क्या हुआ बेटा.. क्या ढूंढ रहे हो "

सूर्या ने कहा " मेरे जूते पता नहीं कहा है "

फिर निशा परी और ज्योति जूते ले कर आती है और बोलती है " जीजू जूते तो यहाँ है "

शिवाय बोलता है " लाइए में दे देता हूँ "

निशा कहती है" ऐसे कैसे.. सूर्या जीजू हमें इस जूते के बीस हज़ार चाहिए "

सूर्या बिन कुछ कहे निशा को बीस हज़ार दे देता है.. निशा बहुत ख़ुश होती है और जूते सूर्या को पहना देती है..

नैना जी सरोज जी कहती है " दीदी हम घर चलते है,, जीविका के स्वागत की तैयारी भी करनी है.. "

सरोज जी बोलती है " ठीक है.. "

सरोज जी माया को कहती है " बेटा तुम भाभी के साथ आना.. हम निकलते है.. "

माया कहती है " जी माँ "

सरोज जी अशोक जी को बोलती है " अच्छा अशोक अब हम चलते है.. जीविका की स्वागत की तैयारी भी करनी है "

अशोक जी हाथ जोड़ कर बोलते है " अगर हमसे कुछ भूल चूक हुई हो तो माफ़ कीजियेगा "

तभी सोभा जी भी आ जाती है. सरोज जी बोलती है "ये बोल कर शर्मिंदा मत करो.. अच्छा अब हम चलते है "

सरोज जी और नैना जी शोभा जी के गले मिलती है और वहाँ से चली जाती है..

जीविका की विदाई का वक़्त आता है... सब की आंखे नम थी.. जीविका दादी से मिल रोने लगती है,, रवि की आंखे भर आती है और जीविका के गले लग कर रोने लगता है.. आसुतोस और राधिका के भी आँखों में आंसू थे.. शोभा जी जीविका को गले लगा कर रोती हुई जीविका के आसु पोछती है....सब से गले मिलने के बाद अशोक जी अपनी बेटी को नम आँखों से कार में बिठाते है और रवि और आसुतोस कार को तीन बार धक्का देते है और फिर कार अपनी रफ़्तार लिए सूर्या के घर की ओर चल देती है.. जीविका कार से एक झलक बाहर देखती है.. मम्मी पापा दादी भईया भाभी निशा परी.. सब पीछे छूट रहे थे...सब रिश्ता छूट रहा था...

सब का प्यार आर्शीवाद ले कर जीविका नई जिंदगी की शुरुआत करने चली थी...जीविका की जिंदगी का दूसरा पड़ाव कुछ पल की खुशी के साथ बहुत सारे गमो को लाने वाला था......

जीविका का सूर्या के घर में स्वागत

सरोज जी आरती की थाल लिए ख़डी थी... जीविका और सूर्या दरवाजे पर आते है.. सरोज जी मुस्कुराते हुए दोनों की आरती उतारती है.. फिर सरोज जी जीविका को कहती है " बेटा कलश को पैर से मार कर अंदर आ जाओ.. "

जीविका कलश को पैर से गिरा कर अंदर आ जाती है.. फिर माया अलते की थाल रख देती है.. जीविका अलते की थाल में पैर रख अपना छाप बनाती हुई मंदिर में जाती है .. और भगवान को प्रणाम कर सबका आर्शीवाद लेती है.. फिर सरोज जी कहती है " बेटा तुम थक गई होगी जा कर थोड़ा आराम कर लो.. "

सरोज जी माया को कहती है " बेटा भाभी को उनका कमरा दिखा दो"

माया कहती है " जी माँ! चलिए भाभी मैं आपको आपका कमरा दिखाती हुँ "

माया जीविका को अपने साथ ले जाती है.. सरोज जी कहती है ' जा बेटा तू भी आराम कर ले ".

सूर्या कहता है " माँ आप भी थोड़ा आराम कर लीजिए.. आप भी तो थक गई है ना.. "

सरोज जी हसते हुए बोलती है " बेटा कल से तो आराम ही है..

सूर्या कहता है " माँ मेरे कपड़े निकाल दीजिए "

तभी किसी ने कहा " सूर्या बेटा अब माँ को क्यों तंग कर रहा है.. जो भी चाहिए.. जीविका से मांगो अब "

सरोज जी हसते हुए बोलती है " हाँ बेटा! तू जीविका को बोल दे... वो तेरे कपड़े निकाल देगी "

सूर्या फिर कमरे में चला जाता है.. माया जीविका से कहती है " भाभी ये रहा आपका कमरा.. आप यहाँ आराम से बैठिये.. मैं आती हुँ... "

माया वहाँ से चली जाती है.. फिर सूर्या कमरे में आ जाता है.. जीविका सूर्या को देख नज़रे झुका लेती है.. सूर्या अलमारी से अपने कपड़े निकालता है और वाशरूम में कपड़े चेंज कर आता है और जीविका को देख कर कहता है " आप आराम कीजिए.."

और सूर्या कमरे से बाहर जाने ही लगता है तभी नैना जी और सरोज जी नैना जी खाना ले कर कमरे में आती है और बोलती है "कहाँ जा रहे हो बेटा.."

सूर्या ने कहा "माँ मुझे कुछ काम है,,मैं अभी आता हुँ "

सरोज जी कहती है " अब कुछ दिनों के लिए तुम ऑफिस की चिंता छोड़ दो.. शिवाय है वो देख लेगा.. अभी यहाँ बहु के पास रहो.. "

नैना जी कहती है " ठीक है सूर्या.. ये खाना यही रख देते है.. तुम दोनों खा लेना.. जीविका बेटा अच्छे से खाना खाना सरमाना मत... "

जीविका हल्की सी हसी लिए हुए बोलती है " जी "

नैना जी बोलती है " चलिए दीदी.."

सरोज जी नैना के साथ बाहर चली जाती है... सूर्या बोलता है "तुम खाना खा लो... मुझे कुछ काम है मैं थोड़ी देर में आता हुँ "

जीविका ने कहा " जी "

सूर्या जीविका को देखता है और कमरे से बाहर चला जाता है.. सूर्या शिवाय के कमरे में जाता है जहाँ शिवाय आराम से सो रहा था,, सूर्या भी वही सोफे पर सो जाता है... जीविका भी खाना ढक कर आराम करने लगती है..

सरोज जी सोफे पर बैठती है. तभी सरोज जी की बहन कहती है " दीदी अब तो आप आराम से रहो क्युकी अब बहु जो आ गई है घर में... अब तो आपको कोई चिंता नहीं ना "

सरोज जी कहती है " हाँ.. अब मेरी चिंता सारी खत्म हुई.. अब बहु संभाले इस घर को और सूर्या को "

फिर कामवाली सबके लिए चाय ले कर आती है.. सबको देती है.. तभी केशव जी बोलतते है " दीदी! अब तो आप हमारे घर आ कर रह सकती है.."

सरोज जी बोलती है " हाँ अब मुझे सूर्या की भी चिंता नहीं.. अब तो मैं कही भी आ जा सकती हुँ.. नहीं तो सूर्या कही जाने नहीं देता था.. और कही जाओ भी तो माँ मेरा ये सामान कहाँ रखा है.. परेशन कर देता था.. "

फिर सब हसने लगते है..तभी सरोज जी की चाची ने कहा " सरोज तुम्हारी बहु की कल पहली रसोई है.. तो क्या बनवाओगी "

सरोज जी चाय पीते हुए बोलती है " जो जीविका बनाना चाहे बना सकती है..."

फिर सारे रिश्तेदार इधर उधर की बाते करने लगते है और हसीं मज़ाक करने लगते है..

शिवाय की आँखे खुलती है.. सूर्या को सोफे पर लेटा देख उसके पास जाता है और जगाते हुए बोलता है, " सूर्या यहाँ क्या कर रहे हो तुम? "

सूर्या नींद से उठते हुए बोलता है "सो रहा हुँ...और क्या "

शिवाय बोलता है " तुम पागल हो किसी रिश्तेदार ने देख लिया की तुम जीविका के पास नहीं हो.. और यहाँ सोफे पर सो रहे हो तो क्या सोचेंगे.. तुम अभी जीविका के पास जाओ "

सूर्या उठ कर अपने कमरे में जाता है....कमरे में जीविका को सोता देख और खाना ऐसे ही रखा देख सूर्या जीवीका को उठाने जाता है... सूर्या दूर से ही नाम ले कर जीविका को उठाता है.. जीविका आवाज़ सुनते ही तुरंत उठ जाती है.. जीविका बोलती है " क्या हुआ? "

सूर्या बोलता है " तुमने खाना नहीं खाया? "

जीविका कहती है " भूख नहीं है "

तभी नैना जी कमरे में आती है और खाना को टेबल पर ऐसे ही रखा देख बोलती है " बेटा तुम दोनों ने खाना नहीं खाया "

सूर्या कहता है " मामी मुझे भूख नहीं है ".

नैना जी सूर्या को जीविका के पास बिठाती है और बोलती है " अब तुम दोनों मेरे सामने एक दूसरे को खिलाओ.. "

सूर्या कहता है " मामी सच में मुझे भूख नहीं है "

नैना जी कहती है " तुम्हें भूख नहीं है पर जीविका ने भी तो कुछ नहीं खाया.. और ज़ब तक तुम नहीं खाओगे जीविका भी नहीं खायेगी.. इसलिए थोड़ा सा खा लो "

चलो अब तुम दोनों मेरे सामने एक दूसरे को खिलाओ"

सूर्या जीविका को एक निबाला खिलाता है और जीविका भी "

तभी जीविका की चचेरी नन्द जिया आती है और जीविका के पास बैठते हुए नैना जी से बोलती है."भाभी आप खाना खा लीजिए... फिर में आपको तैयार कर दूंगी "

तभी शिवाय कमरे मे आता है और जीविका को बोलता है "

भाभी सूर्या जी को अब थोड़ा प्यार मोहब्बत की बातें सिखाइये.. ये तो हर जगह काम की ही बातें करता है... "

नैना हसते हुए बोलती है " हाँ जीविका.. तुम्हें पता है ज़ब भी हम इसे अपने यहाँ आने को कहते थे तो ये बहाने लगा देता था.. अब तुम आ गई हो तो अब तुम ही इसे ले कर आना "

सूर्या बोलता है " मेरी बहुत तारीफ कर रहे है आप लोग.. इसके लिए धन्यवाद... "

फिर सूर्या वहां से चला जाता है.. शिवाय कहता है " अरे! रुक तो सही.. हम मज़ाक कर रहे थे."

शिवाय जीविका को कहता है " भाभी जी मैं अभी आया "

जिया कहती है " चलिए भाभी मैं आपको तैयार कर देती हुँ "

नैना जीविका के सिर पर हाथ फेरते हुए बोलती है " बेटा सूर्या तो बस ऐसा ही है.. बाकी तुम अपने प्यार से उसे बदल देना.."

जीविका हल्की सी मुस्कुराहट लिए रहती है और नैना जी कहती है " चलो मैं चलती हुँ..

नैना जी सरोज जी के कमरे में जाती है जहाँ सरोज जी थकावट के कारण नींद से सो रही थी.. नैना जी भी आराम करने के लिए अपने कमरे में चली जाती है "

रात हो चली..कुछ रिश्तेदार अंदर हॉल में बैठे बात चीत कर रहे थे तो कुछ बाहर गार्डन में केशव जी के साथ हसी मज़ाक कर रहे थे..... वही एक तरफ सूर्या शिवाय के साथ बैठा था..शिवाय कहता है " क्या सोच रहे हो? "

सूर्या कहता है " वो ऑफिस की एक इम्पोर्टेन्ट मीटिंग है जिसके लिए मुझे बंगलौर जाना होगा..पंद्रह दिन लग जायेंगे.. "

शिवाय कहता है "कब जाना है?"

सूर्या बोलता है " इसी संडे को "

शिवाय बोलता है " पर तुम दोनों की अभी अभी तो शादी हुई है और अभी ये सब काम ले कर बैठ गए तुम "

सूर्या कहता है " अगर नहीं गया तो कंपनी को लॉस हो जायेगा.."

शिवाय कहता है " मैं चला जाता हुँ "

सूर्या कहता है " नहीं वहां मेरी ही जरूरत है "

फिर शिवाय कहता है " पर आंटी और जीविका उनको क्या कहोगे "

सूर्या कहता है " मैं माँ को समझा दूंगा और जीविका खुद समझ जाएगी "

रात काफ़ी हो चली.. जीविका तैयार हो कर बैठी थी... कमरा फूलो की खुशबू से महक रहा था.. सूर्या कमरे में आता है..जीविका की दिल की धड़कन तेज़ हो जाती है.. सूर्या फिर कमरे का दरवाजा लगाता है और जीविका की ओर बढ़ता है.. जीविका सिर झुकाये बैठी थी.. तभी सूर्या अपना तकिया उठाते हुए जीविका से पूछता है "तुम्हें किसी चीज़ की जरूरत हो तो बता देना.."

फिर सूर्या सोफे पर सोने चला जाता है.. और लाइट बंद कर जीविका को बोलता है " गुड़ नाईट "

जीविका थोड़ी देर के लिए बैठी रहती है और सूर्या को ही देखती है.. फिर जीविका भी अपने गहने उतार कर टेबल पर रख देती है और लाइट ऑफ़ कर सोने चली जाती है "

सुबह हो चली.. जीविका जल्दी से उठ कर नहा कर तैयार होने लगती है... जीविका ने आज पीले रंग की साड़ी पहनी हुई थी वो अपने गीले बालो को तौलिय से पोछ कर खुला छोड़ देती है.. जीविका का गोरा रंग और पीले रंग की साड़ी उसकी खूबसूरती को और भी बढ़ा रही था ..तभी सूर्या की नींद खुल जाती है... वो जीविका को एक नज़र देखता है और फिर उसकी नज़रे जीविका को ही देखती रहती है... आईने के सामने बैठी जीविका तैयार हो रही थी.. और उसी आईने में सूर्या जीविका को देख रहा था... जीविका खुद से कहती है " चलो तैयार तो हो गई मैं "

तभी जिया कमरे का दरवाजा खटखाटाती है.. जीविका उठ कर दरवाजा खोलने जाती ही है..वैसे ही सूर्या अपनी आँखे बंद कर लेता है... जीविका एक नज़र सूर्या को देख दरवाजा खोलने जाती ही है की उसे ध्यान आता है की सूर्या सोफे पर सोया है.. वो घबरा जाती है और जल्दी से सूर्या के पास जाती है और सूर्या को उठाते हुए बोलती है " सूर्या जी उठिये "

सूर्या उठता है और बोलता है " क्या हुआ? "

जीविका कहती है " जिया बाहर है.. आप जा कर बेड पर लेट जाइये.. "

तभी जिया फिर बोलती है " भाभी दरवाजा खोलिये "

सूर्या जल्दी से उठता है और बेड पर जा कर सो जाता है.. जीविका फिर दरवाजा खोलने जाती है.. दरवाजा खुलते ही जिया बोलती है"वो भाभी आपको बड़ी मम्मी बुला रही है.... आप तैयार हो गई "

फिर जिया जीविका को देखती है और कहती है " वाओ! भाभी बहुत प्यारी लग रही है.. "

जीविका हल्की सी हसीं चेहरे पर लिए रहती है.. फिर जिया ने कहा " चलिए भाभी आज आपकी पहली रसोई है ना.. इसलिए मैं आपको लेने आई हुँ "

जीविका कहती है " जी! चलिए "

जीविका जिया के साथ वहाँ से चली जाती है.. सूर्या भी उठ कर बैठ जाता है.... नीचे हॉल में सब हसीं मज़ाक कर रहे थे.. तभी नैना जी जीविका को आते हुए देखती है और कहती है " लीजिए दीदी आ गई आपकी जीविका.. "

तभी एक रिश्तेदार कहती है.. सरोज जीविका की नज़र उतार देना आज "

तो दूसरी औरत ने कहा " मैं भी अपने बेटे के लिए जीविका जैसी ही लड़की देखूगी.. कितनी सादगी है चेहरे पर.. "

जीविका सरोज जी के पास आती है और पैर छू कर आर्शीवाद लेती है.. सरोज जी जीविका के सिर पर हाथ फेरते हुए कहती है " ख़ुश रहो बेटा "

जीविका फिर सबका आर्शीवाद लेती है.. नैना जी बोलती है " जीविका आज तुम्हारी पहली रसोई है.. तो आज क्या बना रही हो.. "

जीविका कहती है " जी! मैं आज खीर बनाउंगी "

सरोज जी मुस्कुराते हुए कहती है " जिया बेटा भाभी को रसोई दिखा दो और सब सामान कांता से पूछ लेना वो बता देगी "

जिया कहती है " जी बड़ी मम्मी! आइये भाभी "

तभी माया तैयार हो कर आती है.. सरोज जी माया को बोलती है " कहाँ जा रही हो बेटा.. तुम्हें तो जीविका के साथ रहना चाहिए था और तुम इधर उधर घूम रही हो "

माया बोलती है " वो माँ शादी के कारण कॉलेज भी बहुत दिनों से नहीं जा रही हुँ.. इसलिए आज जाना है... "

सरोज जी बोलती है " ठीक है बेटा जाओ "

माया वहां से चली जाती है तभी सरोज जी की भाभी प्रतिमा कहती है " सरोज माया की शादी के लिए लड़का देख रही हो क्या? "

सरोज ने कहा " नहीं अभी तो वो पढ़ाई कर रही है.."

तभी प्रतिमा ने कहा "वैसे मेरी नज़र में एक लड़का है वो सॉफ्टवेयर इंजीनियर है और अमेरिका में रहता है.. तुम कहोगी तो रिश्ते की बात करेंगे "

सरोज जी कहती है " माया तो अभी बीस साल की ही है.. और अभी वो भी शादी के लिए नहीं मानेगी ".

फिर नैना ने कहाँ " अभी तो वो बच्ची है और अभी से शादी..अभी उसे पढ़ाई पूरी करने दो फिर देखेंगे "

तभी जीविका खीर बना कर लाती है.. केशव जी कहते है " ये लो आ गई खीर.. जीविका बेटा खीर की खुशबू से बता सकता हुँ की खीर बहुत अच्छी बनी है "

नैना जी हसते हुए कहती है " फिर आप मत खाइये "

नैना की बात से सब हसने लगते है... जीविका सबको खीर पकड़ाती है.. और सरोज जी को बिना चीनी वाला खीर पकड़ाती है... तभी जिया बोलती है " बड़ी मम्मी भाभी ने आपके लिया शुगर फ्री खीर बनाई है.. "

तभी नैना बोलती है " देख लीजिये दीदी.. जीविका को कितनी फ़िक्र है आपकी "

सरोज जी ख़ुश होते हुए खीर चखती है और जीविका के पास जा कर उसे सगुण देते हुए बोलती है " ख़ुश रहो बेटा "

सब रिश्तेदार खीर खाते है और जीविका की बनाई हुई खीर की तारीफ करते है.. तभी सूर्या बाहर आ कर बोलता है " माँ मेरे कपड़े निकाल दो"

नैना जी हसते हुए बोलती है " सूर्या अब तो माँ का पल्लू छोड़ दे.. "

सरोज जी हसते हुए कहती है " जाओ बेटा.. सूर्या के कपड़े निकाल दो"

जीविका बोलती है " जी!"

जीविका वहां से चली जाती है.. केशव जी बोलते है " नैना जी सामान पैक कर लीजिए.. थोड़ी देर में निकलना है "

सरोज जी कहती है "केशव एक दो दिन और रुक जाओ "

केशव जी बोलते है " रुक जाता दीदी .. पर ऑफिस का काम भी है.. इसलिए जाना है "

जीविका कमरे में आती है.. सूर्या आईने के सामने कंघी कर रहा था.. जीविका अलमारी से टीशर्ट निकाल कर सूर्या को देती है.. सूर्या टीशर्ट पहनते हुए बोलता है " वैसे मैं ये टीशर्ट नहीं पहनता हुँ पर आज पहन लेता हुँ.. तुम अभी नई हो इसलिए तुम्हें पता नहीं है "

जीविका वही सूर्या के पास ख़डी रहती है.. पर सूर्या तैयार हो कर बाहर चला जाता है... धीरे धीरे सब मेहमान विदा हो जाते है.. नैना जी जीविका को कहती है " अच्छा जीविका हम चलते है.. अपना और सबका ख्याल रखना.. "

जीविका केशव जी और नैना जी के पैर छू कर आर्शीवाद लेती है.. सरोज जी कहती है " आती रहना यहाँ "

नैना जी कहती है " अब दीदी आप आइयेगा.. जीविका और सूर्या को ले कर "

सरोज जी कहती है " अच्छा ठीक है.. जरूर लाऊंगी इन दोनों को "

केशव जी बोलते है " सूर्या बहु को घुमाने भी ले जाना.. ये नही की ऑफिस के काम में बिजी हो जाना "

सूर्या बोलता है " जी मामा जी "

फिर नैना जी और केशव जी कार में बैठ अपने घर की ओर चल देते है..

सरोज जी सोफे पर बैठती है सूर्या बोलता है " माँ! आपने दवाई ली "

सरोज जी बोलती है " हाँ बेटा ले ली दवाई.. वैसे जीविका कल तुम्हें पग फेरे के लिए जाना है..वहां तो सब तुम्हारा बेसब्री से इंतजार कर रहे होंगे "

जीविका ख़ुश होते हुए कहती है " जी मम्मी जी.. माँ पापा दादी भईया.. भाभी सब मेरा इंतजार कर रहे होंगे.. "

सरोज जी बोलती है " सूर्या तुम्हें कल ले जायेगा.. वैसे सूर्या कल तो तुम्हारी अच्छे से खातिरदारी होगी वहां.. "

सूर्या कहता है "माँ! माया कहा है.. दिख नहीं रही "

सरोज जी बोलती है " कॉलेज गई है "

जीविका सोचती है की माया के बारे में सब को बता दे.. फिर सरोज जी कहती है " बेटा मैं थोड़ा आराम करने के लिए जाती हूँ.. "

जीविका सरोज जी का हाथ पकड़ लेती है और बोलती है " चलिए मैं आपको ले चलती हुँ "

सरोज जी कहती है " मैं चली जाऊंगी बेटा.. तू सूर्या के पास रुक "

सरोज जी कमरे में चली जाती है....तभी जीविका माया के बारे में सूर्या को बोलती है " मुझे आपसे कुछ कहना है "

सूर्या कहता है " हाँ बोलो "

तभी शिवाय आ जाता है और सूर्या को बोलता है " सूर्या मैं भी अब चलता हुँ..

फिर जीविका को देख कर बोलता है "चलता हुँ भाभी "

जीविका शिवाय से कहती है" अरे! ऐसे कैसे आप नाश्ता कर के जाइये "

तभी शिवाय कहता है " नहीं भाभी रहने दीजिए.. मैं बाहर नाश्ता कर लूंगा "

जीविका बोलती है " भाभी के रहते आप बाहर नाश्ता कीजिएगा.. आप यहाँ बैठिये! मैं अभी नश्ता ले कर आती हुँ "

जीवीका किचन में चली जाती है.. शिवाय सोफे पर बैठ जाता है और सूर्या को कहता है "तुम इस संडे को कितने बजे निकलोगे "

सूर्या कहता है " शाम को निकलूंगा "

शिवाय कहता है " तू भाभी को भी अपने साथ ले जा "

सूर्या कहता है " मैं ऑफिस के काम से जा रहा हुँ.. घूमने नहीं जा रहा....और जीविका वहां क्या करेगी "..

"हेलो जीविका बेटा कैसी हो?"शोभा जी ख़ुश होते हुए बोलती है

जीवका ने कहा " माँ मैं ठीक हुं.. आप सब कैसे है? "

शोभा जी बोलती है " यहाँ सब ठीक है.. दामाद जी और सरोज जी सब कैसे है? "

जीविका ने कहा" माँ सब ठीक है... माँ आपको पता है आज मेरी पहली रसोई थी.. और आज मैंने खीर बनाई सबके लिए "

शोभा जी कहती है " अच्छा और सब को पसंद आया ना "

जीविका कहती है " हाँ माँ सबने तारीफ की"

शोभा जी बोलती है " कल तो तू आ ही रही है.. तेरे साथ बैठ कर खूब बातें करूंगी... "

जीविका बोलती है " ठीक है माँ..अब रखती हुं... मम्मी जी को दवाई देनी है "

जीविका सरोज जी को खाना खिला कर दवाई दे देती है... सरोज जी बोलती है "जाओ बेटा तुम भी आराम कर लो थोड़ा "

जीविका अपने कमरे में आ जाती है...और आराम करने लगती है..थोड़ी देर बाद सरोज जी कमरे में आती है. जीविका सरोज जी को देख उठ जाती है तभी सरोज जी बेड पर बैठते हुए बोलती है " बेटा सो रही थी क्या? "

जीविका ने कहा " नहीं मम्मी जी बस ऐसे ही लेटी हुई थी "

फिर सरोज जी ने कहा " बेटा..मैंने सोचा था की तुम आओगी तो एक बड़ी सी पार्टी रखेंगे.. पर मेरी तबियत को देखते हुए सूर्या ने पार्टी रखने से मना कर दिया..ज़ब से बीमार पड़ी हुँ तब से भागदौड़ वाला काम अब नहीं होता.. "

जीविका चिंतित होते हुए बोलती है " मम्मी जी आप ठीक है ना अभी "

सरोज जी कहती है " हाँ बेटा! अभी ठीक हुँ मैं...अब तुम बताओ ख़ुश हो ना यहाँ.. "

जीविका बोलती है " जी मम्मी जी मैं यहाँ बहुत ख़ुश हुँ "

तभी सूर्या फ़ोन पर बात करते हुए आता है.. सरोज जी बोलती है " इसे देखो अभी भी फ़ोन पर लगा है.. "

सूर्या फोन पर बात करने कर बाद फ़ोन रखता है और सरोज जी के पास आ कर बैठ जाता है...सरोज जी कहती है " तू ये सब छोड़ मेरी बहु को अकेला छोड़ तू कहा चला जाता है.. "

सूर्या कहता है " माँ वो मेरे क्लाइंट का फ़ोन था.. एक बहुत बड़ा कॉन्ट्रैक्ट हमारी कंपनी को मिल रहा है..इसके लिए मुझे बंगलौर जाना होगा.. "

सरोज जी कहती है " अभी अभी तो तेरी शादी हुई है और अभी से काम.. मैं तुझे कही नहीं जाने दूंगी.. "

जीविका का मन उदास सा हो जाता है.. सूर्या कहता है " माँ अगर नहीं गया तो कंपनी का बहुत बड़ा नुकसान हो जायेगा "

सरोज जी कहती है " होने दे नुकसान पर तू अभी कही नहीं जायेगा... समझा... अभी तो तुम दोनों को घूमना फिरना चाहिए और तू काम में ही लग गया "

सूर्या कहता है " माँ मैं ज़ब बंगलौर से आऊंगा तो जीविका को घुमाने ले जाऊंगा... क्यों जीविका.? "

सरोज जी कहती है " वो क्या बोलेगी.. अच्छा ठीक है तू जा रहा है तो जीविका को भी ले कर जा साथ में "

सूर्या कहता है " माँ मैं ऑफिस के काम से जा रहा हुँ और मैं मीटिंग में रहूँगा.. तो जीविका वहां बोर हो जाएगी "

जीविका कुछ नहीं बोलती..फिर सूर्या ने कहा " माँ! प्लीज.. जरूरी काम नहीं होता तो मैं नहीं जाता.. पर मेरा जाना जरूरी है "

फिर जीविका ने कहा" कब जाना है आपको?"

सूर्या ने कहा" इसी संडे को.. "

जीविका कहती है " मम्मी जी.. आप मुझे बता दीजिएगा की इनके कौन कौन से कपड़े पैक करने है "

सरोज जी कहती है " जीविका तुम भी इसका साथ दे रही हो.. "

जीविका कहती है " मम्मी जी...काम पहले जरूरी है.. और ज़ब ये आएंगे तब हम घूमने चले जायेंगे..

सरोज जी जीविका को गले लगा लेती है.. सूर्या इशारे से ही जीविका को थैंक्यू बोलता है "

फिर सरोज जी सूर्या से कहती है " कल समय पर तैयार हो जाना तुम....जीविका को पग फेरे के लिए ले कर जाना है "

सूर्या कहता है " जी माँ "

रात हो चली..सरोज जी खाना खा कर सोने चली जाती है... फिर जीविका तैयार हो कर कमरे में सूर्या का इंतजार कर रही थी.. पर सूर्या दूसरे कमरे में लेपटॉप पर काम कर रहा था..एक बज गए थे.. सूर्या काम खत्म कर कमरे में आता है.. सूर्या एक नज़र जीविका को देखता है और जीविका सूर्या को देख सरमा कर नज़रे झुका लेती है.. सूर्या जीविका की तरफ जाता है और लाइट बंद कर बेड के एक तरफ जा कर सो जाता है.. "

जीविका समझ नहीं पाती की सूर्या उसके साथ ऐसा बर्ताब क्यों कर रहा है.. उसे अंदर ही अंदर सूर्या पर गुस्सा आता है.. वो सूर्या के पास जा कर प्यार सिर पर हाथ फेरती है.. सूर्या एकदम से उठ जाता है और बोलता है" मैं सोफे पर सो जाता हुँ.. आप यहाँ आराम से सो जाइये "

सूर्या सोफे पर जा कर सो जाता है.. जीविका का मन करता है की एक बार सूर्या से पूछ लूँ आखिर वो ऐसा क्यों कर रहे है.. पर फिर सोचती है की शायद इन्हे ऑफिस की टेंशन तो नहीं..

जीविका फिर लाइट बंद कर सो जाती है...

सुबह हो चली.. शोभा जी जीविका और सूर्या के आने की खुशी में तरह तरह के पकवान बनाने में लगी थी .. अशोक जी हसते हुए बोलते है " देख रही है माँ बेटी की आने की खुशी में सोभा जी तो हमें चाय देना भूल गई.. "

सोभा जी कहती है " जी अभी लाई.. पता नहीं कैसे ध्यान से उतर गया "

गायत्री जी कहती है " एक सुबह से लगी हो खाना बनाने में... अब थोड़ा बैठ कर आराम करो.. "

राधिका कहती है " हाँ मम्मी जी आप बैठीय में चाय बना कर लाती हुँ "

शोभा जी कहती है "माँ..मैं आज बहुत ख़ुश हुँ.. अपनी बेटी को शादी के बाद पहली बार देखूंगी "

सूर्या का घर

जीविका सरोज जी के पैर छू कर बोलती है " हम आते है मम्मी जी "

सरोज जी कहती है " ठीक है.. माता जी और सबको मेरा प्रणाम कहना "

जीविका कहती है " जी मम्मी जी "

सूर्या कार में बैठते हुए बोलता है " सीट बेल्ट लगा लो "

जीविका कहती है " हम्म!"

सूर्या फिर कार ड्राइव करते हुए बोलता है " थैंक्यू "

जीविका बेरुखी से कहती है " थैंक यू किस लिए?"

सूर्या ने कहा " वो मेरे बंगलौर जाने के लिए तुमने माँ को मना लिया इसलिए "

जीविका चुप रहती है और बाहर की तरफ देखने लगती है..

जीविका घर आते ही सबसे पहले दादी के गले लग जाती है.. गायत्री जी जीविका को गले लगा कर कहती है " कैसे है मेरी बिटियां "

जीविका कहती है " बहुत अच्छी दादी "

गायत्री जी जीविका को देखती है और कहती है " कितनी सुन्दर लग रही है.. नज़र ना लगे "

तभी जीविका सोभा जी और अशोक जी के गले मिलती है. सूर्या सब को प्रणाम करता है.. अशोक जी बोलते है " आइये बैठिये दामाद जी.. सूर्या आराम से बैठ जाता है.. फिर अशोक जी ने कहा " सरोज जी कैसी है? "

सूर्या ने कहा" जी पहले से बहुत अच्छी है "

गायत्री जी बोलती है " बहु दामाद जी के लिए नाश्ता ले कर आओ "तभी राधिका नाश्ता ला कर टेबल पर रख देती है..और सूर्या को प्लेट पकड़ाते हुए बोलती है " भईया भाभी को ले कर कहाँ जा रहे है घूमने के लिए "

सूर्या और जीविका दोनों चुप हो जाते है.. फिर सूर्या बोलता है " अभी तो कही नहीं जा रहा.. अभी तो मुझे काम के सिलसिले में बंगलौर जाना होगा.. ज़ब आऊंगा तब हम दोनों कही जायेंगे "

सूर्या की बात सुन शोभा जी जीविका की तरफ देखती है.. जीविका चेहरे पर हसी लिए हुए कहती है " माँ ज़ब ये बंगलौर से आएंगे तभी हम जायेंगे घूमने "

राधिका कहती है " वैसे जीविका जी देख रही हो ना भाई को काम के आगे कुछ नहीं दिखता इनको "

जीविका बोलती है " नहीं भाभी.. इन्हे जरूरी काम है इसलिए जा रहे है.. "

जीविका के चेहरे पर खुशी देख शोभा जी को तसल्ली होती है..

फिर नाश्ता हो जाने के बाद सोभा जी जीविका को धीरे से बोलती है " बेटा मेरा साथ चल तुझसे कुछ बात करनी है "

फिर जीविका सोभा जी के साथ कमरे में चली जाती है...शोभा जी बोलती है " आ बैठ यहाँ मेरे पास "

जीविका बैठते हुए बोलती है " माँ क्या हुआ ?"

शोभा जी बोलती है " हुआ कुछ नहीं है..तू बता तू ख़ुश है ना "

जीविका बोलती है " हाँ माँ मैं बहुत ख़ुश हुँ.. पर आप ये सब क्यों पूछ रही है "

शोभा जी ने जीविका का हाथ पकड़ते हुए कहा " बेटा मैं तेरी माँ हुँ..बस सूर्या का एकदम से जाना मुझे समझ नहीं आया.. इसलिए तुझसे पूछ रही थी "

जीविका कहती है " माँ उनका जाना जरूरी है इसलिए वो जा रहे है.. और आप फालतू का टेंशन मत लीजिये.. सब ठीक है "

तभी राधिका आती है और बोलती है "मम्मी जी खाना लग गया है...चलो जीविका "

जीविका कहती है " चलिए भाभी "

बाहर हॉल में सूर्या और आसुतोस एक दूसरे से बात कर रहे थे.. तभी जीविका बोलती है.. "रवि कहाँ है माँ?"

शोभा जी बोलती है " रवि तो बंगलौर चला गया.. "

फिर अशोक जी बोलते है " सूर्या बेटा.. रवि भी बंगलौर में ही है.."

सूर्या बोलता है " मुझे टाइम मिला तो मैं रवि से जरूर मिलूंगा "

फिर सब खाना खाने लगते है..शाम हो चली.. सूर्या कहता है " अब चलते है मम्मी जी.. "

सूर्या और जीविका सब का आर्शीवाद लेते है.. शोभा जी जीविका को गले लगा कर बोलती है " अपना ख्याल रखना बेटा "

जीविका बोलती है " और माँ आप भी अपना ख्याल रखियेगा "

फिर सूर्या और जीविका कार में बैठ घर की ओर चल देते है.. पुरे रास्ते दोनों चुप रहते है.. सूर्या एक नज़र जीविका को देखता है जो

अभी सीसे से बाहर देख रही थी.. फिर बोलता है " तुम इतनी चुप क्यों हो.. सब ठीक है ना? "जीविका सूर्या को देखती है और बोलती है " हाँ सब ठीक है "

फिर जीविका बाहर देखने लगती है

रविवार का दिन

शाम को सूर्या को बंगलौर के लिए निकलना था.. सूर्या सरोज जी का आर्शीवाद लेते हुए बोलता है " माँ चलता हुँ ".

फिर सूर्या जीविका से कहता है " जीविका माँ का ध्यान रखना.. "

फिर सूर्या कार में बैठता है और एयरपोर्ट के लिए चला जाता है.. जीविका बस सूर्या को जाते हुए देखती रहती है ... रात हो जाती है.. तभी जीविका के फ़ोन पर परी और निशा का कॉल आता है.. परी बोलती है " हैलो जीविका ".

जीविका ख़ुश होते हुए बोलती है " परी इतने दिनों बाद.. कैसी है? ".

परी बोलती है " सब ठीक है.. तू बता तू कैसी है और सूर्या के साथ कही घूमने गई की नहीं "

जीविका बोलती है " वो सूर्या ऑफिस के काम से बंगलौर गए हुए है.."

परी बोलती है " मतलब तुम दोनों कही घूमने नहीं गए "

जीविका बोलती है " ज़ब वो बंगलौर से आएंगे उसके बाद ही जाना होगा "

परी बोलती है " जीविका सब ठीक है ना.. "

जीविका बोलती है " हाँ सब ठीक है "

तभी निशा हसते हुए बोलती है " वैसे जीविका तुम्हारी फर्स्ट नाईट कैसी रही ".

जीविका बोलती है " तू मुझे तंग करने का एक भी मौका नहीं छोड़ती ".

परी बोलती है" वैसे जीविका राजीव भी कंपनी की तरफ से अमेरिका गए है...मेरा तो मन ही नहीं लग रहा उनके बिना "

जीविका कहती है " मन तो मेरा भी नहीं लग रहा.. "

निशा दोनों की बातें सुनते हुए बोलती है " यार! शादी के बाद तुम दोनों बिलकुल संस्कारी बन गई हो.. .. ना कोई मस्ती ना कोई मज़ाक.. तुम दोनों तो दिन भर मम्मी जी मम्मी जी कहते रहते होंगे "

परी बोलती है " बोल ले.. पर ज़ब तेरी शादी होगी तो तू भी हमारी ही तरह बात करेगी "

तभी जीविका के फ़ोन पर सूर्या का फ़ोन आता है जीविका बोलती है.. "मैं फ़ोन रखती हूँ.. सूर्या का फ़ोन आ रहा है "

जीविका सूर्या का फ़ोन देख ख़ुश हो जाती है.. सूर्या बोलता है " मैं एयरपोर्ट पहुंच गया हुँ.. माँ ठीक है ना.. "

जीविका ने कहा" मम्मी जी ठीक है और अभी सो रही है "

फिर सूर्या कहता है " और तुम क्या कर रही हो अभी "

जीविका कहती है "कुछ नहीं बस बैठी थी."

फिर सूर्या कहता है " पर तुम्हारा फ़ोन बिजी जा रहा था "

जीविका बोलती है " वो मैं परी और निशा से बात कर रही थी ".

सूर्या बोलता है " ठीक है मैं रखता हुँ फ़ोन..पहुंच कर बात करता हुँ "जीविका बोलती है " ठीक है "

रात काफ़ी हो जाती है. इसलिए जीविका सो जाती है.. सूर्या जीविका को चार बजे कॉल करता है.. पर जीविका गहरी नींद में सो रही थी.. सूर्या फिर फ़ोन मिलाता है.. पर जीविका नहीं उठाती..सूर्या फिर टेक्सी ले कर होटल की तरफ चल देता है.. हॉटल पहुंचने के बाद सूर्या बेड पर लेट जाता है.. और आँखे बंद करता है तो उसके सामने शिवानी का चेहरा आ जाता है सूर्या की आंखे खुलती है वो वाशरूम में जा कर अपना चेहरे पर पानी के छींटे मारता है...फिर बाहर आता है और खिड़की के पास खड़ा हो जाता है और बाहर देखते हुए कहता है "शिवानी मैं नहीं जानता की तुम कहाँ हो कैसी हो,,पर मैं अब भी तुम्हें ही चाहता हुँ "

सूर्या का फ़ोन देख जीविका जल्दी से सूर्या को फ़ोन करती है.. सूर्या फ़ोन पर जीविका का कॉल देख फ़ोन नहीं उठाता है.. जीविका के पांच कॉल आए हुए थे पर सूर्या शिवानी के बारे में सोच रहा था "

जीविका सोचती है " शायद अभी सो रहे होंगे.. मैं बाद में बात कर लुंगी.. अभी चलती हुँ फ्रेश हो जाती हुँ "

सुबह के दस बज गए थे..सूर्या ब्रेकफास्ट कर मीटिंग के लिए निकल जाता.. जीविका सूर्या को कॉल करती है.. सूर्या फ़ोन उठा कर बोलता है, " अभी मीटिंग में हुँ.. बाद में बात करता हुँ "

इतना बोल कर सूर्या फ़ोन रख देता है.. सरोज जी बोलती है " क्या हुआ.."

जीविका बोलती है " कुछ नहीं मम्मी जी.. अभी सूर्या मीटिंग में है बाद में बात करेंगे "

तभी माया आती है और बोलती है " मम्मी मैं कॉलेज जा रही हुँ "

सरोज जी कहती है " माया तुम्हें क्या हो गया है.. हर वक़्त अपने ही कमरे में रहती हो... भाभी के साथ भी रहो.. उनसे बात करो और घूमने जाओ "

माया कहती है " माँ कॉलेज जाना भी तो जरूरी है ना.. भाभी हम दोनों इस संडे को घूमने चलेंगे.. अभी के लिए.. बाय "

फिर माया वहां से चली जाती है.. जीविका सरोज जी से कहती है " मम्मी जी मैं एक मिनट में आती हूँ "

जीविका बाहर जाती है और माया को आवाज़ लगाती है.. माया बोलती है " क्या हुआ.. भाभी.. "

जीविका ने कहा ""मुझे आपसे कुछ कहना "

माया बोलती है " हाँ बोलिए "

जीविका कहती है " देखिए आप मेरी बात का बुरा नहीं मानियेगा.. मैंने आपको एक लडके के साथ देखा था "

माया कहती है " तो.. आपने मुझे एक लडके के साथ देखा फिर "

जीविका ने कहा " माया वो लड़का ठीक नहीं है.. क्युकी वो आपको जिस तरह से टच कर रहा था.. वैसे लडके सिर्फ टाइम पास करते है "माया को जीविका की बात से गुस्सा आता है और बोलती है " आपको बहुत ज्यादा एक्सपीरियंस है इन सब चीज़ो का कही आप के साथ "

तभी सरोज जी आती है और माया को एक थप्पड़ लगाती है और कहती है " आज तो बोल दिया तुमने आगे कुछ भी बोलना तो सोच समझ कर बोलना "

जीविका बोलती है " मम्मी जी आप यहाँ.. आप चलिए "

माया बोलती है " क्या ड्रामा करती हो तुम.. पहले आग लगा दो और फिर मम्मी जी मम्मी जी करो.. बड़ा अच्छा खेल खेलती हो तुम "

सरोज जी गुस्से से लाल हो कर बोलती है " इसे तो कुछ ही दिन हुए है आए हुए..और जीविका ने सच्चाई ही तो बताई है...और सही हुआ की मैंने सब कुछ सुन लिया.. "

माया कहती है " अच्छा है की आपने सब सुन लिया.. अब मेरा फैसला भी सुन लीजिए.. मैं राहुल से कोर्ट मैरिज करने वाली हुँ... "

जीविका कहती है " माया वो अच्छा लड़का नहीं है "

माया कहती है " अब तुम बताओगी की कौन अच्छा है कौन बुरा.. तुम्हें आए हुए अभी कुछ ही दिन हुए है और तुमने अपना रंग दिखा दिया "

सरोज जी कहती है " माया तमीज़ से बात करो.. ये तो तुम्हें उस लडके से बचा रही है और तुम इस पर इलज़ाम लगा रही हो "

जीविका कहती है " मैं उस दिन पग फेरे के लिए जा रही थी तो मैंने उसी लडके को किसी और लड़की के साथ देखा और वो उस लड़की के बहुत क्लोज था.. मैं सच जान कर तुम्हारी ज़िन्दगी बर्बाद होते नहीं देख सकती "

माया कहती है " मुझे कोई फर्क नहीं पड़ता आपकी बातों का.. आप लोग तो मानेंगे नहीं इसलिए मैं राहुल से कोर्ट में शादी करूंगी और वो भी इसी वीक में."

माया फिर कॉलेज के लिए निकल जाती है.. सरोज जी की तबियत खराब होने लगती है.. जीविका घबरा जाती है फिर जीविका सरोज जी को कमरे में ले कर जाती है और दवाई देते हुए बोलती है " मम्मी जी आप टेंशन मत लीजिए सब ठीक हो जायेगा.. ये मेरी ही गलती है.. मुझे अभी ये बात नहीं करनी चाहिए थी "

सरोज जी कहती है " अभी नहीं बताती तो किसी ना किसी दिन तो पता लगता ही.. बेटा मैं थोड़ा आराम करना चाहती हुँ...

सरोज जी दवाई खा कर सो जाती है.. घबराई हुई जीविका सूर्या को फिर फ़ोन लगाती है.. पर सूर्या फ़ोन नहीं उठाता....फिर जीविका डॉक्टर का नंबर सरोज जी के फ़ोन से लगाती है.. कुछ देर बाद डॉक्टर रमन आ जाते है और सरोज जी को देख कर बोलते है " घबराने की कोई बात नहीं है.. ये अभी ठीक है.. पर बेटा आप इनका अच्छे से ध्यान रखना.. इन्हे किसी भी तरह की कोई टेंशन ना हो .. वैसे सूर्या कहाँ है?"

जीविका कहती है "सूर्या जी तो बंगलौर गए हुए है "

डॉक्टर रमन कहते है "अच्छा! ठीक है मैं चलता हुँ "

जीविका घर में खुद को बहुत अकेला महसूस कर रही थी.. वो सूर्या को फिर फ़ोन लगाती है.. पर सूर्या का फ़ोन नहीं लगता "

सुबह से शाम होने को आई पर माया घर नहीं आती..जीविका बार बार सूर्या को फ़ोन मिलाने की कोशिश करती है,, पर सूर्या का फ़ोन नहीं लगता.. उसे समझ नहीं आता की वो क्या करे इसलिए वो अपने घर वालो को सारी बात बता देती है. शोभा जी बोलती है " बेटा अभी कैसी है सरोज जी? "

जीविका बोलती है " माँ! अभी ठीक है.. डॉक्टर आए थे उन्होंने मुझे कुछ नहीं बताया... आप बताइये मैं क्या करू.... और शाम होने को आई है.. माया अभी तक घर नहीं आई.. "

शोभा जी बोलती है " बेटा मैंने कहा था ना.. इन सब बातों का जिक्र मत करना.. फिर तुमने ऐसा क्यों किया.. अभी तो तुम्हारी शादी को कुछ ही दिन हुए है और ये सब "

जीविका रोते हुए बोलती है " माँ! मैं तो माया को उस लडके से बचाना चाहती हुँ.. "

शोभा जी बोलती है " बेटा! तुम नैना जी को कॉल करो.. मैं तुम्हारे पापा के साथ अभी आती हुँ.. "

जीविका जल्दी से नैना जी को कॉल कर सारी बात बताती है.. नैना जी से बात करने के बाद जीविका मंदिर में कर हाथ जोड़ कर बोलती है " भगवान माया को जल्दी घर भेज दीजिए "

तभी नैना जी और केशव जी आते है.. जीविका रोते हुए नैना जी को सारी बात बता देती है "

नैना जी कहती है " बेटा!! तुम क्यों रो रही हो...इसमें तुम्हारी क्या गलती.. दीदी अभी सो रही है क्या?"

जीविका बोलती है " मम्मी जी अभी सोइ हुई है.. उन्हें ज़ब ये पता लगेगा की माया घर नहीं आई तो "

नैना जी बोलती है "कुछ नहीं होगा बेटा तुम चुप हो जाओ "

केशव जी बोलते है " नैना जी आप जीविका को देखिए,, मैं माया को ढूंढ़ कर आता हुँ.. "

तभी सोभा जी और अशोक जी भी आ जाते है.. अशोक जी केशव जी के साथ चले जाते है "

शोभा जी जीविका को चुप कराते हुए बोलती है " सब ठीक हो जायेगा बेटा.. मत रो"

अशोक जी और केशव जी हर जगह माया को ढूंढ़ते है.. पर माया कही नहीं मिलती.. लास्ट में केशव जी पुलिस स्टेशन में एफ. आई. आर. दर्ज करवाते है..रात काफ़ी हो गई थी.. केशव जी और अशोक जी घर आते है.. जीविका बोलती है " क्या हुआ पापा माया मिली "अशोक जी बोलते है " हर जगह देखा हमने पर.. माया नहीं मिली.. पुलिस माया को ढूंढ रही है ".

जीविका फुट फुट कर रोने लगती है " मेरी गलती है सब "

शोभा जी जीविका को संभालती है और मन में ही कहती है " अभी तो मेरी बेटी की शादी हुई.. ये कैसी मुसीबत आ गई भगवान.. सब ठीक कर दीजिए "

इधर सरोज जी जीविका को बुलाती है.. जीविका और घर के सभी सदस्य सरोज जी के कमरे में जाती है.. सरोज जी धीमी आवाज़ में बोलती है " बेटा डॉक्टर को बुला लाओ.. मेरा मन बहुत अजीब सा कर रहा है... "

केशव जी कहते है.. "ज़ब तक डॉक्टर आएंगे.. इससे पहले हम दीदी को हॉस्पिटल ले जाते है.. "

केशव जी जल्दी से सरोज जी को हॉस्पिटल ले कर जाते है.. घर पर नैना जी और सोभा जी माया और सूर्या का फ़ोन लगा रही थी... माया का फ़ोन तो नहीं लगता.. पर थोड़ी देर बाद सूर्या नैना जी को फ़ोन करता है और कहता " मामी आपने इतने सारे कॉल किये.. सब ठीक है ना "

नैना जी सूर्या को सरोज जी के हॉस्पिटल में होने की बात बताती है.. सूर्या अपनी मीटिंग कैंसिल कर पहली ही फ्लाइट से दिल्ली आता है और सीधे हॉस्पिटल पहुँचता है.. सूर्या घबराते हुए बोलता है " मामा माँ कैसी है अब? "

केशव जी बोलते है " अब ठीक है "

जीविका फिर सूर्या के पास जाती है.. सूर्या बोलता है " माँ की तबियत अचानक कैसे खराब हो गई... "

जीविका रोते हुए सूर्या को सारी बात बताती है.. सूर्या गुस्से से लाल जीविका का हाथ जोड़ से पकड़ लेता है और बोलता है " तुम्हारी वजह से मेरी माँ की ये हालत हुई... तुम्हारी वजह से मेरी बहन घर छोड़ कर चली गई... "

जीविका रोते हुए बोलती है " माया उस लडके से प्यार करती है और वो लड़का सही नहीं है.. "

सूर्या चिल्ला कर बोलता है " प्यार करना गुन्हा है क्या.. अरे! मैंने तो माँ को आज तक बहुत सी ऐसी बातें है जो नहीं बताई और तुम..."

जीविका बोलती है " सूर्या मैंने आपको कितना फ़ोन किया.. लेकिन आप फ़ोन नहीं उठाये "

तभी केशव जी बोलते है " बेटा! ये क्या तमाशा लगा रखा है तुमने.. इसमें जीविका की क्या गलती है "

सूर्या बोलता है " सब इसी की गलती है.. "

अशोक जी जीविका को संभालते हुए बोलते है " बेटा जीविका तो तुम्हारे घर का भला सोच रही थी "

सूर्या गुस्से में बोलता है " कर दिया इसने भला "

तभी डॉक्टर रमन आते है और बोलते है " बेटा चिंता करने की बात नहीं है.. सरोज जी ठीक है.. ऑपरेशन के बाद ऐसी प्रॉब्लम आती है.. आप उनसे मिल सकते है.. "

सूर्या सरोज जी के पास जाता है और कहता है " माँ आप ठीक है ना? "

सरोज जी कहती है " हाँ बेटा अब ठीक हुँ.. जीविका कहाँ है "

तभी जीविका अपने आसु पोछती है और सरोज जी से मिलने अंदर आती है और बोलती है " कैसी है मम्मी जी? "

सरोज जी बोलती है " मैं ठीक हुँ बेटा अब.. "

सूर्या बोलता है " चलिए माँ!

घर पहुंच कर सरोज जी सोभा जी को बोलती है " मैं सबको परेशान कर देती हुँ "

शोभा जी बोलती है " अरे नहीं ऐसी बात नहीं है.. आप बैठिये यहाँ.. "

सरोज जी सोफे पर बैठते हुए बोलती है " माया नहीं आई ना अभी तक. "

सूर्या बोलता है " माँ माया तो अपने कमरे में है "

सरोज जी बोलती है " झूठ मत बोलो.. मेरा दिल इतना भी कमजोर नहीं की इस बात को सहन कर पाए..''

सूर्या बोलता है " माँ! आप टेंशन मत लीजिये.. मैं कल तक माया को ले कर आऊंगा.. "

सुबह हो चली..सूर्या माया को रात भर ढूंढता रहा पर माया नहीं मिली.. वो घर आता है.. सरोज जी घबराते हुए बोलती है " क्या हुआ बेटा माया मिली? "

सूर्या सरोज जी को बोलता है " नहीं माँ "

सरोज जी रोते हुए बोलती है " पता नहीं कहाँ होगी मेरी बच्ची "

जीविका सरोज जी के पास जाती है और रोते हुए बोलती है " माफ़ कर दीजिये माँ मुझे.. मेरी गलती की वजह से आज माया यहाँ नहीं है "

फिर सूर्या जीविका के पास आता है और गुस्से में बोलता है "हाँ!ये सब तुम्हारी गलती है... अगर मेरी बहन को कुछ हुआ ना तो मैं तुम्हें छोड़ूंगा नहीं.. "

शोभा जी जीविका को गले लगा कर बोलती है " बेटा इसमें जीविका की क्या गलती है? "

सूर्या गुस्से से लाल हो कर बोलता है " आप बीच में ना ही बोले तो ठीक रहेगा..आप अपनी बेटी को यहाँ से ले कर जाइये.. वरना!"

सरोज जी सूर्या की बातों को सुन अपने बेटे को एक थप्पड़ लगा देती है और बोलती है " किस तरह से बात कर रहा है तू मैंने तुझे यही संस्कार दिए है... "

तभी दरवाजे पर माया राहुल के साथ आ ख़डी होती है... सब माया को देख चौंक जाते है.. माया ने गले में फूलों की माला, माथे में सिंदूर, गले में मंगलसूत्र पहना हुआ था.. माया सरोज जी के पास आती है और बोलती है " मम्मी मैंने और राहुल ने शादी कर ली है.. "

राहुल आगे आता है और सरोज जी के पैर छूता है.. " सरोज जी बोलती है.. " जीविका मेरी दवाई का टाइम हो गया है.. मैं कमरे में जा रही हुँ.. और मेरे कमरे में बाहर के लोग नहीं आने चाहिए "

अशोक जी बोलते है " दीदी हम भी चलते है... आप अपना ख्याल रखिएगा.. "

शोभा जी सबको हाथ जोड़ कर प्रणाम करती है.. फिर सोभा जी अपने बेटी के सिर पर हाथ फेरते हुए बोलती है " ख्याल रखना बेटा "अशोक जी और शोभा जी के जाने के बाद सरोज जी अपने कमरे में चली जाती है.. जीविका भी सरोज जी को दवाई देने चली जाती है.."

नैना जी और केशव जी भी अपने घर जाने लगते है तभी माया बोलती है " मामी!माँ को बोलिए ना की हम से एक बार मिल ले "

नैना जी कहती है " तुमने सही नहीं किया है माया..तुम्हारी वजह से जीविका को इतना सुनना पड़ा.. अभी अभी तो उसकी शादी हुई थी.. और तुम चाहती हो की दीदी तुम से बात करे.. "

फिर नैना जी राहुल की तरफ देख कर बोलती है " जीविका ने राहुल के बारे में कुछ सोच समझ कर ही बोला होगा.. खैर! ये तुम्हारी ज़िन्दगी है.."

फिर नैना जी और केशव जी वहाँ से चले जाते है.. नैना जी कार में बैठ जाती है.. केशव जी बोलते है " क्या सोच रही है आप "

नैना जी बोलती है " जीविका के बारे में.. अभी तो दस दिन ही हुए है शादी को और उसे इतना कुछ सुनना पड़ रहा है. और सूर्या भी उसके साथ नहीं है..और सूर्या ने सोभा जी से भी उल्टा जवाब दिया... ये सब सही नहीं हुआ है आज...इस झगड़े की वजह से दोनों में कितनी दूरियां आ गई है "

केशव जी बोलते है " मैं सूर्या से बात करूंगा "

माया सूर्या की तरफ देखती है.. सूर्या माया के सिर पर हाथ फेरते हुए बोलता है " तुम्हें अगर राहुल पसंद था तो मुझसे कहती.. मैं तुम दोनों की शादी करवाता.. "

माया कहती है " भईया.. मैं आपको बताती... पर भाभी ने पहले ही माँ को सब कुछ बता दिया.. भईया मैं राहुल से बहुत प्यार करती हुँ.. इसलिए मैंने ये सब किया "

सूर्या चुप हो जाता है.. फिर माया बोलती है " भईया माँ से बोलिये ना एक बार बात कर ले "

सूर्या बोलता है.. "अभी नहीं माया.. माँ की तबियत अभी ठीक नहीं है.. लेकिन मैं माँ को मना लूंगा. तू टेंशन मत ले.."

फिर माया बोलती है " भईया! राहुल की फैमिली हमें घर में नहीं आने दे रही.. अब हम कहाँ जायेंगे "

सूर्या राहुल को देखता है और बोलता है " ज़ब तक माँ तुम दोनों को अपना नहीं लेती तब तक तुम दोनों मेरे नोएडा वाले घर में रहोगे "

राहुल हाथ जोड़कर बोलता है " थैंक्यू भईया... मैं आपका एहसान ज़िन्दगी भर नहीं भूलूंगा "

सूर्या बोलता है " अरे!इसमें एहसान कैसा.. मैं अपनी बहन के लिए कुछ भी कर सकता हूँ.. "

माया बोलती है.. "ठीक है भईया.. अब हम चलते है.."

माया और राहुल के जाने के बाद सूर्या मन में बोलता है " मैंने भी किसी से प्यार किया है.. इसलिए तुम्हारे प्यार की भी कद्र करता हुँ माया "

सूर्या सरोज जी के कमरे में जाता है.. जीवीका वही बैठी थी.. सूर्या बोलता है "माँ मुझे आप से अकेले में कुछ बात करना है.. जीविका कमरे से बाहर चली जाती है.. सूर्या बोलता है " माँ माया को माफ़ कर दीजिए.. "

सरोज जी बोलती है "उसका नाम मत ले अभी... तुझे कुछ और बात करना है तो कर सकता है "

सूर्या सरोज जी को बहुत समझाता है.. की वो माया और राहुल को अपना ले... सूर्या बोलता है "माँ मैंने आज तक आपकी हर बात मानी है.. आप मेरी इतनी छोटी सी बात नहीं मान सकती.."

सरोज जी बोलती है " ठीक है.. तुम्हारे कहने पर मैं माया को माफ कर दूंगी... पर तू भी वादा कर की तू जीविका को खुश रखेगा "

सूर्या हाँ बोलते हुए सरोज जी का हाथ पकड़ कर बोलता है " माँ .. आपकी हॉस्पिटल में होने की बात सुन कर मैं डर गया था.. "

सरोज जी बोलती है " बेटा! मैं अभी नहीं जाने वाली हुं.. अभी तो मुझे अपने पोते पोतियों को अपने गोद में खिलाना है "

सूर्या बेरुखी से बोलता है "माँ मुझे काम है.. मैं चलता हुँ "

सरोज जी बोलती है " एक मिनट बेटा.. मुझे तुझसे कुछ कहना है "

सूर्या बोलता है " हाँ बोलिए माँ "

सरोज जी बोलती है " जानती हुँ की तू जीविका से अभी नाराज है.. पर वो तो घर का भला चाहती है "

सूर्या बोलता है " माँ! मैं ये सब नहीं सुनना चाहता हुँ.. मुझे काम है.. मैं चलता हुँ "

सरोज जी बोलती है " एक बार मेरी बात सुन ले फिर चले जाना "

सरोज जी सूर्या को प्यार से बोलती है " बेटा! कुछ दिनों के लिए तुम दोनों कही बाहर घूम आओ.."

सूर्या बोलता है " माँ! मैं अभी नहीं जा सकता.. क्युकी मुझे ऑफिस का काम भी है.. और मैं आपको अकेला छोड़ कर नहीं जा सकता.. "

सरोज जी बोलती है " अच्छा तो तेरी प्रॉब्लम ये है.. एक मिनट बेटा मेरे पास इसका भी हल है "

सरोज जी केशव को फ़ोन लगाते हुए कहती है " केशव मैं तुम्हारे यहाँ कुछ दिनों के लिए रहने आ रही हुँ.. क्युकी मेरे बेटे को मेरी चिंता है..की मेरा ख्याल कौन रखेगा अगर वो जीविका के साथ बाहर गया घूमने तो "

केशव जी ख़ुश होते हुए बोलता है " दीदी आपका ख्याल हम रखेंगे आप सूर्या को बोलिये की आपकी चिंता नहीं करे... और आराम से दोनों घूम कर आए "

तभी नैना जी फ़ोन लेते हुए बोलती है " दीदी हम बहुत ख़ुश है की जीविका और सूर्या बाहर घूमने जो रहे है...सूर्या को बोलिए की आपकी टेंशन ना ले "

सरोज जी बोलती है " सुन लिया.. अब कल जाने की तैयारी करो.. और मेरी चिंता मत करो..

सूर्या हाथ जोड़ते हुए बोलता है " ठीक है मेरी माँ.."

फिर सूर्या वहां से चला जाता है.. सरोज जी भगवान को हाथ जोड़ कर कहती है.. दोनों के बीच सब ठीक कर देना भगवान "

जीविका मैं तेरे लिए बहुत ख़ुश हुँ की तू सूर्या के साथ शिमला घूमने जा रही है " परी ने फ़ोन पर कहा..

जीविका बोलती है "मैं भी बहुत ख़ुश हुँ... लेकिन माया को ले कर जो भी..

तभी परी ने जीविका की बात को रोकते हुए कहा" जीविका तू माया का भला ही चाहती थी ना पर उसका अंजाम देख लिया ना.. इसलिए तू इन सब से दूर रह.. और जा रही है तो सूर्या से इन सब चीज़ो का जिक्र मत करना... समझी "

जीविका ख़ुश होते हुए बोलती है " हाँ जी समझ गई "

तभी सरोज जी जीविका के कमरे में आती है.. जीविका परी को बोलती है " मैं बाद में बात करती हुँ "

सरोज जी जीविका के चेहरे पर खुशी देख कर बोलती है " मेरी बेटी अब कितनी खिली खिली सी लग रही है.. देखो तो "

जीविका सरोज जी के गले लग जाती है.. सरोज जी बोलती है " बस ऐसी ही ख़ुश रहना बेटा "

फिर सरोज जी बोलती है " कपड़े पैक कर लिए "

जीविका कहती है " नहीं मम्मी जी... अभी नहीं की "

सरोज जी बोलती है " अरे! तो कब करोगी.. सुबह सुबह ही निकलना है.. चलो मैं तुम्हारी मदद कर देती हुँ "

जीविका सरोज जी के फिर से गले लग कर बोलती है " थैंक्यू मम्मी जी "

तभी सूर्या कमरे में आता है और बोलता है " लो इन दोनों का ड्रामा यहाँ भी शुरु "

सरोज जी बोलती है " कुछ कहा तुमने "

सूर्या बोलता है " नहीं माँ मैं कहा कुछ कह रहा था.. मैं तो अपना लेपटॉप लेने आया था "

सूर्या लेपटॉप ले कर चला जाता है और जीविका और सरोज जी हसने लगती है "

इधर सोभा जी ख़ुश होते हुए बोलती है " माँ! जीविका बता रही थी की वो और सूर्या बाहर घूमने जा रहे है.. "

गायत्री जी बोलती है " अच्छा ये तो खुशी की बात है.. वैसे भी उसकी ननद माया की वजह से हमारी बेटी को कितना कुछ नहीं सुनना पड़ा "

अशोक जी बोलते है " छोड़िये ना माँ उन सब बातों को.."

सुबह हो चली.. केशव और नैना जी सरोज जी को लेने आ जाते है... इधर जीविका कमरे में तैयार हो रही थी.. तभी नैना जी और सरोज जी कमरे में आती है.. नैना जी जीविका को देख कर बोलती है " तैयार हो गई बेटा "

जीविका कहती है " जी"

नैना जी कहती है " बहुत प्यारी लग रही हो.. पिछले कुछ दिनों जो भी हुआ उसे भूल कर सूर्या के साथ अपनी ज़िन्दगी को खुल कर जीना... "

जीविका चेहरे पर हल्की हसी लिए हुए बोलती है " जी मामी जी "

फिर जीविका ने कहा " मामी जी मैंने मम्मी जी की दवाई बेग में रख दी है... और डॉक्टर रमन ..

तभी सरोज जी हसते हुए कहती है "मेरी चिंता तुम बिलकुल मत करो"

नैना जी कहती है " हाँ जीविका.. तुम आराम से जाओ.. तुम्हारी मम्मी जी के लिए हम है ना. "

तभी केशव जी बाहर से आवाज़ लगाता है....सरोज जी बोलती है "चलो बेटा.."

जीविका सब का आर्शीवाद ले कर कार में बैठ जाती है.. नैना जी कहती है "पहुंचते ही फ़ोन करना तुम दोनों "

जीविका के मन में एक अलग ही खुशी थी सूर्या के साथ जाने की.. वो सूर्या को एक नज़र देखती है और चेहरे पर हल्की सी हसी लिए रहती है..कार धीमी गति से दिल्ली की सड़को से होती हुई शिमला की ओर निकल पड़ी...बाहर वारिश भी शुरु हो जाती है.. जीविका बाहर की तरफ देख कर सूर्या से कहती है " क्या आपको वारिश पसंद है? "

सूर्या कहता है " नहीं मुझे वारिश पसंद नहीं है "

फिर जीविका ने हसते हुए कहा " मुझे वारिश वहुत पसंद है.."

फिर सूर्या चुप हो जाता है.. जीविका फिर बाहर देखने लगती है..

शिमला पहुंचने में टाइम था.. सूर्या कार को साइड लगा देता है और जीविका को बोलता है " अभी शिमला पहुंचने में टाइम है..तुम्हें भूख लगी होगी कुछ खा लो "

जीविका कार से उतरती है और ढाबे में लगे कुर्सी पर बैठ जाती है.. तभी जीविका सरोज जी को फ़ोन लगाती है.. जीविका सरोज जी से बात करने में व्यस्त थी.. तभी कुछ लडके बाइक से उतर कर ढाबे में आते है.. और कुर्सी पर बैठ कर हसी मज़ाक कर रहे थे.. तभी उन लोगो की नज़र जीविका पर जाती है.. उसमे से एक ने सिटी मार दी.. सूर्या की नज़र फ़ोन से हटती है.. और उन लड़को की तरफ जाती है जो जीविका को देख रहे थे.. तभी सूर्या फ़ोन चलाते हुए जीविका के सामने खड़ा हो जाता है..

सूर्या जीविका से कहता है " बात हो गई है तुम्हारी तो चले "

जीविका कहती है " पर हमने तो कुछ खाया ही नहीं "

सूर्या बोलता है " तुम कार में बैठो.. मैं ले कर आता हुँ "

वो लडके जीविका को फिर देखने लगते है.. सूर्या जीविका को कार में बिठाता है और ढाबे की तरफ आता है... और नाश्ता ले कर जीविका के पास आता है... और बोलता है "माँ क्या कह रही थी?"

जीविका बोलती है " माँ कह रही थी की...?? "

फिर जीविका हसने लगती है.. सूर्या बोलता है " हस क्यों रही हो तुम? "

जीविका कहती है " कुछ नहीं बस ऐसे ही हसी आ गई थी... दोनों नाश्ता कर लेते है.. फिर दोनों शिमला के लिए निकल देते है.. सूर्या ड्राइव करते हुए बोलता है "वैसे कितने देर में पहुंचेंगे हम "

सूर्या कहता है " बस एक घंटा और "

बाहर वारिश तेज़ होने लगती है.. तभी रेडियो पर आर. जे. शालिनी की आवाज आती है.. आज की इस वारिश में भीग जाने को जी चाहता है.. साथ में हमसफर हो तो मंजिल और सुहाना बन जाता है.. रोमांटिक से मौसम में रोमांटिक सा एक गाना आप सभी के लिए...तो लुत्फ़ उठाइये इस गाने का..

रिमझिम रिमझिम... रुमझुम रुमझुमभीगी भीगी रुत में... तुम हम हम तुम चलते हैं... चलते हैं..""

जीविका का दिल ख़ुश था... वो इस गाने की धुन पर डांस करना चाहती थी.. तभी सूर्या गाना बंद कर देता है.. जीविका एक नज़र सूर्य को देखती है...और फिर अपने फ़ोन को देखने लगती है .. थोड़ी देर बाद कार होटल पहुंच जाती है..सूर्या और जीविका होटल के कमरे में पहुंचते है..सूर्या सरोज जी को फ़ोन लगा कर बोलता है.. " माँ हम पहुंच गए है.. आप ठीक है ना, "

सरोज जी कहती है " हाँ बेटा... तू यहाँ की चिंता छोड़.. मैं फ़ोन रखती हुं अब. "

सूर्या फिर सोफे पर बैठ कर फ़ोन देखने लगता है....जीविका फ्रेश होने चली जाती है.. जीविका फ्रेश हो कर बाहर आती है... सूर्या अभी भी फ़ोन मे ही लगा था.... जीविका कॉफ़ी बनाते हुए बोलती है "ये जगह कितनी सुन्दर है ना "

सूर्या अभी भी फ़ोन मे लगा था.. जीविका सूर्या के पास आती है और सूर्या को कॉफ़ी पकड़ाती है.. "

सूर्या कॉफ़ी लेते हुए बोलता है " थैंक्यू "

जीविका फिर बिस्तर पर बैठ जाती है और कॉफ़ी पीते हुए बोलती है " आपको पता है.. मैं शिमला पहली बार आई हूँ "

सूर्या कॉफ़ी पीते हुए बोलता है " अच्छा.... मैं तो कई बार आ चूका हुँ "

जीविका बोलती है "अच्छा किसके साथ?"

सूर्या बोलता है " वो शिवा "

जीविका कहती है " किसके साथ? "

सूर्या बोलता है " शिवाय के साथ..किसी काम से आए थे तो यही रुके थे.. ""

सूर्या फिर बालकनी मे जाता है.. और मन मे सोचता है "शिवानी.. जो दिन भर सूर्या सूर्या कहती रहती थी... अपनी बालो को मेरे चेहरे पर बिखरती थी .. मैं उसमे खो जाता था वो कही मुझ में खो जाती थी..."

जीविका भी बालकनी में आ जाती है और बोलती है " आज मैं बहुत ख़ुश हुं और इस खुशी का कारण आप है..मुझे पता है की कुछ दिन पहले जो भी हुआ...उससे आप नाराज है... पर उस गलती के लिए मैं आपको सॉरी बोलना चाहती हुँ.."

सूर्या जीविका के चेहरे को देखता है.. और जीविका सूर्या को कुछ पल दोनों एक दूसरे को देखते है...फिर सूर्या की नज़र जीविका से हटती है..और सूर्या बोलता है.. "रात होने वाली है.. मैं खाना आर्डर कर देता हुँ.. ".

सूर्या वहां से चला जाता है.. जीविका बालकनी के बाहर देखती है और कहती है " मैं नहीं जानती की आपके मन में क्या चल रहा है ..शायद मेरी कुछ गलतियों की बजह से आप मुझसे अब भी नाराज़ है.. पर ये नराज़गी ज्यादा दिन नहीं रहेगी... काश एक दिन ऐसा भी आए ज़ब आप की आँखों में मेरे लिए आसु होंगे,, प्यार होगा,, गुस्सा होगा...उस दिन का मुझे इंतजार रहेगा "

अगले दिन सूर्या तैयार हो कर बैठा था.. जीविका तैयार हो कर आती है.. सूर्या जीविका को देख हसने लगता है.. सूर्या को हसते देख जीविका बोलती है " आप हस क्यों रहे है? "

सूर्या बोलता है " तुम ये साड़ी पहन कर जाओगी..तुम शादी में नहीं जा रही हो "

जीविका मुँह बना कर बोलती है " आप मेरा मज़ाक बना लीजिए.. मुझे नहीं जाना कही "

सूर्या जीविका के पास आता है और बोलता है " तुम्हारे लिए मैं ये कुछ कपड़े ले कर आया हुँ.. जल्दी से पहन लो फिर चलते है "

जीविका बोलती है " ये आप मेरे लिए लाये है.. "

सूर्या बोलता है " नहीं मैं अपने लिए लाया हुँ "

जीविका ख़ुश होते हुए सूर्या को गले लगा लेती है... जीविका का गले लगना सूर्या के मन में प्रेम का एक एहसास जगा देता है...वो दोनों कुछ पल एक दूसरे में खोय थे.. तभी सूर्या के सामने शिवानी का चेहरा आ जाता है और वो जीविका से अलग होते हुए बोलता है " जल्दी से तैयार हो जाओ.. "

जीविका अपने चेहरे पर आए हुए बालो को पीछे करते हुए बोलती है " जी "

कुछ देर बाद जीविका जींस टॉप पहन कर आती है... सूर्या की नज़र जीविका को देखती रहती है..जीविका सूर्या के पास आ कर कहती है " चले "

सूर्या कहता है " हम्म्म!चलो "

दोनों बाहर घूमने चले जाते है... दिन भर घूमने के बाद दोनों होटल पहुंचते है.. जीविका चेंज करने वाशरूम में चली जाती है और सूर्या फ़ोन में अपना कुछ काम करने लगता है... जीविका ज़ब वाशरूम से निकलती है तो सूर्या उसे बोलता है "कल हम घूमने के लिययय..??

सूर्या अपनी बात पूरी नहीं कर पाता और जीविका को ही देखता रहता है.. जीविका ने रेड कलर की ड्रेस पहनी हुई थी.. जिसमे वो बहुत प्यारी लग रही थी.. वालो को खुला छोड़ रखा था...सूर्या जीविका के करीब बढ़ने लगता है.. और मन में ही कहता है "

वारिश की पहली बून्द सी तुम

मुझ पर बिखर रही हो

चाँद तारों की तरह तुम

इस कमरे को रोशन कर रही हो

शराब की तरह तुम बन कर

मुझ पर कोई नशा कर रही हो

होश अब बाकी नहीं

तुम मुझे मदहोश कर रही हो

सूर्या और जीविका के लिए ये रात बहुत खास थी..बाहर हल्की हल्की वारिश हो रही थी... जीविका आज सूर्या के बहुत नज़दीक थी..

वारिस की ये बुँदे कुछ नई सी आज लग रही है

पास है मेरा हमसफर मुझसे ये कह रही है.....

तुम वारिश की बुँदे बन कर छू रहे हो ऐसे

जैसे छुए कोई मन को..........

मैं पिघल रही मोम सी ऐसे

जैसे कोई लॉ छू रही हो तन को..........

एक दुरी थी जो मिट रही है ऐसे

कोई बर्फ आग की लॉ से पिघल रही हो जैसे.....

वारिस की ये बुँदे कुछ नई सी आज लग रही है

पास है मेरा हमसफर मुझसे ये कह रही है....

सुबह हो चली ..सूर्या सोती हुई जीविका को एक नज़र देखता है फिर बाहर बालकनी में चला जाता है.. फिर एक हल्की सी हसी चेहरे पर ला कर बोलता है "किसी भी इंसान को उसकी राह से सिर्फ एक लड़की ही भटका सकती है.."

फिर जीविका उठ कर सूर्या के पास आती है और बोलती है "क्या हुआ? क्या सोच रहे है आप "

सूर्या कहता है " कुछ नहीं.. "

फिर जीविका ने कहा " आज कहा घूमने जायेंगे "

सूर्या कहता है " देखते है.. तुम तैयार हो जाओ.. फिर कल सुबह घर के लिए भी निकलना है "

अगले दिन सूर्या और जीविका दिल्ली के लिए निकलते है... रात को जीविका और सूर्या घर पहुंचते है.. सरोज जी बोलती है " आ गए तुम दोनों "

जीविका और सूर्या सरोज जी के पैर छूते है.. सरोज जी बोलती है " ख़ुश रहो तुम दोनों "

सूर्या बोलता है "मामी और मामा कहाँ है?"

सरोज जी बोलती है " वो लोग अभी निकले है.. केशव को कुछ काम था "

सूर्या बोलता है " माँ मै कमरे में जाता हुँ "

जीविका सरोज जी के पास बैठ जाती है.. सरोज जी कहती है " ख़ुश तो हो ना बेटा तुम.. और सूर्या ने तुम्हें ज्यादा परेशान तो नहीं किया "जीविका शर्माते हुए सरोज जी के गले लग जाती है.. सरोज जी बोलती है " ऐसे ही ख़ुश रहो बेटा "

जीविका अपने कमरे में बैठी शिमला की बात याद कर रही थी.. और सूर्या दूसरे रूम में ऑफिस का काम कर रहा था..

जीविका के फ़ोन पर परी और निशा का फ़ोन आता है.. निशा बोलती है " वाओ! जीविका तेरी शिमला की फोटो देखी मैंने कितनी प्यारी लग रही है ""

परी बोलती है " ये सब फोटो तो देख लिए.. अब बता क्या हुआ वहाँ ".

जीविका बोलती है " क्या हुआ वहाँ मतलब,, जो होता है ""

निशा हसते हुए बोलती है "सूर्या के होते हुए तो तुझे वहाँ ठंड नहीं लगी होगी "..

निशा और परी दोनों हसने लगती है.. जीविका कहती है "बहुत बदमाश हो गई हो तुम दोनों "

अगले दिन जीविका और सरोज जी हॉल में बैठ कर हसी मज़ाक कर रही थी तभी सूर्या ऑफिस से आता है...सूर्या ख़ुश होते हुए सरोज जी को बोलता है.. "माँ मैं कल बंगलौर जा रहा हूं...वहां भी अपना बिज़नेस स्टार्ट कर रहा हूं "

फिर सूर्या सरोज जी का आर्शीवाद लेता है..सरोज जी और जीविका को सूर्या की बातों से खुशी तो हुई पर जीविका का मन थोड़ा उदास था... जीविका बोलती है " फिर आप कब तक आ जायेंगे "

सूर्या बोलता है " यही दो तीन महीने में "

सरोज जी बोलती है " दो तीन महीने..तो तुम जीविका को भी अपने साथ ले जाओ "

सूर्या बोलता है " माँ जीविका वहां क्या करेगी और यहां आपके पास रहेगी तो आपका भी मन लगा रहेगा.. मैं तो दिन भर काम में ही बिजी रहुगा... "

सरोज जी जिद्द करने लगती है " नहीं तू जीविका को साथ ले कर जा "

जीविका सूर्या की तरफ देखती है.. फिर अधूरे मन से बोलती है "मम्मी जी कोई बात नहीं... मैं आपके पास यही रहूँगी.. अगर मैं वहां गई तो ये सही कह रहे है मन नहीं लगेगा मेरा "

सरोज जी बोलती है " पर बेटा! "

जीविका सरोज जी की बात को रोकते हुए बोलती है "ये तीन महीने कब निकल जायेंगे पता नहीं लगेगा "

सरोज जी जीविका के सिर पर हाथ फेरती है और अपने कमरे में चली जाती है

सूर्या जीविका के पास आता है और बोलता है " थैंक्यू जीविका "

जीविका बोलती है " आप के कपड़े मैं पैक कर देती हूं "

जीविका फिर अपने कमरे में चली जाती है.. इधर सूर्या बहुत ख़ुश था.. पर जीविका उदास थी पर वो कुछ कह नहीं पाई..अगले दिन सूर्या जीविका से मिल कर और सरोज जी का आर्शीवाद ले कर घर से एयरपोर्ट के लिए रवाना हो जाता है...

शोभा जी जीविका को फ़ोन करती है और बोलती है " राधिका ने कहा की दामाद जी बंगलौर गए है...वो भी तीन महीने के लिए "

जीविका अपनी माँ को समझाती है..और बोलती है " माँ इनका काम भी तो इम्पोर्टेन्ट है..और माँ जी भी तो अकेली पड़ जाती "

शोभा जी को जीविका की बात समझ आ जाती है.. अगर जीविका सूर्या के साथ चली जाएगी तो सरोज जी का कौन ध्यान रखेगा ""शोभा जी बोलती है "ठीक है बेटा.. तुम अपना और सरोज जी का ध्यान रखना... किसी चीज की जरूरत हो तो बेझिजक बता देना..""

शोभा जी से बात हो जाने के बाद जीविका फ़ोन रख देती है...

सूर्या के बंगलौर जाने के बाद जीविका अकेले तो पड़ जाती है.. पर अपनी बहु होने का पूरा फर्ज़ निभाती है.. उधर सूर्या बंगलौर में अपने काम में इतना बिजी हो जाता है की कभी कभी घर फोन करना भूल जाता था... जीविका सरोज जी की इतनी सेवा करती है..जिससे सरोज जी पूरी तरीके से ठीक हो जाती है..

सरोज जी ने कहा " बेटा आज सूर्या आने वाला है...पुरे तीन महीने के बाद आज तुम सूर्या से मिलोगी... जा कर तैयार हो जाओ "

जीविका कहती है "जी मम्मी जी "

जीविका का मन आज बहुत ख़ुश था.. जीविका अलमारी से सूर्या के पसंद की साड़ी निकालती है और अच्छे से तैयार हो जाती है.. तभी परी और निशा का कॉल आता है "

परी बोलती है "तो मैडम आज सूर्या जीजू आ रहे है.."

निशा बोलती है "आज तो जीजू हमारी जीविका से मिलने के बाद तीन महीनों की दुरी को भूल ही जायेंगे..

जीविका बोलती है "सच इतने दिनों बाद मैं सूर्या जी से मिलूंगी "

निशा बोलती है " जीजू के लिए कमरा सजा लेना..

परी और निशा हसने लगते है.. जीविका बोलती है " तुम दोनों ना.. "फिर परी बोलती है " जीविका एक गुड़ न्यूज़ है "

जीविका बोलती है " कैसी गुड़ न्यूज़?"

परी कहती है "जीविका,,तुम मासी बनने वाली हो "

जीविका ख़ुश होते हुए कहती है " वाओ! यार..कांग्रेचुलेशन..अब एक नन्ही से परी आएगी "

निशा बोलती है " जीविका इसने तो गुड़ न्यूज़ दे दिया.. अब तेरी बारी है.. तू कब दे रही है गुड़ न्यूज़ "

तभी सरोज जी आवाज़ लगाती है.. जीविका कहती है " मैं बाद में बात करती हुँ.. मम्मी जी बुला रही है "

जीविका फ़ोन रखती है और सरोज जी के पास जाती है..

सामने सूर्या को देख जीविका सूर्या के गले लग जाती है.. सूर्या भी जीविका को गले से लगा लेता है.. "

सरोज जी थोड़ा खासते हुए बोलती है " बेटा! ये हॉल है.. और अपनी माँ को तो भूल गया "

सूर्या जीविका से थोड़ा दूर होता है और सरोज जी का आर्शीवाद लेता है.. सरोज जी बोलती है " अब इतने महीनों बाद आया है... अब कही जाने की सोचना मत "

सूर्या कान पकड़ते हुए बोलता है " बिलकुल नहीं माँ... अभी तो यही रहना है.... और वैसे माँ वहां का ऑफिस अच्छे से चल रहा है "

सरोज जी कहती है "ठीक है खूब तरक्की करो... पर परिवार को भी साथ रखो..

सूर्या बोलता है " माँ मैं थोड़ा फ्रेश हो कर आता हूं.. फिर आपसे बहुत सारी बात करूंगा "

सूर्या इतना बोल कर अपने कमरे मे चला जाता है.. सरोज जी जीविका को बोलती है "बेटा कल करवाचौथ है "

तभी आसुतोस और राधिका दरवाजे पर आ खड़े होते है दोनों को देख जीविका ख़ुश होते हुए दोनों के गले लगती है..जीविका कहती है " कैसे है आप दोनों "

आसुतोस कहता है, " हम दोनों ठीक है.. तूम बताओ कैसी हो? "

जीविका कहती है " बहुत अच्छी हुँ भइया "

सरोज जी कहती है " बेटा घर में सब कैसे है? "

आसुतोस सरोज जी के पैर छूते हुए कहता है " जी सब बढ़िया है.."

फिर राधिका ने कहा " बुआ मम्मी जी ने जीविका के लिए करवाचौथ का सगुण भिजवाया है "

राधिका जीविका से कहती है " भाभी भईया कहाँ है? आ गए ना बंगलौर से?

जीविका कहती है " हाँ भाभी अभी ही तो आये है "

तभी सूर्या भी आ जाता है...आसुतोस सूर्या को गले मिलते हुए कहता है " कैसी रही आपकी ट्रिप? "

सूर्या कहता है " सही थी "

राधिका सूर्या को देख कर बोलती है "भईया कल करवाचौथ है.. आप कल ऑफिस से जल्दी आ जाइएगा...कल भाभी आपको ही देख कर व्रत तोड़ेंगी "

सूर्या हसते हुए बोलता है " जी..."

सुबह हो चली जीविका तीन बजे उठ कर नहा लेती है.. फिर सोलह श्रृंगार करती है..सूर्या गहरी नींद में सोया हुआ था..जीविका सोते हुए सूर्या को देख कहती है. " भगवान आपको हमेशा ख़ुश रखे..और आपको लम्बी उम्र दे ".. फिर जीविका पूजा करने चली जाती है.. सरोज जी डाइनिंग टेबल पर जीविका के सरगई का खाना बना कर रख देती है..जीविका

पूजा करके आती है और सरोज जी के पैर छू कर आर्शीवाद लेती है.. और कहती है " मम्मी जी आपने ये सब क्यों किया.. मैं तो आ ही रही थी.. "

सरोज जी चेहरे पर हल्की हसी लिए हुए बोलती है " क्यों मैं नहीं कर सकती.. ज़ब तुम मेरे बेटे के लिए व्रत रख रही हो तो मैं अपनी बेटी के लिए इतना भी नहीं कर सकती "

सरोज जी कहती है " चलो बेटा.. अब कुछ खा लो "

सुबह के आठ बज गए थे.. जीविका फूलों की माला बना रही थी.. तभी सरोज जी सूर्या के लिए कॉफ़ी बना कर लाती है और कहती है " जीविका बेटा सूर्या को ये कॉफ़ी दे दो और उसे ऑफिस के लिए उठा भी देना "

जीविका फूलों की माला वही रख सूर्या के लिए कॉफ़ी ले कर जाती है.. सूर्या अभी गहरी नींद में है... जीविका सूर्या के नज़दीक बैठते हुए बोलती है " आप की कॉफ़ी "

सूर्या अंगराई लेते हुए बोलता है " टेबल पर रख दो"

सूर्या धीरे से आंखे खोलता है.. सामने जीविका को देख वो जीविका की तरफ आकर्षित हो रहा था.. जीविका ने लाल रंग की साड़ी पहनी थी.. हाथों में मेहंदी.. गोरा रंग.. पैरो में पायल... कुल मिला कर जीविका बहुत प्यारी लग रही थी... सूरज की रोशनी ज़ब उसके चेहरे पर पड़ रही थी.. तो उसका रंग सोने सा सुनहरा लग रहा था.. जीविका फिर उठ कर बोलती है " मम्मी जी ने कहा है की कॉफ़ी पी कर फ्रेश हो जाइए"

सूर्या अभी जीविका को ही देख रहा था फिर जीविका अलमारी से सूर्या के कपड़े निकाल रही थी.. सूर्या जीविका को देखते ही रहता है और मन में कहता..

ये सुबह की रोशनी जाने क्यों नई सी लग रही है....

तुम्हारे चेहरे का नूर मुझे दीवाना सा कर रही है....

हाथों की मेहंदी से तुम पुरे कमरे में खुसबू बिखेर रही हो..

सोलह श्रृंगार किये तुम चाँद से भी बेहद खूबसूरत लग रही हो..

मेरी आँखों को किसी और की अब तलाश नहीं..

मेरी आखिरी मंजिल हो तुम..

मेरी ज़िन्दगी बस अब तुम पर ठहर गई है...

ये सुबह की रोशनी जाने क्यों नई सी लग रही है...

जीविका कपड़े निकाल कर कहती है " लीजिये अब आप जल्दी से तैयार हो जाइए..मैं चलती हुँ "

सूर्या जीविका के पास आता है और उसको एक पल के लिए देखता है और कहता है " बहुत प्यारी लग रही हो तुम "

जीविका एक हल्की सी हसी चेहरे पर लाती है.. और वहाँ से चली जाती है..

जीविका के फ़ोन पर शोभा जी का फ़ोन आता है.. शोभा जी बोलती है " जीविका तुझे साड़ी पसंद आई ना "

जीविका कहती है " जी माँ.. मैंने अभी वही साड़ी पहनी है.. ".

फिर सोभा जी थोड़ा रुक कर हिचकिचाते हुए बोलती है " बेटा तेरे और सूर्या के बीच सब ठीक है ना अब "

जीविका बोलती है " जी माँ हम दोनों के बीच सब ठीक है.. सूर्या बहुत अच्छे है ".

शोभा जी बोलती है " बेटा..बस तुम दोनों इसी तरह ख़ुश रहो.. चलो अब मैं रखती हुँ तुम्हारे पापा को ऑफिस भी जाना है "

सूर्या का ऑफिस

शिवाय सूर्या को कहता है "सूर्या अब तुम घर जाओ भाभी तुम्हारा इंतजार कर रही होगी "

सूर्या कहता है " हम्म!! बस मेरा काम होने ही वाला है "

शिवाय कहता है " तुम्हारे चेहरे पर आज कुछ अलग ही खुशी है.. बात क्या है "

सूर्या लेपटॉप बंद करता है और शिवाय को कहता है " शिवाय जानते हो एक वक़्त था ज़ब मैं जीविका से दूर रहना चाहता था.. पर अब जीविका मेरी ज़िन्दगी बन चुकी है और उससे मैं एक पल भी दूर नहीं रह सकता "

शिवाय ख़ुश होते हुए सूर्या को गले लगा लेता है.. और कहता है "ये हुई ना बात ! मैं बहुत ख़ुश हुँ की तुम दोनों के बीच सब ठीक हो गया "सूर्या कहता है " चलो अब मैं चलता हुं. "

सूर्या घर पहुँचता है.. " घर मैं आस पड़ोस की सब औरते बैठ कर पूजा कर रही थी.. सूर्या की नज़र जीविका को ढूंढती है.. जीविका अभी सब के साथ पूजा कर रही थी.. सरोज जी कहती है " जा बेटा.. हाथ मुँह धो ले.. मैं तेरे लिए कॉफ़ी भिजवाती हुँ "

सूर्या कमरे में चला जाता है... पूजा खत्म होने के बाद जीविका सब बड़ो का आशीर्वाद लेती है.. तभी पड़ोस की एक औरत ने कहा " सरोज जी आपकी बहु तो सर्व गुण सम्पन्न है "

सरोज जी ख़ुश होते हुए बोलती है " जी "

रात हो जाती है.. सारी औरते चाँद के आने का इंतजार कर रही थी.... सूर्या भी तैयार हो कर आ जाता है... तभी एक पड़ोसी ने कहा " जीविका तुम्हारा तो चाँद आ गया "

फिर सब औरते हसने लगती है.. थोड़ी देर बाद चाँद निकल आता है... जीविका और सब औरते पुरे विधि विधान से चाँद को देख पूजा करती है.. फिर अपने पति को देख अपना व्रत तोड़ती है ..सूर्या जीविका को पानी और मीठाई खिला कर व्रत तोड़ता है...पूजा खत्म होने के बाद सब औरते अपने अपने घर चली जाती है... सरोज जी कहती है " जीविका के आ जाने से ये घर घर लग रहा है..सच इतनी रौनक कभी नहीं थी. "

फिर सरोज जी कहती है " चलो बेटा! तुम दोनों खाना खा लो"

रात काफ़ी हो चली थी.. सूर्या कमरे में जीविका के आने का इंतजार कर रहा था.. तभी जीविका आती है.. और आईने के सामने बैठते हुए बोलती है " आप सोये नहीं अभी तक "

सूर्या बोलता है " नहीं बस अब सोने ही जा रहा था "

जीविका अपने गहने उतार कर बेड पर बैठ जाती है.. सूर्या जीविका को एक नज़र देखता है और जीविका के पास जाता है . जीविका कहती है " क्या हुआ? "

सूर्या जीविका को डायमंड का सेट देते हुए बोलता है " ये तुम्हारे लिए "

जीविका ख़ुश होते हुए बोलती है " वाओ! ये तो बहुत प्यारा है "

सूर्या कहता है " पर तुमसे ज्यादा नहीं "

जीविका सूर्या के गले लगा कर कहती है " थैंक यू.."

सूर्या और जीविका में सब कुछ ठीक चल रहा था.. सूर्या शिवानी को भुला कर अपनी जिंदगी में आगे बढ़ चूका था...

कुछ दिनों बाद....

आज शनिवार होने के कारण सूर्या को ऑफिस नहीं जाना था.. सूर्या जीविका और सरोज जी तीनो हॉल में बैठे हुए थे.. सरोज जी ने कहा " बेटा केशव और नैना वृन्दावन जा रहे है.. सोच रही हुँ मैं भी चली जाऊ.. "

सूर्या कहता है " पर माँ अभी कैसे जा सकती है.. आप तो अभी पूरी तरह से ठीक नहीं हुई है "

सरोज जी कहती है " बेटा अब मैं बिलकुल ठीक हुँ.... और वृन्दावन जाने की मेरी बहुत इच्छा है.. मना मत कर.. केशव और नैना तो है ही मेरे साथ "

फिर जीविका ने कहा " पर माँ आप अभी मत जाइए.. वहाँ अभी बहुत भीड़ होगी "

सरोज जी ने कहा "बेटा तुम दोनो चिंता मत करो..भीड़ होगी तो मैं बाहर से ही दर्शन कर लुंगी.. पर मुझे जाने दो.."

तभी नैना जी और केशव जी आते है.. नैना जी बोलती है "कैसी हो जीविका?"

जीविका नैना जी का आर्शीवाद लेते हुए बोलती है " जी अच्छी हुँ "

केशव जी कहते है " तो दीदी आज वृन्दावन चलने की तैयारी हो गई "

सरोज जी कहती है " हाँ.. सब तैयारी हो गई है "

सूर्या कहता है " कितने बजे निकल रहे है.. आप लोग "

केशव जी कहते है " बस थोड़ी देर में निकलेंगे ".

तभी सूर्या कहता है " माँ आप पहले से ही प्लान बना चुकी थी जाने का और आप अब हमें बता रही है "

सरोज जी ने कहा " अगर मैं बोलती की मुझे वृन्दावन जाना है तो तुम दोनों जाने ही नहीं देते..जाने दे कितने दिनों से बाहर नहीं गई हूँ "

केशव जी कहते है " बेटा एक दो दिन में हम आ जायेंगे "

फिर सूर्या कहता है " ठीक है... पर माँ आप अपना ख्याल रखियेगा "

जीविका कहती है " मम्मी जी मैं आपके कपड़े पैक कर देती हुँ, "

सरोज जी कहती है " बेटा मैंने कपड़े पैक कर लिए है "..तुम दोनों अपना ख्याल रखना "

सरोज जी केशव और नैना जी के साथ वृन्दावन के लिए निकल जाती है..सूर्या कहता है "जीविका कॉफ़ी बना दो"

जीविका कहती है " अभी लाती हुँ "

थोड़े देर बाद जीविका कॉफ़ी बना कर लाती है और बोलती है " ये लीजिए आपकी कॉफ़ी "

फिर जीविका वही सोफे पर बैठ जाती है.. फिर सूर्या कहता है " जीविका तैयार हो जाओ "

जीविका कहती है " तैयार हो जाऊ.. पर क्यों.. हम कहाँ जा रहे है? "

सूर्या कॉफ़ी पीते हुए बोलता है "तुम्हें लॉन्ग ड्राइव पर ले जा रहा हुँ.. चलोगी मेरे साथ.."

जीविका ख़ुश होते हुए कहती है " बिलकुल चलूंगी आपके साथ..मैं अभी आई "

कुछ देर बाद जीविका तैयार हो कर आ जाती है...और कहती है " चलिए,, मैं तैयार हुँ ""

सूर्या जीविका के पास जाता है और बोलता है "बहुत प्यारी लग रही हो "

जीविका बोलती है "आप मेरी रोज़ तारीफ कर रहे है.. आखिर ऐसी क्या बात है "

सूर्या मज़ाक में बोलता है "झूठी तारीफ करते रहनी चाहिए.. इससे बीबी ख़ुश रहती है."

जीविका रूठते हुए बोलती है " अच्छा.. मैं आपसे बात नहीं करूंगी "सूर्या जीविका को गले लगा कर बोलता है " मैं मज़ाक कर रहा था.."

कुछ देर बाद सूर्या और जीविका लॉन्ग ड्राइव के लिए निकल जाते है..सूर्या कार ड्राइव करते हुए बोलता है " वैसे जीविका एक बात बोलू "

जीविका बोलती है " हाँ बोलिए "

सूर्या कहता है " कुछ नहीं ".

जीविका बोलती है "कुछ नहीं मतलब अभी तो आप कुछ बोलना चाह रहे थे... अब आप बोलिए.."

सूर्या चुप रहता है... जीविका बोलती है.. "प्लीज.. बोलिए ना क्या कह रहे थे आप.."

सूर्या बोलता है " आई लव यू "

जीविका सूर्या के कंधे पर सिर रख कर बोलती है " आई लव यू टू "।"

कुछ देर बाद कार मॉल के बाहर आ कर रूकती है.. जीविका कहती है " वाओ! ये तो वही जगह है. जहाँ हम पहली बार मिले थे ".

सूर्या कहता है " हम्म! ये वही जगह है.. चले "

जीविका कहती है " चलिए "

सूर्या जीविका का हाथ पकड़ कर मॉल के अंदर जाता है... जीविका कहती है.. आपको पता है.. हम दोनों यही टकराय थे.. और ज़ब मैंने आपको पहली बार देखा था तब से ही मैं आपको पसंद करने लगी थी.. "

सूर्या कहता है " अच्छा!"

सूर्या दो कोल्ड कॉफ़ी आर्डर करता है और जीविका को बोलता है " और ज़ब हम शादी से पहले मिले थे तो यही इसी कुर्सी पर बैठे थे.. "

जीविका कुर्सी पर बैठते हुए कहती है.... हाँ,, पर आप उस दिन गुस्से में थे और बिना कुछ कहे चले गए.. ".

सूर्या फिर कुछ नहीं बोलता.. फिर सूर्या जीविका का हाथ पकड़ कर बोलता है " तुम मुझे कभी छोड़ कर तो नहीं जाओगी ना.. "

जीविका कहती है " ये कैसी बातें कर रहे है आप.. शादी ज़िन्दगी भर साथ निभाने का नाम है..और जीवनसाथी का मतलब ही है

जीवन भर एक दुज़े का साथ निभाना..और इस सफ़र में सुख और दुख आते रहेंगे.. पर इसका मतलब ये नहीं की प्यार कम हो जायेगा.. मैं ज़िन्दगी भर आपके साथ रहूंगी.. "

सूर्या जीविका को प्यार से देखता है..फिर जीविका बोलती है " मैं इस जन्म में ही नहीं सातों जन्म आपका साथ चाहती हुँ सूर्या.. चाहे परिस्थिति कुछ भी हो मैं आपको कभी छोड़ कर कही नहीं जाऊंगी "फिर दोनों इधर उधर की बातें करने लगते है.. और दोनों हसने लगते है..

रात हो जाती है.. सूर्या जीविका को कार में बिठाता है और कार ड्राइव करने लगता है..रेडियो पर धीमी आवाज़ में गाना चल रहा था.. बाहर हल्की हल्की वारिश होने लगती है.जीविका सीसे से बाहर वारिश की बूंदो को देख रही थी....तभी दिल्ली के एक आर.जे ने अपनी आवाज़ में कहा "अगर आप किसी से प्यार करते है या उन्हें कोई गाना सुनाना चाहते है या उन तक कोई मैसेज पहुँचाना चाहते है.. तो आप हमें इस नंबर पर कॉल करे.हम आपकी बात उन तक जरूर पहुंचएंगे ...अभी देखते है किसका कॉल है.. हैलो.. क्या हम आपका नाम जान सकते है..

सूर्या कहता है " मैं सूर्या बोल रहा हुँ और मैं अपनी ब्यूटीफुल वाइफ जीविका को एक गाना डेडिकेट करना चाहता हुँ..

जीविका अपना नाम सुन सूर्या को देख हसने लगती है..तो दिल्ली के इस खूबसूरत मौसम में मिस्टर सूर्या अपनी वाइफ जीविका को

एक गाना डेडिकेट करना चाहते है..तो ये लो जी आ गया आपका गाना.. लुत्फ़ उठाइये इस खूबसूरत शाम में खूबसूरत से गाने के साथ..

(हमें तुमसे प्यार कितना ये हम नहीं जानते मगर जी नहीं सकते तुम्हारे बिना)

जीविका ने कहा " सूर्या आप इस तरह के गाने सुनते है "

सूर्या कहता है " हम्म! मुझे ऐसे गाने सुनना अच्छा लगता है"

फिर जीविका हल्की सी मुस्कुराहट लिए ये गाना सुनती है और सूर्या की तरफ देखती है और सूर्या का हाथ पकड़ लेती है "

सूर्या कहता है "आगे भी सुनो इस गाने में मैं क्या कहना चाहता हुँ "

(तुम्हें कोई और देखे तो जलता है दिल बड़ी मुश्किलों से फिर संभलता है दिल क्या क्या जतन करते हैं तुम्हें क्या पता ये दिल बेक़रार कितना ये हम नहीं जानते मगर जी नहीं सकते तुम्हारे बिना हमें तुमसे प्यार कितना ये हम नहीं जानते मगर जी नहीं सकते तुम्हारे बिना हमें तुमसे प्यार)

जीविका सूर्या के गालो पर एक किस करते हुए बोलती है" लव यू "

रात काफ़ी हो गई थी .. सूर्या और जीविका घर पहुंचते है.. जीविका फ्रेश हो कर बाहर आती है.. और बेड पर बैठते हुए बोलती है "मम्मी जी बोल रही थी की उन्हें दर्शन अच्छे से हो गया .."

सूर्या अपना फ़ोन साइड में रखता है और जीविका का हाथ पकड़ कर बोलता है "तुम्हें मेरा तो बिलकुल ख्याल नहीं है जीविका "

जीविका कहती है "ख्याल नहीं है मतलब.. आपको क्या हुआ .."

सूर्या जीविका के गोद में सिर रख कर बोलता है.. अपने कोमल कोमल हाथों से मेरे सिर को थोड़ा सेहला दो आराम मिलेगा मुझे "

जीविका सूर्या के सिर को सहलाते हुए बोलती है.." आपको तो एक बात बताना भूल गई "

सूर्या कहता है " कैसी बात? "

जीविका बोलती है " मैं मासी बनने वाली हुँ और आप मौसा बनने वाले है "

सूर्या कहता है " पर तुम्हारी तो कोई बहन नहीं है "

जीविका कहती है " कुछ दिन पहले परी का कॉल आया हुआ था.. तो उसने मुझे बताया.. की वो प्रेग्नेंट है..और परी भी तो मेरी बहन ही हुई ना "

सूर्या कहता है " हाँ वो तो है... वैसे जीविका मैं सोच रहा था की हम भी मिल कर परी और निशा को मासी बना ही देते है.. तुम क्या कहती हो "

जीविका चेहरे पर हल्की सी मुस्कुराहट लिए कहती है "आप भी परी और निशा की तरह हो गए है.. बिलकुल बदमाश "

दोनों फिर एक दूसरे को देख हसने लगते है..इस रात सूर्या और जीविका एक दूसरे के बहुत करीब थे....पर खुशियाँ कुछ पल की

मेहमान होती है.. जीविका की ज़िन्दगी में एक नया तूफ़ान आने वाला था जो दोनों की ज़िन्दगी को बदल कर रख देता है....

सुबह हो चली..नौ बज चुके थे.. जीविका अंगराई लेते हुए उठती है और सूर्या को सोता देख माथे पर एक किस करती है और फिर एक नज़र देखती है... फिर बिस्तर से उठ कर बालो का जुड़ा बना कर नहाने चली जाती है.. थोड़ी देर बाद जीविका नहा के आती है तो सूर्या अभी भी सो रहा था..आज रविवार था इसलिए जीविका सूर्या को नहीं उठाती...आज जीविका ने पीले रंग की प्लेन साड़ी पहनी हुई थी..जल्दी से मांग में सिंदूर लगाती है और हाथों में चूड़िया पहनती है.. माथे पर बिंदी लगाती है.. तभी कांता आवाज़ लगाती है..

जीविका तैयार हो कर नीचे जाती है... कांता ने कहा " दीदी आज खाने में क्या बनाना है.. "

जीविका ने कहा " आज तुम खाना रहने दो.. आज खाना मैं बनाउंगी... मम्मी जी भी आज आने वाली है.. तुम एक काम करो घर को अच्छे से साफ कर दो..और ज़ब घर साफ कर लोगी तो स्टोर रूम भी साफ करना है..".

कांता ने कहा " जी दीदी "

जीविका पहले पूजा कर सूर्या के लिए कॉफ़ी बनाती है.. और सूर्या के कमरे में जाती है.. सूर्या गहरी नींद में था.. जीविका सूर्या के साथ शरारत करती है..सूर्या के कानो के पास आ कर बोलती है " आई लव यू सूर्या "

सूर्या की आंखे खुल जाती है.. जीविका उठ कर भागने लगती है.. वैसे ही सूर्या उसका आंचल पकड़ लेता है और कहता है "आई लव यू तो बोल दिया तुमने...अब इस घायल दिल का इलाज भी करती जाओ.."

जीविका धीरे धीरे सूर्या के पास आती है और बोलती है.. " इस घायल दिल का इलाज अभी नहीं हो सकता.. अभी मुझे बहुत काम है..जीविका अपना पल्लू छुड़ाने लगती है "

सूर्या जीविका को अपनी ओर खींचता है और अपने बाहों में ले कर बोलता है " इलाज अभी हो जाता.. तो दिन भर सुकून मिलता "

जीविका बोलती है "सूर्या..मुझे काम है अभी.. जाने दीजिए "

सूर्या बोलता है" नहीं जाने दूंगा "

जीविका एक शरारत करते हुए बोलती है " अच्छा ठीक आंखे बंद कीजिये "

सूर्या आंखे बंद करता है और जीविका सूर्या को धक्का दे कर भागते हुए बोलती है " बाय मिस्टर सूर्या "

सूर्या हसने लगता है.. जीविका इधर किचन में खाना बना रही थी.. कांता सफाई कर रही थी.. सूर्या किचन में आता है और बोलता है " क्या बना रही हो तुम "

जीविका काम करते हुए बोलती है " आज आपकी फेवरेट राजमा चावल बना रही हुँ.. आपको पसंद है ना "

सूर्या जीविका को पीछे से गले लगाते हुए बोलता है.. " बहुत पसंद है.. पर तुम्हें कैसे पता "?

जीविका कहती है " मम्मी जी बता रही थी की आपको राजमा बहुत पसंद है.. "

फिर सूर्या कहता है " मुझे तुम भी बहुत पसंद हो "

जीविका सूर्या को धक्का देते हुए कहती है.. आप पहले यहाँ से जाइये "सूर्या जीविका के कमर को पकड़ते हुए बोलता है... " नहीं जाऊंगा.. तुम खाना बनाओ.. "

जीविका बोलती है "ऐसे खाना बनाऊ "

सूर्या जीविका के करीब आ जाता है और बोलता है " हम्म "

जीविका और सूर्या एक दूसरे के बहुत करीब आ जाते है.. वैसे ही कांता आवाज़ लगाती हुई आती है

" दीदी "

सूर्या जीविका से अलग होता है और इधर उधर देखने लगता है.. फिर अपने कमरे में चला जाता है..कांता बोलती है " दीदी सब साफ कर दिया है.. जीविका कहती है " ठीक है.. चलो स्टोर रूम साफ करना है "

जीविका गैस बंद कर स्टोर रूम की तरफ जाती है.. स्टोर रूम को खोलती है.. स्टोर रूम धूल मिट्टी से भरा होता है.. जीविका कहती है " इस रूम की अच्छे से सफाई कर दो.... मैं अभी आती हुँ "

कांता स्टोर रूम की सफाई करने में लग जाती है.. जीविका का खाना बन चूका था.. वो स्टोर रूम की तरफ जाती है..कांता लगभग सफाई कर चुकी थी.. जीविका बोलती है " हो गई सफाई "

कांता ने कहा " हाँ दीदी "

जीविका ने कहा " ठीक है.. तुम जाओ किचन में बर्तन रखे है साफ कर दो"

कांता के जाने के बाद जीविका एक नज़र देखती है.. फिर उसकी नज़र एक बेग पर पड़ती है... वो उसे खोलती है.. उसमे सूर्या के कॉलेज के पुराने बुक्स थे.. साथ में एक डायरी थी..जीविका वही कुर्सी पर बैठ कर देखने लगती है..वो डायरी को खोलती है उसमे सूर्या की फोटो थी..जीविका बोलती है " मेरे हैंडसम पति ".. दूसरा पन्ना खोलती है तो उसमे एक लड़की की फोटो थी.. जीविका बोलती है " ये तो वही लड़की है जो मॉल में मिली थी.. "जीविका डायरी को पढ़ने लगती है.. जिसमे सूर्या ने शिवानी के साथ बिताये हुए हर एक पल को लिखा हुआ था..वो पन्ने पलटती गई.. उसकी आँखों में आसु भर आते है.. आखिरी के पन्ने जिसे सूर्या ने शादी के बाद भी लिखें थे उसे पढ़ कर जीविका के आँखों से आसु आने लगते है

(शिवानी तुम संग बिताये हर एक लम्हा मुझे याद है.. मैं तुम्हें भूल नहीं सकता.. मैं तुमसे प्यार करता था,, करता हुं और करता रहूँगा.. भले ही मेरी शादी जीविका से हो रही है.. पर मैं सिर्फ ये शादी अपनी माँ की खुशी के लिए कर रहा हूँ.... मैंने बहुत कोशिश की जीविका

खुद इस रिश्ते के लिए मना कर दे.. पर ऐसा नहीं हुआ.. तुम ज़ब भी मुझे मिलोगी.. मैं तुम्हें गले लगा लूंगा.. तुम्हें दूर कभी नहीं जाने दूंगा...बस तुम एक बार मिल जाओ . आई लव यू शिवानी.. आई लव यू सो मच...)

जीविका के हाथों से डायरी नीचे गिर जाता है.. वो भी नीचे जमीन पर बैठ जाती है.. और रोते हुए बोलती है... " ऐसा क्यों किया तुमने मेरे साथ सूर्या.. "

तभी कांता आती है जीविका जल्दी से आसु पोछती है.. कांता बोलती है " दीदी सब काम हो गया है.. अब मैं जाऊं "

जीविका अपने आसुओ को रोकते हुए बोलती है " हम्म! जाओ "

जीविका डायरी ले कर गुस्से में सूर्या के पास जाती है..तभी सूर्या के एक दोस्त मयंक का फोन आता है.. वो बोलता है " सूर्या शिवानी मिल गई है वो अभी नोएडा के एक फ्लैट में रह रही है.. "

सूर्या ख़ुश होते हुए बोलता है " क्या मेरी शिवानी मिल गई.. मैं अभी आता हूँ ".

इतना बोल सूर्या फ़ोन रख देता है.. जीविका सूर्या की सारी बातें सुन लेती है.. सूर्या जैसे ही बाहर निकलता है.. जीविका दरवाजे पर ख़डी थी.. सूर्या ख़ुश होते हुए बोलता है " जीविका मैं अभी आता हुँ "

सूर्या शिवानी के मिलने पर बहुत ख़ुश था.. वो जल्दी से कार में बैठता है और चला जाता है "

जीविका रोने लगती है वो अंदर कमरे में जाती है... उसके आसु थमने का नाम नहीं ले रहे थे.. वो रोते हुए सब समान फेकने लगती है.. जहाँ बैठ कर वो खुद को देखती थी और श्रृंगार करती थी उस कांच को तोड़ देती है.... वो बेड पर बैठ कर एक तेज़ की चीख लगाती है.. और बोलती है " क्यों किया तुमने मेरे साथ ऐसा सूर्या क्यों...क्यों.. क्यों... "

जीविका होश में बिलकुल नहीं थी.. वो एक लेटर लिखती है...

मैंने आपको अपना पति माना और मैंने इस पवित्र रिश्ते का सम्मान किया.. और आपने मुझे धोखा दिया... मैंने जो आपको सात वचन दिए थे उसको निभाया और आपने उन सात वचनों का मज़ाक बनाया... मेरा मज़ाक बनाया.. रिश्तो का मज़ाक बनाया.. मेरे प्यार का मज़ाक बनाया..मेरा अपमान किया है आपने.... मैं आपको कभी माफ़ नहीं करूंगी...मैं जा रही हुँ आपसे दूर.... इस घर से दूर.. सबसे दूर... अब आप शिवानी के साथ ख़ुश रहिये.."

जीविका के आसु बहे जा रहे थे..वो उठती है.. सूर्या की लिखी हुई डायरी.. अपना लेटर.. मंगलसूत्र और सिंदूर रख देती है ....और रोते हुए कमरे से बाहर आती है... और घर से बाहर कदम रखती है.. ड्राइवर कार का दरवाजा खोल देता है. जीविका बिना कुछ देखे बाहर चली जाती है... तभी ड्राइवर को कुछ ठीक नहीं लगता.. ड्राइवर बोलता है " जीविका बिटिया.. कहाँ जाना है आपको.. मैं छोड़ देता हुँ "

जीविका हसते हुए बोलती है " काका मैं मंदिर जा रही हुँ और मंदिर पास में ही है.. मैं थोड़ी देर में आती हुँ.. आप घर का ध्यान रखियेगा ""ठीक है बिटिया "

जीविका अपने होश में बिलकुल नहीं थी..वो पहले अपने घर जाती है और घर को एक झलक देख वो रोते हुए मन में कहती है " माँ मैं आपके पास नहीं आ सकती..मैं अपना दुख अब अकेले ही काटना चाहती हुँ..फिर वो बाहर सड़क पर आती है..और ऑटो ले कर नई दिल्ली रेलवे स्टेशन पहुँचती है.. और बिना टिकट के ट्रैन में बैठ जाती है.. जीविका के आँखों में आसु भरे हुए थे.... फिर वो अपने आसु को पोछती है...तभी एक लड़का आता है और अपनी सीट पर जीविका को बैठा देख बोलता है " एक्सक्यूज़मी ये मेरी सीट है... जीविका उस लड़के की बात नहीं सुनती.. जीविका के आँखों में आसु देख वो लड़का कुछ नहीं बोलता... वही पास में बैठ जाता है.. ट्रैन चलने लगती है...

जीविका रोने लगती है.. तभी सामने बैठी एक औरत बोलती है " क्या हुआ बेटा..तुम क्यों रो रही हो.. "

जीविका बोलती है " कुछ नहीं बस ऐसे ही..."

ट्रैन तेज़ गति से चलने लगती है.. जीविका के कानो में आवाज़ गूंजने लगती है " आई लव यू सूर्या... आई लव यु "

और सूर्या का डायरी पर लिखें अल्फाज़ " आई लव यू शिवानी.. आई लव यू "

मैं जीविका से प्यार नहीं करता.. ये शादी मैं अपनी माँ की खुशी के लिए कर रहा हुँ... कई अवाज़े जीविका के कानो में गुंजने लगती है ".

तभी टिकट चेक करने वाला आता है..जीविका के पास टिकट नहीं था और जीविका की स्तिथि भी ठीक नहीं थी.. वो लड़का टिकट वाले को पैसा दे कर जीविका का टिकट कटवा देता है..

जीविका को कोई होश नहीं था वो खुद में खोई थी..

(ये आसु कभी कभी बेबजह ही छलक जाते है

किसी के दिए हुए धोखे ज़ब याद आते है

रिश्ता निभाने वाले ठीठुरति हाथों तक का सफर तय

करते है

और कुछ बीच राह में ही साथ छोड़ जाते है """")

इधर सूर्या शिवानी के पास पहुँचता है..

र्या अपने दोस्त के पास पहुँचता है...सूर्या के दोस्त मयंक ने कहा " सूर्या यही रहती है शिवानी "

सूर्या फ्लैट के अंदर जाता है.. शिवानी दरवाजा खोलती है.. सूर्या शिवानी को देख गले लगाता है और बोलता है " तुम कहा चली गई थी शिवानी ... तुमने कुछ बताया नहीं.. मैंने तुम्हें कितना फ़ोन किया.. पर तुमने फ़ोन उठाया नहीं "

शिवानी सूर्या को देख घबरा जाती है और मन में बोलती है.. अगर सूर्या ने आदित्य को देख लिया तो क्या सोचेगा..

तभी शिवानी घबराते हुए बोलती है " अभी तुम जाओ सूर्या.. हम बाद में बात करेंगे .. ".

सूर्या कहता है " पर क्यों.. अभी क्यों नहीं बात कर सकते.."

फिर सूर्या बोलता है " शिवानी जानता हुँ की तुम मुझसे नाराज़ होगी.. पर मैं तुम्हें कुछ बताना चाहता हुँ.. "

तभी आदित्य अंदर से आवाज़ लगाते हुए बाहर आता है और बोलता है "शिवानी कौन है?"

सूर्या उसे देख चौंक जाता है और बोलता है "आदित्य तुम यहाँ ..शिवानी तुम इसके साथ यहाँ क्या कर रही हो "

शिवानी कुछ नहीं बोलती.. तभी आदित्य बोलता है " शिवानी ये अब भी तुम्हारे प्यार में पागल है.. देखो तो बंगलौर से ढूंढता हुआ यहाँ तक आ गया "

शिवानी ने हसते हुए कहा " मैं हुँ ही इतनी खूबसूरत की कोई भी पागल हो जाये.. पर सॉरी सूर्या अब हमारा कुछ नहीं हो सकता "

शिवानी आदित्य से कहती है "इस सूर्या ने मुझे प्रपोज़ किया था..

सूर्या वहाँ से जाने लगता है..तभी शिवानी आदित्य को कहती है " जरा देखो तो विचारे का फिर से दिल टूट गया "

शिवानी और आदित्य दोनों हसने लगते है.. दोनों को हसता देख सूर्या दोनों के नज़दीक आता है और हसते हुए बोलता है " शिवानी.. सही हुआ की तुम मेरी ज़िन्दगी से निकल गई.. अगर मेरी तुमसे शादी हो जाती तो मैं तो बर्बाद हो जाता.."

फिर सूर्या ने शिवानी को देखते हुए कहा "वैसे भी मैं यहाँ आया था.. तुम्हें बताने की मेरी शादी हो चुकी है और मैं अपनी पत्नी को बहुत प्यार करता हुँ..और मैं उसके साथ बहुत ख़ुश हुँ...मैं तो यहाँ तुमसे दोस्ती करने आया था... पर तुमने तो अपनी सच्चाई बता दी "

शिवानी का मुँह बन जाता है फिर सूर्या बोलता है " वैसे जीविका तुमसे भी ज्यादा खूबसूरत है.. चलो अब मैं चलता हुँ..मेरी पत्नी मेरा इंतजार कर रही है.. "

सूर्या वहाँ से हसते हुए निकल जाता है...मयंक कहता है क्या हुआ सूर्या तुम हस क्यों रहे हो.. शिवानी से बात हुई तुम्हारी"

सूर्या कार ड्राइव करते हुए बोलता है " हाँ हुई मेरी बात और

आज मेरी सारी प्रॉब्लम दूर हो गई.. शिवानी की सच्चाई से मुझे दुख नहीं हुआ बल्कि खुशी हुई है की शिवानी का प्यार एक धोखा था.... और जीविका ही मेरी खूबसूरत सी ज़िन्दगी की खूबसूरत सी सच्चाई है "

इधर सरोज जी घर पहुँचती है.. केशव और नैना भी साथ में आते है.. नैना बोलती है " दीदी कितने अच्छे से दर्शन हुए ना.. दिल ख़ुश हो गया "

तभी सरोज जी जीविका को आवाज़ लगाती है.. पर जीविका नहीं आती.. तभी कांता पानी ले कर आती है.. और बोलती है "जीविका दीदी तो मंदिर गई है"

.. सरोज जी पानी पीते हुए बोलती है " इस वक़्त मंदिर गई है..सूर्या भी गया है क्या?".

तभी ड्राइवर आता है और बोलता है " माँ जी जीविका बिटिया सुबह से मंदिर के लिए निकली थी अभी तक नहीं आई"

केशव बोलता है " सूर्या जीविका के साथ था क्या? "

ड्राइवर ने कहा " जी नहीं साहब.. वो अकेले थी.. ऑटो ली और चली गई.. मैंने उन्हें कहा की मैं मंदिर छोड़ देता हूँ तो उन्होंने कहा की मंदिर पास में है वो खुद चली जाएंगी.. "

सरोज जी घबरा जाती है..नैना जी कहती है " दीदी आप घबराइए मत.. मैं रूम में देख कर आती हुँ.. "

नैना जी केशव को बोलती है " आप सूर्या को कॉल लगाइये... "

नैना जी ऊपर कमरे में जाती है.. सरोज जी भी आ जाती है... कमरे में अंधेरा था.. सरोज जी कहती है "मेरा दिल बहुत घबरा रहा है.."

नैना ji कहती है " दीदी रुकिए.. मैं लाइट ऑन करती हुँ.. "

नैना जी जल्दी से जा कर लाइट ऑन करती है.. कमरे की हालत देख सब चौंक जाते है.. सरोज जी रोने लगती है और बोलती है "जीविका और सूर्या कहाँ हो तुम दोनों "

नैना जी सरोज जी को संभालती है.. तभी आवाज़ सुन केशव जी भी आ जाते है और घर को हालत देख चौक जाते है .... फिर से सूर्या को फ़ोन लगाते है.. तभी नैना जी की नजर टेबल पर जाती है...वो टेबल पर रखे मंगलसूत्र को देखती है और सरोज जी को बताती है ... सरोज जी कहती है " ये तो जीविका का मंगलसूत्र है.. "

नैना जी बोलती है " दीदी जीविका ने ये लेटर लिखा है और ये डायरी भी है साथ में.. "

केशव जी बोलते है " पढ़िए तो क्या लिखा है जीविका ने "

नैना जी पहले डायरी पढ़ती है.. सूर्या ने जो भी शिवानी के बारे में लिखा था.. उसे सुन सब को सूर्या पर गुस्सा आता है.. फिर नैना जी जीविका का लेटर पढ़ती है.. सरोज जी रोते हुए बोलती है " मैं जीविका की गुनहगार हुँ.. मैंने ही ये रिश्ता करवाया था.. मैं गुनहगार हुँ.. सरोज जी रोते हुए नीचे ज़मीन पर बैठ जाती है.. नैना जी और केशव जी दोनों सरोज जी को संभालते है और नीचे हॉल में ले कर आते है..केशव जी बोलते है " दीदी मैं अशोक को फ़ोन करता हुँ.. शायद जीविका वहाँ हो "

केशव जी जल्दी से अशोक जी को फ़ोन लगाते है.. अशोक जी बोलते है " जीविका वो यहाँ नहीं है.. क्यों क्या हुआ.. आप बोलते क्यों नहीं जीविका ठीक तो है ना "

केशव जी अशोक जी को सारी बात बता देते है.. अशोक जी के हाथ से फ़ोन छूट जाता है.. तभी सोभा जी घबराते हुए बोलती है " क्या हुआ आपको.. किसका फ़ोन था? "

अशोक जी के आँखों में आसु भर आते है वो सोभा जी को सारी बात बता देते है.. गायत्री जी रोते हुए बोलती है "अशोक मेरी पोती को ढूंढ़ कर लाओ.. मेरी बच्ची कहाँ होगी अभी "

आसुतोस का खून खोल जाता है वो गुस्से में बोलता है " इस सूर्या को मैं छोडूंगा नहीं "

अशोक जी नम आँखों से बोलते है "बेटा उसे तो हम बाद में देखंगे.. पहले जीविका को ढूंढना है "

अशोक जी और आसुतोस जीविका को ढूंढने निकल जाते है

शोभा जी रोते हुए बोलती है " मेरी बच्ची.. कहाँ होगी मेरी जीविका "

राधिका शोभा जी को संभालते हुए बोलती है " मम्मी जी.. जीविका मिल जाएगी आप रोइये मत "

इधर सूर्या घर पहुँचता है.. सरोज जी को रोता देख सूर्या घबरा कर अपनी माँ के पास जाता है और बोलता है " माँ रो क्यों रही है आप.. क्या हुआ? "

फिर सूर्या नैना जी और केशव जी की तरफ देखता है...दोनों सूर्या को कुछ नहीं बोलते... फिर सूर्या टेबल पर रखी डायरी जो उसने लिखी थी वो देख घबरा जाता है.. फिर जीविका के लेटर को पढ़ता है.. और रोने लगता है... और सरोज जी से बोलता है " माँ! जीविका कहाँ गई है.. "

सरोज जी सूर्या को गुस्से से देखती है और एक जोड़ का थप्पड़ लगा देती है और बोलती है, " मुझसे पूछ रहा है.. अरे इतना बड़ा धोखा दिया तुमने हम सब को और उस बच्ची को... थोड़ा तो इज़्ज़त रखता इस रिश्ते की "

सूर्या कहता है " माँ मैं मनता हुँ की मैंने ये सब लिखा... पर मैं अब जीविका से प्यार करता हुँ.."

नैना जी कहती है " वाह! सूर्या..तुम उस बच्ची को धोखा देते रहे और यहाँ अपनी सच्चाई बता रहे हो.. सूर्या तुमने जो भी किया वो सही नहीं किया... आज तुम्हारी वजह से जीविका घर छोड़ कर चली गई और वो अपने मायके में भी नहीं है.. ".

सरोज जी रोते हुए बोलती है " पता नहीं कहाँ है मेरी बेटी.. केशव उसे ढूंढ़ कर लाओ.. "

केशव जी बोलते है " जी दीदी मैं जाता हुँ "

सूर्या भी केशव जी के साथ जाने लगता है.. केशव जी गुस्से में बोलते है " तुम रहने दो.. मैं अपनी बेटी को खुद ढूंढ़ लूंगा "

केशव जी जीविका को ढूंढने चले जाते है.सूर्या सरोज जी के पास जाता है और बोलता है " माँ माना की मेरी गलती है.. पर अब मैं जीविका से बहुत प्यार करता हुँ..

सरोज जी बोलती है " नैना इसे बोलो की ये मुझसे बात ना करे.. नहीं तो मैं भी घर छोड़ कर चली जाऊंगी.."

नैना कहती है " सूर्या! प्लीज दीदी से तुम अभी बात मत करो "

सूर्या उठता है और रोते हुए वहाँ से बाहर चला जाता है..और कार में बैठते हुए खुद से बोलता है "

जीविका मैं काश तुम्हें बता पाता की मैं तुम्हें कितना प्यार करता हुँ... "सूर्या जीविका को ढूंढने को निकल जाता है...

अशोक जी आसुतोस के साथ हर जगह जीविका को ढूंढ़ते है पर जीविका नहीं मिलती... अशोक जी पुलिस स्टेशन में रिपोर्ट लिखवाते है.. फिर घर आते है.. शोभा जी अशोक जी को आते देख उनके पास जाती है और बोलती है " कहाँ है बच्ची... बोलिए ना कहाँ है जीविका "

अशोक जी रोते हुए नीचे ज़मीन पर बैठ जाते है..शोभा जी बोलती है." आसुतोस बेटा कहाँ है जीविका "

आशुतोस की आँखे भर आती है और बोलता है " माँ जीविका नहीं मिली.. पुलिस उसे ढूंढ रही है.. "

गायत्री जी रोते हुए बोलती है " मेरी पोती को ठीक रखना भगवान "

तभी राधिका,,, परी और निशा दोनों को कॉल करती है.. उन्हें सब बात बताती है..परी गुस्से में बोलती है " आखिर मेरा शक सही था...ये सूर्या डबल गेम खेल रहा था. "

राधिका ने कहा "मतलब तुम्हें सब कुछ पता था "

परी बोलती है " भाभी जीवीका ने शादी से पहले मुझे सब कुछ बताया था की सूर्या उसके साथ कैसे बर्ताब करता था.. मैंने जीविका को बोला था की ये रिश्ता तोड़ दे...आंटी को सब कुछ बता दे...

तभी सूर्या ने जीविका को ऑफिस के काम का टेंशन और आंटी जी की तबियत का बहाना बना दिया.. "

"फिर परी ने कहा" भाभी प्लीज जीविका की कोई भी खबर मिलती है तो बताइयेगा"

राधिका मन में ही कहती है " भईया ये आप ने ठीक नहीं किया .. "

केशव जी को भी जीविका नहीं मिलती वो घर आते है..सरोज जी बोलती है " जीविका कहाँ है केशव "

केशव जी बोलते है " जीविका नहीं मिली दीदी "

दोनों परिवार जीविका के घर छोड़ के चले जाने से बहुत दुखी थे..सूर्या शिवाय के घर जाता है..शिवाय सूर्या को देख बोलता है " सूर्या तुम इतनी रात को यहाँ.. सब ठीक है ना "

सूर्या शिवाय के गले लग जाता है और शिवाय को सब कुछ बता देता है.. शिवाय सूर्या पर गुस्सा होते हुए बोलता है "तुम शिवानी के पास क्यों गए.. मैंने तुम्हें पहले ही कहा था ना की वो लड़की सही नहीं है...तुम्हारी वजह से जीविका आज घर छोड़ कर चली गई.."

सूर्या बाहर ज़मीन पर बैठ कर रोने लगता है.. शिवाय सूर्या को रोते देख बोलता है " सूर्या अब रोने से क्या फायदा.. गलती तो तुम कर ही चुके हो.. "

सूर्या शिवाय के सामने हाथ जोड़कर कहता है.. " मैं जीविका से बहुत प्यार करता हुँ.. मैं उसको बस एक बार देखना चाहता हुँ.. माफ़ी

मांगना चाहता हुँ.... फिर जीविका का जो फैसला होगा,, मुझे मंजूर होगा... "

शिवाय सूर्या को संभालता है और बोलता है " सूर्या पुलिस अपना काम कर रही है.. तुम आज इंतजार करो..."

सूर्या उस दिन शिवाय के पास रुक जाता है.. अगले दिन पुलिस का कॉल आता है और वो बताते है की जीविका रेलवे स्टेशन पर देखी गई है.. "

अशोक जी फ़ोन रखते है और सब को बताते है की जीविका रेलवे स्टेशन पर देखी गई थी.. "

आसुतोस कहता है "इसका मतलब जीविका दिल्ली से बाहर है.. "

तभी सूर्या जीविका के घर आता है.. सूर्या के आँखों में आसु थे.. आशुतोस सूर्या को देख गुस्से में बोलता है " तेरी इतनी हिम्मत की गलती करने के बाद भी यहाँ आ गया.. "

आसुतोस सूर्या का कॉलर पकड़ते हुए बोलता है... सूर्या की स्तिथि बिलकुल खराब थी.

तभी सोभा जी अपने आँखों के आसु पोछते हुए सूर्या के पास जाती है और एक थप्पड़ लगा देती है.. और बोलती है "मैंने तुमसे पूछा था ना की तुम्हें ये रिश्ता मंजूर है की नहीं.. तो तुमने इस रिश्ते के लिए हाँ क्यों की... तुम्हारी गलती की सजा आज मेरी बेटी भुगत रही है..""

सूर्या सब के सामने हाथ जोड़ कर रोने लगता है " मुझे माफ़ कर दीजिए..मैं आप सब का गुनहगार हुँ,, "

राधिका कहती है " भईया मुझे आपसे ये उम्मीद नहीं थी की आप ऐसा करेंगे.. आप की वजह से सबके आँखों में आसु है..सब दुखी है आज "

तभी अशोक जी आते है और बोलते है " सूर्या यहाँ से चले जाओ तुम "

सूर्या कहता है " मैं जीविका से बहुत.. "

तभी आसुतोस सूर्या को पकड़ कर बोलता है " तेरी हिम्मत कैसी हुई जीविका का नाम अपने मुँह से लेने की.. "

आवाज़ सुन आस पड़ोस वाले इक्क्ठा हो जाते है..आसुतोस सूर्या को घर के बाहर धक्का दे देता है..आस पड़ोस वाले सूर्या को देख कहते है " पता नहीं कैसे कैसे लोग रहते है इस दुनिया में.. ज़ब रिश्ता निभाना ही नहीं था तो शादी क्यों की..

दूसरी औरत कहती है " अभी तो कुछ ही महीना शादी को हुआ था .. और देखिए क्या हाल हुआ जीविका का...भगवान जीविका को जल्दी घर भेज दे... "

सूर्या वहाँ से ऑटो कर घर पहुँचता है.. सूर्या के कपड़े पर धूल लगी होती है..उसे जीविका के सिवा कुछ नहीं दिखाई दे रहा था.. कैसे भी वो एक बार जीविका को देखना चाहता था..आंख में आसु लिए वो घर पहुँचता है...नैना जी सरोज जी को खाना खिलाती है..

पर सरोज जी कहती है " नहीं! मैं खाना नहीं खाउंगी "

सूर्या सरोज जी के पास जाता है और बोलता है " माँ थोड़ा सा खा लीजिए.. चाहे आप मुझे मार लीजिए.. पर खाना खा लीजिए "

केशव जी बोलते है " दीदी प्लीज थोड़ा सा खा लीजिए.. जीविका के लिए खा लीजिए "

सरोज जी एक निबाला खाती है.. फिर बोलती है " पता नहीं जीविका कहाँ होगी "

जीविका प्रयागराज जंक्शन उतरती है.. जीविका की आँखे नम थी...लड़का ऑटो रोकता है और जीविका को बोलता है " आइये दीदी बैठ जाइये "

जीविका उस लडके के साथ उसके घर चली जाती है.. फिर लड़का कहता है " आइये दीदी ये मेरा घर है "

वो लड़का अंदर आता है और अपनी माँ को आवाज लगाता है " माँ! कहाँ हो?"

उस लडके की माँ बाहर हॉल में आती है और बोलती है " आ गया मोहित.. एग्जाम कैसा रहा तेरा? "

मोहित ने कहा " माँ! एग्जाम अच्छा गया "

मोहित की माँ रमा जीविका को देखती है और बोलती है " ये कौन है? "

मोहित सब बात बता देता है और बोलता है " मैं इन्हे अकेले नहीं छोड़ सकता था.. इसलिए इन्हे यहाँ ले आया.."

रमा बोलती है " आओ बेटा अंदर आओ.."

रमा जी जीविका को कमरे में ले जाती है.. और बोलती है बेटा तुम हाथ मुँह धो लो सफ़र की थकी होगी "

जीविका रोने लगती है.. रमा जीविका के आसु देख कर बोलती है " बेटा मैं नहीं जानती की क्या बात है.. पर रो मत बेटा सब ठीक हो जायेगा.. चुप हो जाओ.. "

रमा जी जीविका के आसु पोछती है.. वो अपने बेटी के कपड़े जीविका को पहनने के लिए देती है..और बोलती है " जाओ बेटा पहले तुम नहा लो.. मैं तुम्हारे लिए चाय बनाती हुँ.. "

जीविका नहाने चली जाती है.. फिर रमा बाहर हॉल में आती है..और कुर्सी पर बैठते हुए बोलती है "माँ दीदी कैसी है?"

रमा बोलती है " बेटा रोइ जा रही है.. अभी नहाने गई है... लगता है बहुत बुरा हुआ है इसके साथ "

मोहित बोलता है " हाँ माँ कुछ तो हुआ है..आप उनसे पूछियेगा... पर अभी नहीं पहले वो ठीक हो जाये फिर उसके बाद "

रमा बोलती है " हाँ बेटा "

मोहित बोलता है " माँ दीदी और जीजू कब आ रहे है.. "

रमा कहती है " यही दो तीन दिन में आ जायेंगे.. मेरी बेटी शादी

के बाद पहली बार घर आ रही है.. मैं तो बहुत ख़ुश हुँ "

मोहित बोलता है " मैं दीदी और जीजू को लेने जाऊंगा "

तभी अंदर से तेज़ की रोने की आवाज़ आती है.. रमा और मोहित भागते हुए अंदर जाते है.. जीविका नीचे ज़मीन पर बैठी रो रही थी... रमा जीविका को संभालती है.. जीविका रमा के गले लग कर रोने लगती है... रमा के भी आँखों में आसु आ जाते है.. मोहित की भी आंखे नम थी....वो जीविका के पास जाता है और कहता है " दीदी आप रोइये मत.. सब ठीक हो जायेगा "

रमा जीविका के आसु पोछते हुए बोलती है " चलो तुम बाहर.. मैं तुम्हारे लिए चाय बनाती हुँ.. "

फिर रमा कहती है " बेटा रोने से मुस्किले कम नहीं होती.."

मोहित कहता है " चलिए दीदी बाहर "

रमा चाय बना कर लाती है और जीविका और मोहित को देती है.. मोहित टीवी देख रहा था.... तभी मोहित कार्टून लगा देता है और कहता है " दीदी ज़ब भी मैं उदास होता हूँ तो टॉम एंड जेरी देख लेता हुँ "..

चाय पीते हुए रमा बोलती है " बेटा तुम्हारा नाम क्या है "

जीविका ने धीमी आवाज़ में कहा.."जीविका "

रमा ने कहा" बहुत प्यारा नाम है.. मेरी भी बेटी है उसका नाम आस्था है.. इस घर में मैं मेरी बेटी और मोहित रहते है.. पर एक महीने पहले मेरी बेटी की शादी हो गई तो अब हम दोनों रहते है.."

तभी एक चार साल की बच्ची अंदर आती है तभी रमा कहती है.. " आ गई बिटिया.. आ जा.. देख कौन आया है.. "

मोहित कहता है " दीदी ये छवि है..हमारे साथ ही रहती है "

रमा कहती है " बेटा छवि के मम्मी पापा मेरे जान पहचान के थे.. नौकरी ढूंढने के लिए कुछ दिन यहाँ रहने आए थे..बहुत परेशान थे दोनों.. छवि को छोड़ दोनों किसी काम से बाहर गए थे.. पर दोनों का बहुत बुरा एक्ससीडेंट हुआ की दोनों वही खत्म हो गए.. छवि के घर वालो को कॉल किया तो सबने छवि को रखने से मना कर दिया.. इसलिए एक साल से हमारे साथ रह रही है.. "

वो छोटी सी बच्ची जीविका के पास आती है.. जीविका ने अपना हाथ बढ़ाया और हैलो किया.. फिर वो छोटी सी बच्ची खिलखिला कर हसने लगती है.. जीविका उसे गले से लगा लेती है..और फिर रोने लगती है...

रमा कहती है " बेटा रो मत.. सब ठीक हो जायेगा.."

रात हो गई... जीविका छवि को सुला रही थी.. तभी रमा आती है.. रमा कहती है " लाओ बेटा मैं इसे सुला देती हूँ.. "

जीविका कहती है " नहीं इसे मेरे पास ही रहने दीजिए "

रमा छवि के माथे पर हाथ फेरते हुए बोलती है.. " बेटा एक बात पुछु.. जानती हुँ की तुम मुझे नहीं बताओगी.. पर फिर भी पूछना चाहूंगी.. इससे तुम्हारे दिल का बोझ भी हल्का हो जायेगा.. बताओ बेटा क्या हुआ तुम्हारे साथ "

जीविका के आँखों में आसु आ जाते है.. जीविका रमा को सारी बात बता देती है... रमा जीविका को बोलती है " बेटा माना की इसमें तुम्हारी पति की गलती है.. पर तुम्हारे माता पिता उनके बारे में सोचो बेटा.. तुम्हें उन्हें सब कुछ बताना चाहिए था "

जीविका नम आँखों से बोलती है " वो मुझे इस हाल में देखते तो उन्हें दुख होता इसलिए मैं वहाँ नहीं गई.. मैं आँखों में आसु ले कर माँ के पास जाना नहीं चाहती हुँ "

रमा ने जीविका को कहा, " बेटा जैसी तुम्हारी मर्ज़ी.. अब सो जाओ रात काफ़ी हो गई है.. और तुम यहाँ आराम से रह सकती हो.. कुछ भी चाहिए तो बता देना "

रमा जी वहाँ से चली जाती है.. जीविका एक नज़र छवि को देखती है और मन में कहती है कितनी मासूम सी है.. इतनी सी उम्र में इसके माँ पापा इसे छोड़ गए... इस बच्ची का दुख तो मुझसे भी कही ज्यादा है... जीविका छवि के माथे को चूमती है और अपनी गले में पहना हुआ सोने का चैन जिस पर जीविका लिखा था.. सोभा जी ने जीविका के जन्मदिन पर दिया था... जीविका छवि को पहना देती है.."

दिन भर की थकी हारी जीविका आँखों में आसुओ के मोती सजाये सो जाती है..

सुबह हो चली.. जीविका और छवि सो रहे थे.. रमा जी जल्दी से नहा कर पूजा करती है. मोहित भी उठ जाता है और यू ट्यूब पर ऑनलाइन क्लास लेने लगता है.. कुछ देर बाद रमा जी मोहित को चाय बना कर देती है.. जीविका और छवि को उठाने जाती है.. जीविका छवि को पकड़े हुए गहरी नींद में सोइ हुई थी.. इसलिए रमा जी जीविका और छवि को सोते हुए छोड़ देती है और किचन में जा कर खाना बनाने लगती है.. कुछ देर बाद जीविका उठती है.. वो बाहर आती है.. रमा जी खाना बना रही थी.. जीविका किचन के बाहर ख़डी थी.. तभी रमा जी ने कहा" उठ गई तुम.. जाओ नहा लो.. चाय पियोगी तुम "

जीविका ने कहा" आंटी मैं पहले नहा लेती हुँ.. "

जीविका फिर नहा कर तैयार हो कर आती है.... जीविका कहती है " आंटी जी कुछ मदद कर दूँ आपकी.. "

रमा ने कहा " अरे नहीं बेटा.. तुम बाहर बैठो .. मैं आती हुँ चाय ले कर "

जीविका बाहर हॉल में बैठ जाती है.. मोहित भी क्लास खत्म कर के आता है.. जीविका को बैठा देख मोहित जीविका के पास जाता है और बोलता है "दीदी आज बाहर चलिएगा मेरे साथ "

रमा जी चाय ले कर आती है और बोलती है " हाँ बेटा मोहित के साथ चली जाओ.. "

जीविका कहती है " अभी नहीं आंटी ".

रमा कहती है " चलो कोई बात नहीं.. ये लो चाय पीयो ".

तभी आस्था का फ़ोन आता है.. आस्था कहती है " माँ हम दोनों कल आ रहे है.. "

रमा ने कहा "अच्छा बेटा कितने बजे तक आ जाओगे "

आस्था ने कहा" हम सुबह दस बजे तक आ जायेंगे "

रमा कहती है " ठीक है मोहित तुम्हें लेने आ जायेगा "

आस्था कहती है " माँ हम आ जायेंगे.. वैसे भी मोहित की क्लास है.. तो रहने दीजिए "

रमा ने कहा " ठीक है, बेटा "

फिर रमा जी फ़ोन रखते हुए कहती है " मेरी बेटी आस्था है.. वो कल शादी के बाद पहली बार मायके आ रही है"

जीविका के लिए सब अनजान थे पर इन्ही अनजान चेहरों के बीच जीविका को एक सुकून भी मिल रहा था..अपनापन लग रहा था "

शाम हो चली.. मोहित सामान ले कर आता है " माँ ये लो आपने जो जो कहा था वो सब लाया हुँ ".

रमा ने कहा " ठीक है बेटा "

जीविका का मन घबरा रहा था वो रमा जी से बोलती है " आंटी मैं थोड़ा छत पर घूम आऊं.. "

रमा जी ने कहा" हाँ बेटा जाओ "

जीविका छत पर जाती है और वहाँ कुर्सी पर बैठ जाती है..रमा जी का छत बहुत खूबसूरत था..वहाँ तरह तरह के पौधे लगे थे.. तरह तरह के फूल खिले थे...जीविका उन फूलो को एक नज़र देखती है...मोहित भी छवि के साथ छत पर आ जाता है और बोलता है " दीदी!कैसा लगा हमारा छत.. "

जीविका ने कहा " बहुत अच्छा है.. वैसे इसकी देख रेख कौन करता है '

मोहित बोलता है " इसकी देख रेख मैं करता हुँ.. और पता है दीदी ज़ब भी मैं उदास होता हुँ तो यही आ जाता हुँ.. मुझे बहुत सुकून मिलता है यहाँ "

जीवीका के चेहरे पर हल्की सी हसी थी.. तभी जीविका की नज़र एक गुलाब के पौधे पर पड़ती है.. जीविका उस पौधे के पास जाती है.. वो पौधा मुरझा चूका था.."

मोहित कहता है " दीदी इस पौधे की जगह मैं दूसरा पौधा लगाऊंगा.. ये पूरी तरह से मुरझा चूका है "

जीविका मुरझाय हुए पौधे पर पानी डाल देती है .. उस पौधे के पत्ते थोड़े से हरे हो जाते है और मुरझाया हुआ गुलाब हल्का सा खिल जाता है "

जीविका मोहित को कहती है " मोहित हर पौधे को पानी देना चाहिए.. अगर मुरझा गए तो क्या हुआ..पर अगर इनकी अच्छे से देख रेख की जाये तो ये फिर से जीने लगते है.. "

मोहित कहता है " जी दीदी... "

तभी रमा जी आवाज़ लगाती है..मोहित बोलता है " दीदी माँ आपको किसी काम से बुला रही थी.. मैं भूल ही गया आपको बताना .. चलिए चलते है "

जीविका नीचे आती है... रमा जी सीरियल देख रही रही थी.. रमा जी जीविका को देख कर कहती है " आओ बैठो बेटा!"

जीविका वही रमा जी के पास बैठ जाती है.. छवि अपने खिलौनो से खेल रही थी.. तभी रमा जी ने कहा " बेटा तुमने छवि को ये सोने की चैन क्यों पहनाई.. ये तो तुम्हारी है "

जीविका कहती है " हाँ जानती हुं... पर मुझे छवि बहुत अच्छी लगी.. इसे देखते ही मैं सब कुछ भूल जाती हुँ.. इसलिए छवि मेरे लिए बहुत स्पेशल है... प्लीज आप मना मत कीजिए "

रमा जी कहती है " ठीक है बेटा जैसी तुम्हारी मर्ज़ी "

तभी मोहित कहता है.. दीदी कल मेरी आस्था दी आने वाली है और जीजू भी.. "

रमा जी हसते हुए जीविका से कहती है " मोहित अपनी आस्था दी से बहुत प्यार करता है... कल आस्था दामाद जी के साथ आ रही है .. तुम्हें भी उनसे मिलवाऊंगी "

रात हो चली सब खाना खा कर सो चुके थे.... जीविका को नींद नहीं आती.. उसे एक अलग सी घबराहट हो रही थी..फिर सूर्या की हर एक बात उसके सामने आ जाती है.. सूर्या का हसता हुआ चेहरा जो कह रहा था " मैं तुमसे प्यार नहीं करता फिर शिवानी का चेहरा " जो सूर्या की बेहद नज़दीक है "

जीविका अपने मुँह पर हाथ रख रोने लगती है.. और रोते हुए बोलती है " क्यों किया तुमने मेरे साथ ऐसा क्यों... क्यों ... "

जीविका वही ज़मीन पर ही रोते रोते सो जाती है... सुबह हो चली.. रमा जी बेटी और दामाद की आने की खुशी में तरह तरह की पकवान बना रही थी.. जीविका भी फ्रेश हो कर आ जाती है.. रमा जी कहती है " आओ जीविका "

जीविका किचन में आती है.. जीविका धीमी आवाज़ में कहती है " आंटी जी मैं कुछ मदद करू ".

रमा जी कहती है "बेटा सब काम हो गया है.. तुम ज़ब दामाद जी आएंगे तब चाय बना देना .. "

जीवका बाहर हॉल में बैठ जाती है.. तभी रमा जी चाय और पकौड़े ले कर आती है और टेबल पर रखती है और बोलती है " ये लो तुम्हारी चाय और ये साथ में गरमा गर्म पकौड़े "

जीविका कहती है " नहीं आंटी मैं सिर्फ चाय पिऊँगी "

रमा जी कहती है " बेटा सही से नहीं खाओगी तो तुम बीमार पड़ जाओगी.. इसलिए चुप चाप खा लो.. ".

जीविका हल्की सी चेहरे पर हसी ला कर कहती है " जी आंटी ".

रमा जी कहती है " मेरी आस्था खाने में बहुत नौटंकी करती थी.. तो मैं उसे बहुत गुस्सा करती थी.. तब जा कर वो खाती थी "

तभी आस्था दरवाज़े पर से बोलती है " मेरा नाम ली और मैं आ गई "आस्था हसते हुए आती है.. और रमा जी के गले लग कर कहती है " माँ.. कैसी हो? "

जीविका वहाँ से उठ कर किचन में चली जाती है..रमा जी ख़ुश होते हुए बोलती है " आ गई मेरी बच्ची.. मैं बहुत अच्छी हुँ बेटा "

तभी आस्था का पति रमा जी के पैर छूता है.. रमा जी बोलती है " ख़ुश रहो बेटा.. आओ बैठो.. घर में सब कैसे है?"

रंजीत कहता है " जी सब अच्छे है.."

तभी मोहित आता है.. रमा जी किचन में चली जाती है..मोहित आस्था और उसके हसबैंड के पैर छू कर बोलता है " जीजू आने में कोई दिक्क़त तो नहीं हुई.. "

नहीं कोई दिक्क़त नहीं हुई साले साहब.. आप बताइये आपका काम कैसा चल रहा है

मोहित ने कहा " जीजू सही चल रहा है और कुछ दिन पहले दिल्ली गया था एग्जाम देने के लिए "

तभी रमा और जीविका नाश्ता ले कर आते है..जीविका रमा को नमस्ते करती है तभी आस्था के हस्बैंड की नज़र जीविका पर पड़ती

है.. वो गौर से जीविका को देखता है..और मन में बोलता है " जीविका यहाँ क्या कर रही है "

जीविका रंजीत को देखती है " रंजीत जी यहां.. "

जीविका के मन में बहुत सी बातें गुंजने लगती है..इनका रिश्ता तो मेरे लिए आया था.. " जीविका जल्दी से नाश्ता रख अंदर कमरे में चली जाती है "

तभी आस्था रंजीत से बोलती है "लीजिये माँ ने अभी से आप की खातिरदारी शुरु कर दी,"

रंजीत एक हल्की सी हसी दे कर कहता है.. " आस्था मुझे एक फ़ोन करना है.. मैं अभी आता हुँ ".

जीविका अपने कमरे में चली जाती है..फिर आस्था ने जीविका के बारे में रमा जी से पूछा... रमा जी आस्था को सारी बात बता देती है..

रंजीत जल्दी से संजीव जी को कॉल लगाता है.. संजीव जी कहते है " पहुंच गए बेटा सही से "

रंजीत ने कहा " जी पापा.. हम लोग अभी पहुचे है.. पापा मुझे आपसे कुछ बोलना था "

संजीव जी कहते है " हाँ बोलो बेटा क्या हुआ? "

रंजीत ने कहा " पापा जीविका यहाँ है आस्था के घर.. "

संजीव जी कहते है.. " पर जीविका की शादी दिल्ली में हुई है "

रंजीत कहता है " पापा कुछ तो बात है जो जीविका यहाँ है.. आप अशोक अंकल को फ़ोन कर बताइये अभी "

संजीव जी कहते है " ठीक है बेटा! मैं अभी फ़ोन करता हुँ "

संजीव जी से बात करने के बाद रंजीत अंदर चला जाता है.

.. इधर संजीव जी अशोक जी को कॉल करते है और सारी बात बताते है.. अशोक जी ख़ुश होते हुए बोलते है " संजीव तुमने हमें बहुत अच्छी खबर सुनाई है.. बहुत बहुत धन्यवाद तुम्हारा "

संजीव कहता है.. " इसमें धन्यवाद कैसा... जीविका भी मेरी बेटी की तरह है..चलो अब मैं फ़ोन रखता हुँ "

संजीव जी फ़ोन रखते है तभी कामिनी जी बोलती है " क्या हुआ? "

संजीव कामिनी को जीविका की सारी बात बता देते है.. कामिनी जी अफ़सोस करते हुए बोलती है " जीविका के साथ बहुत गलत हुआ.. भगवान जीविका को हिम्मत दे "

अशोक जी ख़ुश होते हुए बोलते है " माँ जीविका का पता लग गया है "

शोभा जो बोलती है " कहाँ है मेरी बेटी "

अशोक जी सारी बात बताते है.. शोभा जी कहती है " चलिए अब... मुझे अपनी बेटी से मिलना है.. "

अशोक जी तत्काल ट्रैन की टिकट कटवा कर शोभा जी आसुतोस के साथ प्रयागराज निकल जाते है..

सोभा जी बहुत ख़ुश थी की कितने दिनों बाद वो अपनी बेटी से मिलेगी.. "

आसुतोस कहता है " मम्मी कुछ खा लीजिये "

शोभा जी बोलती है " नहीं मैं अब खाना अपनी बेटी के साथ ही खाउंगी "

इधर राधिका सूर्या को जीविका के मिलने की बात बता देती है... सूर्या बिना बताये प्रयागराज के लिए निकल जाता है..

सुबह हो चली.. जीविका ज़ब भी बाहर हॉल में आती रंजीत वहाँ से हट जाता.. तभी आस्था ने कहा " रंजीत कल से देख रही हुँ.. ज़ब भी जीविका सामने आती है तुम उठ कर क्यों चले जाते हो.. उससे मिले भी नहीं.. ".

रंजीत आस्था को जीविका की सारी बात बताता है.. आस्था कहती है.." मुझे जीवीका के लिए बहुत बुरा लग रहा है... कुछ ही महीना शादी को हुआ और इतने सारे दुख मिल गए... रंजीत मैं बहुत किस्मत वाली हुँ की मुझे आप जैसा हसबैंड मिला.. फिर आस्था रंजीत के गले लग जाती है.."

इधर कुछ समान लाने के लिए रमा जी मोहित को बोल रही थी.. पर मोहित बच्चो को पढ़ा रहा था तभी जीविका कहती है.. "क्या हुआ आंटी?"

रमा जी ने कहा " बेटा.. कुछ समान मंगाना था.. और मोहित काम में लगा है "

जीविका कहती है " लाइए मैं ला देती हुँ "

रमा जी बोलती है " तुम जाओगी.."

जीविका कहती है " हाँ! आंटी लाइए क्या समान लाना है . "

रमा जी जीविका को जो सामान लाना होता है वो बता देती है.. जीविका जैसे ही बाहर जाने लगती है.. छवि उसका हाथ पकड़ रोने लगती है "

जीविका छवि को गाल पर एक किस करती है और बोलती है " मैं अभी आई बाबू.. "

जीविका घर के बाहर आती है.. और सड़क को क्रॉस करती है..वैसे ही कार में बैठे सूर्या की नज़र जीविका पर पडती है..वो कार से निकल कर जीविका की तरफ जाता है..इधर अशोक जी भी पहुंच चुके थे.. जीविका सामान ले कर जैसी ही पलटती है.. सामने अपनी माँ पापा को देख उसके आसु निकलने लगते है.. जीविका माँ से मिलने की खुशी में रोड क्रॉस करती ही है की तभी एक कार वाला आ कर जीविका को टक्कर मारता हुआ चला जाता है.. जीविका दूर जा कर गिर जाती है.. उसके माथे से खून निकल रहा था.. सूर्या भागते हुए जीविका के पास जाता है.. इधर एक चीख के साथ अशोक जी शोभा जी आसुतोस जीविका की तरफ बढ़ते है.... जीविका की आंखे अधखुली थी वो अपनी आँखों से सूर्या को अपने पास आते देखती है..सूर्या जल्दी से जीविका को पकड़ता है..और रोते हुए बोलता है "जीविका मुझे माफ़ कर दो.. मैं तुमसे बहुत प्यार करता हुँ... जीविका तेज़ की सांसे लेने लगती है.. सूर्या रोते हुए कहता है " जीविका मैं

तुम्हें कुछ नहीं होने दूंगा.. जीविका ने अंतिम सांसे लेते हुए मन में कहती है

जिंदगी भी मिली,, पर मौत की तरह

तुमने अपना माना भी उस वक़्त

ज़ब जिंदगी गुज़र चुकी थी

जैसे पतझड़ में शाख से पत्ते टूटते है

और टूट कर बिखर जाते है, मर जाते है,,

चूर चूर हो कर हवा में कही गुम हो जाते है

वैसे ही जिंदगी भी गुज़र चुकी थी..

तुमने आने में बड़ी देर कर दी

अब आए भी तो क्या

क्युकी शाख से टूटे पत्ते फिर नहीं जुड़ते....

और फिर आंखे बंद कर लेती है...

पंद्रह साल बाद

सूर्या अपना चश्मा ढूंढ़ रहा था... तभी एक लड़की ने उसे चश्मा पकड़ाया.. सूर्या बोलता है " जीविका बेटी अगर तुम नहीं होती तो मेरा क्या होता "

जीविका हसते हुए बोलती है" पापा इसलिए तो मैं हुँ आपके पास और हमेशा आपके साथ रहूंगी.. "

सरोज जी अपना पूजा खत्म कर आती है और बोलती है " हमेशा कैसे साथ रहोगी.. एक ना एक दिन तो तुम्हें ससुराल जाना ही है "

जीविका सरोज जी के गले लग कर बोलती है " दादी मैं तो कही नहीं जाने वाली.. पर अभी फिलहाल कॉलेज जाती हुँ नहीं तो रोज़ की तरह देरी हो जाएगी.. "

सरोज जी जीविका के गले की तरफ देखती है और कहती है " बेटा इसे संभाल कर पहना करो.. ये तुम्हारी माँ की निशानी है "

जीविका उस चैन को देखती है और नम आँखों से बोलती है " जी दादी "

फिर जीविका वहाँ से चली जाती है...सूर्या कहता है " माँ मैं भी चलता हुँ.. "

सूर्या के जाने के बाद माया कहती है " मम्मी! भाभी के जाने के बाद भईया अंदर ही अंदर अब भी रोते है पर हम सब को अपने आसु कभी दिखाते नहीं है . "

सरोज जी कहती है " हम्म! जीविका ही उसकी ज़िन्दगी थी.. और अपनी एक गलती की वजह से अपनी ज़िन्दगी को ही खो बैठा "

फिर माया नम आँखों से कहती है " गलती तो मैंने भी की थी राहुल से शादी करके और मैं भाभी से माफ़ी भी ना मांग सकी "

सरोज जी जीविका की फोटो को देखती है और कहती है ""बेटा तुम हमें छोड़ कर चली तो गई हो.. पर आज भी तुम इस घर में हो.. हमारी जीविका में हो "

तभी माया कहती है " माँ अपने सही किया की छवि का नाम जीविका रख दिया.. इससे जीविका भाभी के होने का एहसास हर पल रहता है "

सरोज जी नम आँखों से कहती है "हाँ! जीविका रमा जी के यहां ज़ब थी... तो छबि की वजह से ही हसना सीखा था... और छबि कुछ दिन में जीविका के बहुत करीब थी.... पर जीविका के जाने के बाद जीविका से लिपट कर बहुत रो रही थी... सच जीविका थी ही ऐसी की सबको अपना बना लेती थी ..

सूर्या कार ड्राइव कर रहा था.. तभी रेडियो पर गाना आता है..

हर घड़ी बदल रही है रूप ज़िंदगी

छाँव है कभी कभी है धूप ज़िंदगी

हर पल यहाँ जी भर जियो

जो है समाँ कल हो न हो

सूर्या को एहसास होता है की जीविका उसके आस पास है वो कार को मॉल के आगे रोकता है और अंदर जाता है.. उसकी सारी पुरानी यादें ताज़ा हो जाती है.. जीविका का भागते हुए उससे टकड़ाना.. सूर्या मन में कहता है " इसी दिन तुम मुझसे मिली थी..."सूर्या आई लव यू" एक आवाज़ गूंजती है...

सूर्या की आंखे नम थी.. वो उसी कुर्सी पर बैठता है. जहाँ वो जीविका के साथ बैठ कर कॉफ़ी पीता था.. उसे एहसास हुआ सामने जीविका

बैठी है .पर खामोश सी एक हल्की सी चेहरे पर मुस्कुराहट लिए सूर्या मन में कहता है

तुमसे इश्क़ मेरा पाकीजा है

जहाँ तुम ही तुम हो और कोई नहीं

तुम बसी हो मेरी रूह में अब भी

तुमसे जुदा मैं हुआ नहीं

तुम्हारी आवाज़ अब भी गूंजती है मेरे कानो में

तुम रहती हो अक्सर मेरे पास एक एहसास बन कर

मैं तुमसे बातें करता हुँ.. पर तुम कुछ कहती नहीं...

पर तुम कुछ कहती नहीं.......

समाप्त

www.ingramcontent.com/pod-product-compliance
Lightning Source LLC
LaVergne TN
LVHW091622070526
838199LV00044B/896
* 9 7 8 9 3 5 9 8 9 5 1 0 9 *